KB112583

세월의 풍차를 타고

세월의 풍차를 타고

초판 1쇄 인쇄   2014년 11월 03일
초판 1쇄 발행   2014년 11월 10일

지은이   우 외 호
펴낸이   손 형 국
펴낸곳   (주)북랩
편집인   선일영   편집   이소현, 김아름, 이탄석
디자인   이현수, 신혜림, 김루리, 추윤정   제작   박기성, 황동현, 구성우
마케팅   김회란, 이희정
출판등록 2004. 12. 1(제2012-000051호)
주소   서울시 금천구 가산디지털 1로 168, 우림라이온스밸리 B동 B113, 114호
홈페이지 www.book.co.kr
전화번호 (02)2026-5777   팩스   (02)2026-5747

ISBN   979-11-5585-391-7 03810(종이책)   979-11-5585-392-4 05810(전자책)

이 책의 판권은 지은이와 (주)북랩에 있습니다.
내용의 일부와 전부를 무단 전재하거나 복제를 금합니다.

이 도서의 국립중앙도서관 출판예정도서목록(CIP)은 서지정보유통지원시스템 홈페이지(http://seoji.nl.go.kr)와
국가자료공동목록시스템(http://www.nl.go.kr/kolisnet)에서 이용하실 수 있습니다.
(CIP제어번호 : CIP2014031418)

세월의

풍차를 타고

우외호 지음

북랩 book Lab

서 문

학창시절의 꿈은 작가였으나 이루질 못했다. 그러나 무지개처럼 고운 꿈을 포기할 수 없었다. 어느 날이었다. 별빛을 바라보며 사색에 잠겨있던 그 순간 초록의 영감이 떠올랐다. 그것은 꿈을 품고 가꾸되 한 가지 일에 미치지 않고는 아무것도 이룰 수 없다는 것이었다.

그래서 글 쓰는 일에 미치기로 했다. 미치도록 글을 쓰되 아침에 쓴 글을 오후에 고치고 늦은 밤에 또 다듬고 퇴고를 거듭한 결과 노을이 지는 나이에, 가족이 하나 되어 부르는 노래, 선인의 삶과 고전산책을 통한 자성, 수필적 인생, 사회의 비린 구석을 난도질하려는 듯한 한 권의 수필집을 내게 되었다. 이 책은 등단 후 처녀작으로, 아직은 격식과 품격, 사유의 깊이가 없을뿐더러, 글의 소재, 구성, 표현력 등도 부족하지만 독자들에게 지극히 작은 기쁨과 감동을 줄 수만 있다면 그것으로 만족한다.

좀 더 실감나는 글을 쓸 수 있도록 옛 추억을 되살리게 한 팔순의 노부모님, 역사 속 인물을 두고 논쟁은 하되 글 쓰는 일에 방해가 된다며 독수공방을 자처한 아내, 글의 소재를 제공한 아들 내외, 교정과 격려를 아끼지 않았던 MBC춘천문화방송 함종택국장님께 감사드린다.

2014년 깊어가는 가을

우 외 호

목 차

제1장

부자 父子 정담

신라천년답사

봄비가 가슴을 적셔주는 어느 날, 꽃향기 가득한 마당에 섰다. 작약의 붉은 새순이 반갑게 맞았다. 두 아들 녀석과 백운사를 지나 경주문화유산답사 여행을 떠났다. 백운산은 비 온 뒤의 물안개가 구름과 뒤섞여 산자락을 휘감고 있었다.

자연의 비색에 감탄한 큰 녀석이 말을 건넸다.

"아빠! 저기 봐요. 흰 바위가 너무너무 신기해요."라며 폴짝폴짝 뛰었다. 아릉과 암괴들로 눈이 녹아내리는 듯했다. 그 멋진 풍경을 감상도 하기 전에 녀석은 산행일기를 쓸 거라며 백운산이라 이름을 붙인 내력을 아느냐고 물었다. 나는 녀석의 산행일기에 백운산白雲山을 한자어로 적어 읽어보라고 했다.

"아빠는 저를 어떻게 보시고……. 흰 백白, 구름 운雲, 뫼 산山 아닌가요?"라며 한자로 표현하니 알겠다고 했다.

희끗희끗한 산의 바위들은 마치 피난민들이 휴식을 취하며 빨래를 늘어놓은 듯했다. 흰 바위에 투영된 그림자가 온 산에 퍼지면 그게 구름이 떠다니는 것 같아 백운산이라고 이름을 붙이지 않았을까, 라고 했다. 그런데 갑자기 바람이 소용돌이치자 금세 구만리장천九萬里長天이 어둑해졌다. 어느새 먹구름이 비를 몰고 쏜살같이 다가왔다. 우리는 서둘러 산을 내려와 경주로 향했다. 그러나 석남사를 지나자 언제 그랬느냐는 듯 맑은 햇살이 차 안 가득했다. 다랑논에는 초록의 보리밭이 몇 백리 물길처럼 평온했다.

어느덧 경주였다. 남산 자락의 솔향기를 느끼며 가만가만 걸어가고 있을 때 작은 녀석이 쉬엄쉬엄 쉬어 가자며 카메라 셔터를 연신 눌러 댔다. 구릿빛 얼굴의 할아버지가 쟁기를 단 누렁소를 데리고 논을 갈고 있는 모습을 사진기에 담았던 것이다. 소는 머리를 아래위로 흔들면서 방울 소리를 내며 앞서고, 할아버지는 쟁기를 잡고 흥얼흥얼 장단을 맞추며 뒤따랐다. 이랑은 진한 흙빛을 드러내고, 할아버지를 뒤따라가던 할머니는 검푸른 미꾸라지를 덥석 잡아 올렸다. 녀석은 그곳의 풍경에 정신이 나간 듯했다.

　지게를 지고 가던 어느 할아버지가 작대기로 버티고 섰다. 나와 녀석은 논을 가는 할아버지 부부와 소를 구경하고, 지게꾼은 담배를 물고 우리를 구경하고, 논을 갈던 할아버지는 지게꾼을 바라보며 담배를 꺼내 물었다. 할머니는 미꾸라지 소쿠리를 내려놓고 땀을 훔치고, 두 할아버지는 밧줄같이 굵은 주름 죽죽 드러내고 웃었다. 할아버지 부부의 다정한 모습, 흥얼흥얼 소 부리는 소리, 미꾸라지 잡는 몸짓이며, 새로 일군 흙내와 주변의 정취는 한편의 서정시敍情詩였다.

　자연의 소리와 색다른 풍경에 민감한 두 녀석이 먼저 들꽃이 지천인 길섶을 자박자박 걸었다. 사람들은 무심코 지났건만 민들레는 짓밟혀 아파하는 것 같았다. 민들레는 볼수록 당차고 척박한 땅에서도 억척스럽게 꽃을 피운다. 들길 한 모퉁이에 조용히 피어 다소곳이 제자리를 지키고 있으니 얼마나 검박한 삶인가. 화려한 꽃잎만 자랑하다 이리저리 잘려 마침내 누군가의 꽃병에 꽂힐 염려도 없다. 수없이 많은 홀씨를 준비하고서도 제멋대로 날아가 앉지도 않는 겸손함도 있다. 비록 화려한 빛깔과 향기는 없지만 질긴 생명력은 우리가 본받아야 되지 않을까 싶다.

남산은 신라 서라벌의 진산으로 5백 미터 남짓하다. 그곳엔 끝을 알 수 없는 유구한 역사가 숨 쉰다. 남산에 깃든 과정에서 신라의 역사가 시작되었다고 할 것이다. 신라의 처음과 끝은 남산과 같이했다. 웬만한 바위는 불상 아니면 탑이다. 신라인들은 바위에 부처를 새긴 게 아니고 바위에서 부처를 끄집어낸 것이다. 남산 전체가 보물이고 천년 신라의 역사인 것이다. 답사 객들이 가장 많이 찾는 곳이 삼릉 골 이란다. 화강암 바위가 널려져 있는 골짜기마다 마애불석탑들이 몰려 있다.

　운이 좋은 날이었다. 문화원의 전담 해설사가 직접 안내한단다. 그는 취미로 시작한 게 전담 해설사가 됐다고 한다. 답사 여행을 즐기는 사람들이 인산인해였다. 우리는 염불사지에서 금방 소나무가 우거진 산길로 접어들었다. 열대우림 속에 들어온 듯한 착각이 들 정도였다. 나뭇잎은 기지개라도 켜듯 돌아서면 한 뼘이 자라 있고, 인간의 때가 묻지 않은 순수한 발자취가 자연을 난잡하게 흩뜨려 놓지 않은 선에서 조화를 이뤘다.

　한참을 걸어 좀 피곤했지만 막상 계곡을 보니 피곤이 싹 사라졌다. 그래서 '자연은 곧 건강한 삶의 연장선'이라 했을 것이다. 진달래 가지에선 꽃눈이 움터 곧 산을 태울 기세였다. 여러 답사 객들은 환희에 젖어 입을 다물지 못했다.

　우리는 천불 암에서 용장사지 코스를 통해 천동을 지나 천동 골과 승소 골을 번갈아 타며 올랐다. 구멍이 뚫린 탑이 있었다. 천불을 기원해 만든 탑이라고 한다. 그중 하나는 동강난 채 뒹굴고 있었다. 녀석은 땀방울이 송골송골 맺힌 얼굴을 하고서는 깨진 탑을 카메라에

담으며 "동강난 탑을 왜 방치하느냐?"고 물었다. 나도 이해가 안 간다며 선생님께 직접 물어보라고 했다. 그런데 선생님의 설명이 재미있었다. 그는 단 한마디로 "나뒹구는 자체를 내버려 두는 것도 역사의 가치란다." 했다. 녀석은 빛바랜 노트에 해설사의 설명을 메모하고 있었지만 기대에 미치지 못한 답변에 머리를 갸우뚱했다. 바위엔 주먹만 한 구멍이 있었다. 구멍 하나하나가 부처를 모신 장이란다.

천동 탑에서 봉화 골로 내려와 칠불암으로 향했다. 약수터였다. 작은 바가지가 물빛을 드러내며 다다뜨렸다. 청옥(青玉) 같은 물속에 신라 천년의 정기가 가득한 것 같았다. 약수터 돌계단 숲을 지나자 칠불암이 서 있었다. 마애상존불 앞 바위의 각 면에는 불상이 새겨져 있었다. 남산의 기묘한 바위 절벽과 어우러져 웅장함을 드러냈다. 처음엔 보물 200호에서 국보 312호로 승격된 유적이란다.

칠불암 절벽으로 올랐다. 신선 암 마애불은 남산에서 가장 준수한 멋쟁이로 소문난 불상이란다. 구름 좌대 위에 앉은 불상은 편안한 자세로 다리를 품고 있었는데 점잖은 선비 자세였다. 마치 꿈속을 여행하고 있는 듯한 표정을 짓고 있었다. 마애불 앞에 서 불상의 높이만큼 키를 올렸다. 초록의 들판이 호수처럼 펼쳐졌다.

한 굽이 산허리를 돌아 용장 골로 접어들었다. 바위를 타고 내려가는 길에 5미터 남짓한 석탑 앞에 선 해설자는 '한국에서 가장 높은 탑'이라고 했다. 큰 녀석이 불쑥 나서 반론을 제기하자 답사 객들의 시선이 녀석에게 집중되었다. "선생님! 흙, 물, 불, 바람, 공기를 상징하는 자그마치 10미터나 되는 5층 석탑이 있어요. 그런데 5미터 정도의 3층 석탑이 가장 높다니요. 저는 이해가 안 돼요."라며 자신의 주장을 분명히 했다.

해설자는 녀석의 질문을 되받았다. "질문하리라는 것을 예상하고 있었습니다. 문제는 여기에 있습니다. 보통 석탑의 기단은 두 단으로 되어 있지만 이 탑은 1층 기단은 탑을 떠받치고 있는 산 전체라고 봐도 무방해요."라는 설명이 재미있었다.

그러니까 탑의 높이를 잴 때는 400여 미터의 산을 1층 기단으로 보았던 것이다. 즉 400미터의 기단에 5미터의 탑 높이를 더해 405미터라고 했던 것이다. 답사 객들은 해설자의 테크닉 넘치는 설명에 박수를 보냈다. 그곳엔 삼륜대좌불이 있었다. 받침을 3개 층으로 쌓고 그위에 부처가 올라 앉아 있는 모습이었다.

남산에서 가장 깊다고 하는 용장 골 계곡을 따라 내려와 신라 천년을 노래하는 개울가에서 기념사진을 찍었다. 여행객들은 어느새 이웃사촌처럼 친밀감이 더해졌다. 큰 녀석이 해설자를 중심으로 카메라 셔터를 눌리자 섬광이 번뜩였다. 누군가가 "애야! 사진을 찍는다고 해야 옷매무새를 바로 하지."라며 나무라는 듯 말했다. 이에 녀석은 질세라 "네, 알아요. 그렇지만 사진 찍는다고 신호를 보내면 오히려 표정이 일그러져 자연스럽지 못해요."라며 사진을 보내기 위해 해설자의 주소를 받아 적는 여유까지 보였다.

해설자는 녀석을 향해 "넌 질문도 또랑또랑 잘하고 여행 많이 다녔지?" 했다. 이에 신이 난 녀석은 "네, 선생님. 아빠 따라 다니며 해설자의 설명을 새겼어요."라고 말하며, 모 교수님의 『나의 문화유산답사기』란 책도 읽었다며 우쭐댔다. 나는 그런 아이가 얼마나 자랑스러운지 먹지 않아도 배고픈 줄을 몰랐다.

남산은 살아 꿈틀거리는 신라 노천박물관이었다. 경주에서 하룻밤 묵기 위해 문화원을 통해 어느 고택을 소개받았다. 고택에 들어서자 신라 천년의 향기가 창자 속까지 채웠다. 어린 달빛이 마당 뜰에 가득하며, 풍경 소리가 욕망을 덜어내려는 듯 가슴을 흔들었다. 장작개비 불의 긴 혀가 알맞게 달군 구들방 아랫목에 몸을 눕히니 방 안 가득한 황토 향에 취해 먼 꿈나라를 여행했다.

다음 날, 선덕여왕릉을 탐방하고 신라 천년의 경주를 떠났다. 생각할수록 가슴 여미는 추억들이 바람처럼 살랑인다.

부끄러운 어른들

그해 봄은 제정신이 아니었다. 폭설이 계절감을 잃은 듯 제멋대로 내려 매화꽃잎까지 덧씌워 눈 녹은 수정고드름이 가지마다 주렁주렁 했으니 말이다. 이런 가운데 추위에 밀려 때를 놓친 꽃들이 한데 뒤엉켜 꽃망울을 터뜨렸다. 우리 가족은 모처럼 봄나들이를 작정하고 아침 일찍 쌍계사 십리 벚꽃 길로 향했다.

산비탈은 어느새 흰 천을 깔아놓은 듯 하얗게 물들어 있었다. 한 아름이나 되는 벚나무들이 한적한 꽃그늘을 드리웠다. 천상의 꽃 터널을 지나면서부터, 섬진강 백리 벚꽃 길의 화려함에 잔뜩 취해 정신을 차리자 거제 대교에 이르렀다. 그 아래로 짙푸른 바다의 향연이 아득하게 펼쳐졌다.

어느 골짜기를 지나자 손바닥만 한 계단식 논에는 봄기운을 가득 먹은 청록青綠의 보리밭이 파도처럼 넘실댔다. 마늘밭에서는 아낙들이 김을 매는 모습이 한가롭기만 했다. 보리밭을 흔들던 바람이 구릉 너머로 사라짐과 동시에 이번엔 새들이 유채밭 위로 나는가 하면, 벌들은 꿀을 따느라 분주한 풍경을 연출했다.

차창을 내리자 유채색의 튤립과 벚꽃으로 뒤덮인 벌판에서부터 불어오는 상큼한 내음이 코를 간질였고, 아름다운 호수가 유난히 고운 자태를 드러냈다. 그런 풍광風光을 뒤로 하고 산길을 굽이굽이 돌아 고갯마루에 차를 세웠다. 산더미만 한 파도가 춤추고 있는 바다를 내려 보자 소금기 어린 바람이 가슴을 후벼 파고 들었다.

고갯마루에는 인근 동네 아낙네들이 여기저기 봄나물을 팔고 있었다. 소쿠리에는 질경이, 비듬, 씀바귀, 봄동, 달래 등이 손님을 기다리며 이른 향기를 피워냈다. 지난겨울 동장군이 미친 듯 기승을 부렸는데 어떻게 견디며 자랐나 싶었다. 저절로 자연의 경이로움을 느끼게 되었다.

잠시 후 선착장을 이동하여 목적지로 가는 배를 탈 준비를 했다. 쪽빛으로 출렁이는 바다는 봄나들이 나온 사람들로 잔뜩 지쳐 있었다. 그들은 시정잡배市井雜輩들처럼 몰려다니며 자손만대子孫萬代에 물려줄 자연을 짓밟고 피곤하게 했다. 노상방뇨路上放尿, 고성방가高聲放歌하는 사람들로 만연해 아이들의 눈에 어떻게 비칠까 걱정이 되었다.

각양각색各樣各色의 사람들을 가득 태운 배는 제 갈 길만 가려는 듯 외딴 섬으로 유유히 흘렀다. 사람들의 무심한 행동에 상처가 난 파도가 갯바위를 쉼 없이 때리는 풍경을 바라보는 동안 배는 점점이 떠 있는 섬들 사이를 헤쳐 갔다. 갈매기는 무리지어 배를 둘러싸고 나는 모습이 한 편의 풍경화 같은 느낌이었다. 때로는 작은 낚싯배가 손에 잡힐 듯 다가와 손을 흔들며 사라지기도 했다. 한낮인데도 비가 금방 내릴 것처럼 어둑해지자 바다의 질감은 운치를 더했다.

그때였다. 한 무리의 청년들이 하늘을 향해 과자를 던지고 있었다. 그러자 하늘을 날던 갈매기 무리들이 잽싸게 낚아챘다. 어떤 놈은 눈앞에 날아와 날름 받아먹을 때도 있었다. 곧이어 여기저기서 아름다운 바다여행의 묘미妙味를 깨트리는 관광객들의 꼴사나운 행동들이 이어졌다. 그들은 시쳇말로 '묻지 마 관광객'이었다. 이러한 찰나 어느 한 아주머니가 달려들더니 나의 손을 잡고 그들 무리 속으로 밀어 넣고서는 둘러서지 않는가. 나는 마치 뭐라도 당한 기분이 들었다. 그들은 내 말을 들을 생각도 않고 술잔을 억지로 권하더니 노래한 곡만 하란다. 노래를 부르지 않고서는 도저히 도망칠 수 없는 상황인지라 어쩔 수없이 모 가수의 '옛 생각'이란 노래를 멋들어지게 뽑고서는 간신히 그 무리에서 벗어날 수 있었다.

어느덧 배는 아기자기한 섬에 도착했다. 그런데 나는 눈을 감고 싶었다. 해안에는 조개껍질과 갈매기 똥들이 지저분하게 흩어져 있었으며, 비닐봉지와 술병들이 지천에 늘려 아이들 보기에 낯이 부끄러운 정도였다. 관광이 아니라 쓰레기 더미 속에 놀러온 꼴이 된 셈이었다.

다행스럽게도 섬을 오르는 길에는 동백꽃이 떨어져 융단을 깔아놓은 듯 해 상했던 기분이 조금은 해소되었다. 아내와 아이는 종려나무를 배경으로 사진을 찍느라 여념이 없었다. 종려나무는 바다와 어우러져 이국적인 분위기를 연출했다. 우리는 준비해 간 김밥을 먹기 위해 조망이 탁 트인 벤치에 앉았다.

작은 녀석이 배낭을 뒤적거리더니 배 안에서 그렸다며 그림을 감상해보라며 불쑥 내밀었다. 작품의 제목은 '부끄러운 어른들'이었다. 나는 그림을 찬찬히 훑어보니 배 안의 풍경을 사진을 찍은 것처럼 고스란히 옮겨 놓은 듯했다. 술 취한 사람들의 추태, 갈매기를 향한 새우깡 공세, 내가 아주머니들과 어울려 노래하는 장면 등 차마 바라볼 염치가 없었다. 그림 속에 출연자들을 보아 아이의 눈에 비친 그림의 뜻을 충분히 이해하고도 남음이 있었지만, 나는 모른척하고 무슨 뜻인지 녀석에게 넌지시 물었다.

녀석은 신이 난 듯 하나하나 손으로 짚어가며 설명을 했다. 모범을 보여야 할 어른들이 온갖 추태를 보여주면서도 부끄러운 줄을 모른다는 것이다. 청년들이 갈매기를 향해 과자를 던지는 것은 자연 생태계의 질서를 파괴하는 것이라고 일침一針을 가했다. 갈매기는 벌레나 고기를 잡아먹고 사는 것이 자연의 순리라란 것이다. 내가 사람들 속 둘러싸여 노래하는 것을 보고는 얼마나 실망스러웠는지를 그림으로 표현해 두었던 것이다.

그날의 나들이로 아내와는 나는 느낀 바가 많았다. 사전 조사를 하지 않은 것도 실수였다. 좋은 것을 가르쳐줘야 하면서도 아이 기억에 남을 추억을 남기지도 못했고, 오히려 추한 모습을 보여준 것 같아 내내 부끄러운 추억의 한 장면으로 회상된다. 하여 우리부부는 삼강오륜三綱五倫을 내세우는 가정은 아닐지언정 최소한 나팔꽃이 아침을 여는 마음으로 살면서, 좋은 모습만 보이기로 다짐을 했다.

누구든지 곱게 물들은 영혼을 만지고 싶은 그런 인생을 말이다 철없는 어린아이인줄만 알았던 아들에게서 촌철살인寸鐵殺人의 따끔한 충고를 얻은 그날의 추억이 새록새록 피어오른다.

우리 아들 파이팅

가을 하늘이 유리알처럼 투명한 어느 날, 나는 초등학교 다니는 작은아들과 산행을 위해 집을 나섰다. 정원의 잔디는 누렇게 힘을 잃어가고 있어 왠지 쓸쓸한 기분이 들었다. 차창을 스치는 고운 단풍은 가을의 절정을 알리는 듯했다. 호수를 지나자 산행길에 오른 행렬이 물 흐르듯 이어졌다.

내가 경적을 울리자 도로를 가득 메운 등산객들은 길을 비키느라 정신이 없는 것 같았다. 이때 눈을 지그시 감고 있었던 녀석이 이렇게 말을 던졌다. "아빠 차 세워 놓고 걸어가요." 깜짝 놀란 나는 "안 돼! 아직 많이 가야 돼. 그런데 왜 걸어가자는 거야?"라고 물었다. 그러자 녀석은 "그건 다음에 말할게요. 하여간 저는 낙엽 진 산자락을 걷고 싶어요."라고 말했다. "그럼 조금만 기다려 봐. 빨리 갈 테니까." 라고 하자 녀석이 고개를 끄덕였다.

나는 녀석을 생각하여 오불고불한 산길을 더 빨리 달렸다. 녀석은 눈을 감고 있었지만 얼굴이 빨개져 있었다. 산자락 구석진 곳에 차를 세우고 산을 오르기 시작했다. 우리는 관룡사 병풍바위 쪽으로 방향을 잡아 숨을 헐떡이며 한 발 한 발 밟아 올랐다. 힘은 들었지만 거침없이 물줄기가 흘러내리는 상상에 마음마저 뻥 뚫리는 느낌이었다.

어디선가 산비둘기가 짝을 부르는 소리가 들려왔다. 허파에서 짜는 듯한 소리는 너무나 간절하여 애절하다는 표현을 했던 기억이 아련하다. 자연의 소리란 본디 감정이 절제되어 있기에 감정이 배어 있다 하더라도 그 울리는 이유를 다 알기는 쉽지 않다. 그러니 사람들이 자연의 소리를 듣고 느끼는 감정은 자신의 기쁨과 슬픔이 반영된 것이 아닐까 하는 상념 속에서 황진이의 시 한 수가 떠올랐다. '추풍에 지는 잎 소리야 난들 어이 하리오'라고 한탄했던 것을 말이다.

가을바람에 떨어지는 나뭇잎 소리가 황진이의 귀에는 행여 임이 오는 소리로 들렸던 것이다. 하여 창문을 열고 바라보지만, 환한 달빛만이 뜰에 가득 차 있을 뿐이었다. 황진이는 낙엽의 소리를 애틋한 사랑의 그리움으로 승화시켜 본 것일까? 송도삼절松都三絕의 하나로 꼽는 담장 미인이었던 그녀가 애타게 그리워한 사람이 누구였을까, 하는 생각이 들었다.

녀석은 차에 있을 때보다 한층 생기가 감돌았다. 앞서거니 뒤서거니 잘도 걷더니 단풍잎 하나를 잡고서는 뭔가 생각에 빠지더니 잠시 쉬어가자고 했다. 이어 배낭 속에서 연필을 꺼내더니 나에게 건네면서 방금 떠오른 시詩라며 받아 적으라고 했다. 제목은 낙엽이라나?

곱게 물든 낙엽 하나를
가만가만 집어 올려
밟히고 날리다가
이제 어디로 떠날 거냐고
낙엽은 조근 조근 말했다
땅속에서 썩어져야 만이
싹을 틔우고 꽃을 피운다고

녀석은 내가 어떤 반응을 하는지 쳐다보고서는 감상을 말해보라고 하지 않은가.

"작문하는 요령을 언제 배웠니?"

"아빠가 글 쓰는 것을 좋아하니까 닮은 것이겠지요."

"아! 그렇구나, 정말 네가 자랑스럽다."

"아빠, 어서 평가해 주세요."

녀석이 지은 시의 의미는 낙엽이 땅속에서 썩어야 만이 땅이 기름 지고 초목이 자라고 열매를 맺을 수 있다는 자연의 순환 원리를 표한 것이었다. 어린 나이에 썩음의 의미를 깨우치고 있다니 대견스러 웠다. 썩는다는 것은 자기희생으로 새로운 생명의 탄생을 의미하는 것이 아닌가. 녀석은 구르몽의 시 '낙엽'을 알고 있다며 우쭐댔다. 어린아이의 입에서 어떻게 그런 시가 흘러나올 수 있었을까, 하는 생각이 들었다. 나도 옛날엔 외롭고 소외된 삶을 논하며 '낙엽'이란 시를 암송하곤 했는데 세월이 흐르다 보니 차츰 잊고 있었던 자신이 부끄러웠다.

한 걸음 두 걸음, 이윽고 정상에 섰다. 정상에서 바라보는 세상은 색다른 묘미를 선사했다. 바람이 살랑일 때마다 하얗게 물결치는 억새는 영락없는 파도였다. 평원의 빛과 질감을 수시로 바꿔 드러내는 억새의 기교에 감탄을 자아냈다. 건너편 야산에서는 수컷이 암컷을 부른다. 수컷만이 낼 수 있는 이 소리는 듣는 사람의 사지를 나른하게 했다. 암컷들이 삐삐삐 들릴 듯 말 듯한 소리를 내며 수컷 주변으로 날아다니는 것을 보는 것 또한 행운이었다.

어느 사원을 지날 때였다. 승려가 물을 길러 가다 돌부리에 걸려 넘어지는 바람에 웃음을 참느라 배를 움켜잡기도 했다. 하지만 녀석은 승려에게 다가가 다친 곳은 없느냐고 묻지 않는가. 나도 덩달아 스님을 부축하는 척했지만 철없는 아이 보기에 낯이 부끄러웠다.

그것도 잠시, 목탁 소리와 함께 스님의 낭랑한 독경 소리가 들려올 땐 천 리 길 물속으로 빠져드는 느낌이 들었다. 이 느낌도 잠시 어느새 우리는 주차해 둔 곳까지 하산하게 되었다. 가랑비 같은 황갈색 낙엽을 뒤로하고 차에 올랐다. 그런데 녀석은 돌아오는 길에도 여전히 눈을 감고 있었다.

집으로 돌아오자 까치밥이라며 달랑 한 개 남겨 두었던 감나무 가지에서 우리를 반기는 까치 소리에 아내가 맞이했다. 아내는 "아이 표정이 어두워요. 뭔 일 있었어요?"라고 물었다. 이에 나는 "아니야, 산에서 시도 짓고 재미가 쏠쏠했는데 피곤한가 보지." 했다. 하지만 방에 들어갔던 녀석은 밖으로 나오질 않았다. 아내가 걱정이 되어 아이의 방문을 열어 보니 무엇인가를 열심히 쓰고 있다고 했다.

다음 날이었다. 녀석이 학교에 간 후 소나무 잎을 솎아내고 있을 때 아내가 다가와 할 말이 있다며 잠깐 보자고 했다. 우리는 햇빛이 머무는 창가에 앉았다. 찻잔을 드는 순간 아내가 말을 꺼냈다.

"이젠 아이가 당신과 산에 안 간대요."

"난데없이 그게 무슨 말이야?"

"여기 아이가 쓴 일기장 좀 봐요."

나는 아내가 내민 녀석의 일기를 찬찬히 훑어보았다. 일기의 내용은 이랬다.

"산들의 고운 색깔, 가을이 물든 호수가 정말 아름다웠다. 등산객들로 꽉 찬 산길을 먼지를 내며 달리는 아빠가 부끄러워 눈을 감지 않고서는 견딜 수가 없었다. 꼭 차를 타고 가야 하는 건지. 아빠는 왜 내 마음을 모를까? 다시는 아빠와 산에 가지 못갈 것 같다."

이제야 어제 차 안에서 녀석이 말도 없이 얼굴이 빨개진 이유를 알게 되었다. 그래서 차를 세워 놓고 걸어가자고 했던 것이다. 나는 운전에만 몰두했고, 녀석은 마주치는 산행인의 시선이 두려웠던 것이다.

나는 산행 때 먼지를 내며 운행한 것에 대해 미안하다는 글을 써 녀석의 책상 위에 놓아두고 구르몽의 시 '낙엽'을 외웠다. 전날 녀석이 산을 오르면서 구르몽의 '낙엽'을 아느냐고 물었을 때 잊어버렸다고 한 것을 떠올리며 녀석의 상처를 만져주는 대화의 시간을 갖고자 함이었다. 모처럼 '낙엽'이란 시의 뜻을 되새김질하는 계기가 되었다.

시몬, 나무 잎새 떨어진 숲으로 가자
낙엽은 이끼와 돌과 오솔길을 덮고 있다
시몬 너는 좋으냐? 낙엽 밟는 소리가
낙엽 빛깔은 정답고 모양은 쓸쓸하다
낙엽은 버림받고 땅 위에 흩어져 있다
시몬, 너는 좋으냐? 낙엽 밟는 소리가
해 질 무렵 낙엽 모양은 쓸쓸하다
바람에 흩어지며 낙엽은 상냥히 외친다.
시몬, 너는 좋으냐? 낙엽 밟는 소리가
발로 밟으면 낙엽은 영혼처럼 운다.
낙엽은 날개 소리와 여자의 옷자락 소리를 낸다.

시몬, 너는 좋으냐? 낙엽 밟는 소리가

가까이 오라, 우리도 언젠가는 낙엽이니

가까이 오라, 밤이 오고 바람이 분다.

 나는 녀석에게 산행 때 있었던 잘못을 이야기한 후 다음엔 자연을 감상하며 걸어가자고 했다. 그리고 위 시의 뜻을 음미하면서 녀석의 상처를 어루만져 주었다.

 문학을 공부할 것 같았던 녀석이 생뚱맞은 학과를 선택해 내겐 조금 충격이었다. 하지만 한편으론 문학에 대한 감흥이 풍부한 사람이야말로 진정한 자연인으로 거듭날 수 있다는 생각이 들기도 했다. 어떤 분야에서 일을 하든 이미 시를 알고 자기희생의 의미를 꿰뚫고 있기에 관계 형성에 유리한 고지를 선점할 수 있다는 안도감도 들었다. 자신의 일에서 최선을 다하려는 녀석의 모습에서 늘 안쓰러웠던 마음이 격려의 마음으로 바뀌는 계기를 마련했다. 우리 아들 화이팅!

산행고찰山行考察

맑고 푸른 하늘을 바라보자 숨이 멎을 듯 한 어느 날이었다. 아들 녀석과 함께 산행을 위해 집을 나섰다. 신작로에는 생명을 다해 떨어진 은행나무 잎들이 바람에 날려 뒹굴었다. 황금빛 들녘에는 한때 제임무를 완수한 허수아비가 개울가에 나동그라져 어쩐지 슬픈 생각이 들었다.

한참을 걸어가다 어느 작은 마을의 초가지붕 위에 시선이 멈췄다. 잎사귀 하나 없이 말라비틀어진 덩굴에 빨간 조롱박이 빼곡히 달려있었다. 가을 햇살과 어우러진 정겨운 분위기는 시골에서만 감상할 수 있는 특권이었다. 서쪽 하늘엔 노을이 지고 저녁 짓는 연기가 피어오를 때 보았으면 더 아름다운 정취를 자아낼 수 있을 것이라는 아쉬움이 남는 장면이었다.

녀석은 모처럼의 산행이 즐거운 듯 하늘을 향해 환성歡聲을 토하기도 했다. 잠시 후 눈앞엔 시멘트 포장이 된 오불고불한 산길이 펼쳐졌다. 길 위에는 형형색색의 낙엽들이 융단을 깔아놓은 듯했다. 부스럭부스럭 낙엽 밟는 소리가 산길의 고요함을 흔들어 놓았다. 폭신한 시멘트 길을 고즈넉하게 걸었지만 녀석은 단숨에 뛰어 지나갔다.

산에서 바라보는 호수는 비단처럼 곱게 물들었다. 별빛처럼 반짝이는 물결은 마음을 고요 속으로 빨아들였다. 이맘 때 청련사의 가을빛은 색깔이 곱다는 쌍무지개도 흉내 내지 못할 만큼 비색이 눈부셨다. 산사의 가을! 오색 단풍의 강을 이루고 가을빛 전시장을 열어둔 듯했다. 우리는 자연의 소리와 은은한 목탁 소리를 들으면서 세속에 찌든 속내를 씻어내고 정화시켰다.

　요 며칠사이 비가 내린 때문인지 푸른 시냇물이 도도히도 흘렀다. 앞서간 녀석은 바위에 앉아 산행기山行記를 쓰고 있었다. 내가 슬쩍 보려고 하자 얼른 덮어버려 더욱 궁금증을 자아냈다. 녀석은 눈앞의 닮은 두 나무가 무슨 나무냐고 물었다. 마침 알고 있는 나무였다. 비슷하게 생겼지만 종은 달랐다. 이 나무는 가지를 꺾어 불면 '팽' 하고 날아간다고 하여 '팽나무'라 하고, 저 나무는 늦게 티가 난다고 하여 '느티나무'라고 하자, 녀석은 고개를 갸우뚱하면서도 낱낱이 받아 적었다.

　산꼭대기를 정복한다는 것은 더없이 가슴을 벅차게 했다. 정상에서 바라본 산비탈엔 하얀 억새의 물결이 흰 파도처럼 출렁거렸다. 층층이 휘어진 다랑논을 바라보자 마음까지 여유롭게 풀어지는 듯했다. 멀리 펼쳐지는 낙동강 상공에는 기러기가 줄지어 날았다.

　녀석은 배낭 속의 빨간 사과를 꺼냈다. 한입 가득 베어 물자 억새가 맞닥뜨리는 것처럼 사각사각 소리를 냈다. 그 터질 듯한 상큼한 소리에 마음속 주름살까지 다림질이 되었다. 나는 파란 하늘을 바라보며 시간 속에서 익을 대로 익은 것들의 빛깔을 가만가만 만졌다. 마치 전율이 흐르는 느낌이었다.

　우리는 산을 내려와 호숫가에 있는 찻집을 향해 걸었다. 바람이 코스모스를 춤추게 하고, 코스모스의 율동에 맞춰 잠자리도 원을 그렸다. 찻집에 이르자 은은하게 흐르는 음악이 스산한 가슴을 어루만져 주었다.

　녀석이 나를 뚫어지게 바라보더니 이렇게 물었다. "아빠! 지금 호수에 빠져 있지요?"

하여 나는 "그래, 맞다. 호수에 가을 풍경도 빠져 있고, 나도 빠져 있구나."라고 했다. 그러자 녀석은 난데없이 "아빠 눈에 빠져 있다."고 했다.

"아빠 눈에 빠지다니 그게 무슨 말이냐?"

녀석은 "아빠 눈이 호수보다 맑고 잔잔하니까 빠지는 것이지요."라 며 우쭐댔다. 녀석은 덧붙여 불안하거나 초초할 때 아빠나 엄마의 눈을 바라보면 금세 마음이 편안해진다고 했다. 나는 녀석의 나이답지 않은 깜찍한 말을 듣고 까딱하면 찻잔을 놓칠 뻔했다.

녀석이 산에 오르면서 느낀 것이 없느냐고 내게 물었다. 얼마 전 산행할 때 먼지를 내며 달린 실수를 되풀이하지 않으려고 조심했는데 또 무슨 잘못이라도 했을까, 하는 걱정을 하면서 먼저 역공을 취했다. "그럼 너는 느낀 게 무엇이냐?" 그랬더니 녀석은 "아빠는 요즘 정서가 메마른 것 같아요. 제가 아까 산길을 뛰어가는 것을 보셨지요? 시멘트로 포장된 산길이 싫어 뛰어 갔어요. 선생님이 말씀하셨어요. 산길을 시멘트로 포장하면 땅은 숨을 쉬지 못해 생태계가 파괴되어 그 피해는 고스란히 인간에게 돌려준댔어요. 어른들은 말로만 자연을 보호하자니 어쩌니 하면서 실천을 하지 않는 것 같아요."라며 어른들의 위선을 나무라기도 했다.

녀석의 말을 듣고 무안한 마음에 고개를 들 수 없었다. 그렇다. 사람들은 명분만 있으면 마구 파헤치려고 야단들이다. 녀석은 학교에서 배운 대로 맑고 초롱초롱한 눈빛으로 있는 그대로의 모습을 바라보며 어른들을 못마땅하게 생각하고 있었던 것이다. 있는 그대로 보존하는 것이 자연의 평화를 유지하는 것임을 제대로 전달해 주지 못하고 있다는 것이다.

자연을 더 깊게 보려면 비탈에 선 한 그루 외로운 나무가 되어야 한다. 그 자리에 서 있었던 나무처럼 한곳에서 가만히 침묵하고 기다리면 자연의 내밀한 곳까지 보면서 이야기를 나눌 수 있다. 잎이 누렇게 변해가는 나무의 고민은 무엇인지, 토끼의 고민은 무엇인지, 나무는 언제 옷을 갈아입고 열매를 맺는지, 그리고 무엇을 싫어하고 좋아하는지를 다 알 수 있다. 바람은 친구가 얼마나 많고 어디서 먹고 지내며, 안개가 언제 놀러왔다 돌아가는지 알 수 있다. 건들바람이 어떤 역할을 하는지, 산들바람과 센 들바람, 큰바람은 어떤 것인지를 알 수 있으며, 숲이 잠든 것처럼 고요한 이유가 무엇인지 알게 된다. 그것은 자연을 보호한다는 명분으로 훼손하는 것이 아니라 원시림 자체를 보존할 때만이 가능하다.

나는 아이에게 한 방 먹은 기분이 되어 내심 민망함을 숨길 수 없었다. 하지만 사소한 것에 의미 부여를 못 하고 살아왔던 가슴을 만져볼 수 있도록 한 녀석이 고맙고 대견스러웠다. 이제는 사람들이 떨리는 손으로 내 영혼의 빛깔을 만져보고 싶도록 살아야지 하는 생각이 들었다. 가을이 물든 호수를 바라보고 있던 녀석에게 말을 건넸다.

"이 녀석!"

"네, 아빠 말씀하세요."

"너는 이른 아침 햇살 같구나. 순수하게 자라줘 정말 고맙다. 어른이 되어도 지금의 그 예쁜 마음 변치 말아줘."

"네, 물론이죠. 자연의 은혜를 배신하면 안 되죠. 이제는 아빠도 자연 앞에서 겸손하고 자연의 순리를 존중하는 삶을 살아야 해요."

"그래, 고맙다. 오늘도 네게 배우는 하루가 되었구나."

이처럼 아이와의 대화가 의미 있는 산행으로 이어져 마음이 뿌듯했다. 어느덧 산 너머로 해가 뉘엿뉘엿 기울고 있었다. 핏덩이 같은 노을을 바라보며 집을 향해 발걸음을 돌렸다. 그해 가을의 추억이 가슴속에 여민다.

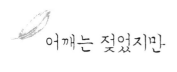

어깨는 젖었지만

해가 서산에 뉘엿거리고 있을 때였다. 울먹이는 녀석의 음성이었다. 그러나 계속 흐느끼면서 말을 잇지 못했다. 영문을 모르는 나는 가슴이 답답했다. 그때였다. 녀석의 떨리는 음성이 미끄러져 왔다.

"무슨 일 때문에 울기만 하느냐?"

"아빠, 엄마가 폰을 두고 시장에 가셨어요."

"근데 애들처럼 울긴 왜 울어? 기다리면 될 것을."

"아빠는 근무시간에 전화하면 꾸중하시지 않아요?"

"녀석! 할 일이 있으면 당연히 전화를 해야지. 무슨 일이라도 있느냐?"

"진구가 죽었어요."

"진구가 죽다니 그게 뭔 말이냐?"

"트럭이 강아지를 들이받고 뺑소니를 쳤어요. 119에 신고했더니 '꼬마야, 장난 전화 하지 마'라며 전화를 끊어버렸어요. 제가 꼬마인가요? 그러니 아빠 빨리 오세요."

녀석은 떨리는 목소리로 현장의 분위기를 전했다.

"그래, 빨리 가마."

녀석의 친구였던 강아지가 죽었던 것이다. 상처가 얼마나 클 것인가 생각하니 가슴이 아팠다. 녀석, 강아지가 죽어도 저토록 서러워한다. 그렇다면 사랑하는 가족과의 이별은 얼마나 가슴이 아플까 생각하니 콧잔등이 찡했다. 나는 운전대를 잡았다. 하늘은 금세 잿빛이 되었고 시야는 회색 공간으로 변하더니 녀석의 슬픔을 달래줄 꽃비가 내렸다.

집에 도착하자 녀석은 폭풍이 지나간 대지 위에 혼자 남은 듯 비를 맞고 있었다. 나는 깜짝 놀랐다. 세상에! 녀석이 핏덩이가 된 강아지를 작은 가슴에 안고 있었다. 나는 녀석을 말없이 끌어안고 아무 말도 할 수 없었다. 녀석과 교감交感하며 체온體溫을 나누는 것만이 유일한 위안이란 생각 때문이었다. 혹여 위로한답시고 말을 잘못했다가는 오히려 상처를 줄 수 있지 않을까? 비는 옷을 적시고 눈물은 녀석의 마음을 적시며 그렇게 진구와의 마지막 시간을 보냈다.

"아빠는 네가 진구를 얼마나 좋아했는지를 잘 알고 있단다. 아빠가 네 다리를 벨라치면 까무러칠 것 같은 녀석이 진구는 네 다리를 베고 잠이 들어도 마냥 좋아했잖아. 사람이든 동물이든 언젠가 한 번은 헤어지게 되어 있단다. 그러니 좀 일찍 헤어졌다고 생각해."

"네, 아빠 말씀 이해가 돼요. 하지만 진구를 제가 죽인 것이나 마찬가지라 더 마음이 아파요."

"녀석, 어찌 그런 끔찍한 말을 하느냐? 그건 올바른 태도가 아니란다."

"제가 마당 잔디밭에서 진구와 놀다가 물 마시러 간 사이에 사고를 당했단 말입니다."

"그래서 네가 마음이 더 아팠을 수도 있겠구나. 진구가 먼저 하늘나라에 갔으니 잊어버리자."

"아빠! 그렇지요? 진구, 하늘나라 간 것 맞지요?

"그렇고말고. 진구를 오래 안고 있으면 더 힘들어할 수도 있으니 편히 쉬게 해 주고 싶구나."

녀석은 눈물을 글썽이며 진구를 내려놓았다.

"그럼 어느 곳에 묻는 게 좋겠니?"

내가 묻자 녀석은 아름드리 한 소나무가 서 있는 양지바른 곳을 가리켰다. 녀석이 그림을 그리거나 식물도감을 놓고 꽃말을 외우곤 하던 곳이다. 여름엔 그늘이 지고, 겨울엔 햇볕이 잘 드는 곳에 진구를 묻자는 것이다.

내가 구덩이를 파고 있을 때 녀석은 넓적한 돌을 들고 왔다. 녀석은 그중에 넓적한 돌을 골라 구덩이에 넣고서는 진구를 눕히더니 부드러운 흙을 채웠다. 곳곳에 남아 있는 진구의 흔적을 정리하는 동안 녀석은 진구의 무덤을 잔디로 단장하고 야생화를 옮겨 심었다. 그러고는 제법 긴 돌을 세우더니 묘비란다. 나는 녀석의 순진무구한 마음에 눈물을 주체할 수 없었다.

찰나, 시장에 갔던 아내가 돌아왔다. 진구가 죽었다는 말을 전해 들은 아내 역시 눈물을 감추지 못했다. 아내는 녀석의 어깨를 다독이며 위로를 했다.

"너무 슬퍼하지 마. 예쁜 강아지 사 줄 테니까."

"엄마! 고맙긴 하지만 그만둬요."

"왜? 강아지가 싫어졌니?"

"엄마! 그게 아니고요. 진구에게 미안해서 그래요. 진구 죽은 지가 얼마나 됐다고 다른 강아지를 들여요. 진구가 얼마나 속상하겠어요. 그러니 절대 그럴 순 없어요."

녀석은 원망하듯 말했다. 나와 아내는 녀석의 순박한 말에 머리가 숙여졌다.

이른 새벽 창을 열었다. 가로등 불빛이 어둠을 삼키고 을씨년스러운 빗줄기 사이로 어둑한 그림자가 일렁거렸다. 나는 밤손님이 찾아왔나 싶어 미풍처럼 가만가만 그림자 곁으로 다가섰다. 녀석이었다. 진구의 무덤에 우산을 받치고 있었다. 진혼곡이라도 울리는 듯한 숙연한 분위기를 깰 수 없어 거실로 돌아와 두 손을 모으고 '천사 같은 마음 영원하라'고 기도했다.

녀석은 하염없이 내리는 비를 외면하고 잠들 수 없었던 것이다. 그래서 아빠 엄마가 잠든 사이 진구의 무덤으로 가 비가 그칠 때까지 우산을 받치고 있었던 것이다.

아이는 작은 일에도 눈물을 흘리며 감동을 선사한다. 강아지와의 헤어짐도 이렇게 많은 이야깃거리들을 남기는데 우리의 인생은 어떤 흔적과 이야기들을 남겨야 될지 생각하는 계기가 되었다. 녀석의 어깨는 젖었지만 진구는 편안히 잠들 수 있었다.

독서의 향기

신록의 계절에 즈음하여 새들의 노랫소리가 유난히 청아하다. 먼 산의 숲들을 바라보노라면 이내 마음도 푸르러 만상이 시詩와 수필 隨筆의 소재로 다가온다. 이런 날엔 키 크고 잎의 부피가 큰 나무 밑에 앉아 책을 들고 상상의 나라로 여행이라도 하고 싶다.

얼마 전이었다. 고전을 읽으면서 멍하니 눈동자만 굴리고 있는 나 자신을 보고 깜짝 놀랐다. 머리는 온갖 사념에 잡혀 있으면서 눈으로만 글자를 보고 있었던 것이다. 그러다가 문득 "내가 지금 무얼 읽고 있는 거지? 어디까지 읽었지?" 중얼거리면서 다시 첫 페이지로 돌려놓길 되풀이했다. 지금까지 남이 읽는다고 하여 잘 이해되지도 않는 책을 들고 더 열심히 읽겠다고 욕심을 부렸지만 마음은 다른 방향으로 가고 있었던 것이다. 그것은 시간 낭비이며 남에게 보이기 위한 것인지도 모른다.

처음엔 그저 열심히 읽는다는 것에 집중했지만 시간이 지나면서 생각이 달라졌다. 누구보다 많이 읽겠다거나 빨리 읽겠다는 욕심과 경쟁심이 발동한 것이다. 빌려 보는 책일수록 정해진 날짜에 반납해야 된다는 부담감에 쫓겨 내용은 살필 겨를도 없이 마치 그림 보듯 책장을 넘긴 것이다. 뿐만 아니다. 어떤 사람이 책 이야기를 할 때면 그 책을 읽어 보지 않았거나, 혹은 전혀 알지도 못하는 책이라면 마음이 더 조급해진다. 내면의 독서가 아닌 전시용 독서에 치중했던 것이 부끄러울 따름이다.

그렇게 지내다 보니 점점 책 읽기가 힘들어졌다. 무엇보다 즐거워야 할 일인데 오랫동안 그 사실을 알지 못했다. 매일 새롭게 쏟아지는 새 책들의 목록을 보면 기쁨보다는 부담감이 먼저였다. '저 많은 걸 다 읽을 수는 없겠지? 그렇다면 못 읽고 놓치는 책 중에서 정말 내가 읽어야 할 책이 얼마나 많을까?' 하고 조바심을 내곤 한다.

그러다 어느 독서 프로그램에 참여하여 책 읽는 방법에 대해 알고부터는 생각이 바뀌었다. 생각을 반대로 해 보게 되었다. 내가 감당할 수도 없이 매일 쏟아지는 괴물 같은 책을 어떻게 빨리 읽을 것인가? 그건 아무리 해도 떨쳐버릴 수 없는 잡생각일 뿐이요, 집착 같은 것으로 몸과 마음을 옭아맨다는 사실이었다. '많은 것을 빨리' 읽는 것으로부터 자유롭기 위해서 '적은 것을 느리게'의 미학을 선택하게 된 것이다.

빨리 눈으로 읽던 것을 손으로 짚어가며 한 자 한 자 읽어 보았다. 다섯 권 읽을 시간에 한 권을 간신히 읽었던 것이다. 거기서 나는 한 가지 초록의 영감 같은 깨달음을 얻었다. 지혜는 소박하고 근접하기를 꺼리는 곳에 피어 있는 들꽃이란 것이다. 즉 볼품없는 창고 같은 곳에서도 지혜를 얻을 수 있다는 것이다. 욕심은 장미처럼 사람을 유혹한다. 그러나 불쑥 잡았다가는 화려한 치장에 숨어 있는 가시에 찔려 피를 흘리고 만다.

책 욕심도 그런 것이다. 때론 그것이 욕심이라고 생각지도 못한 채 책을 읽고 그것을 기억했다가 다른 사람들과 대화할 때 불쑥 꺼내는 경향이 있다. 자기 꿈을 책이라는 갑옷으로 무장하고 눈만 겨우 보이게 둔다. 이때 책은 그의 방어막이 되고 무기로 변한다. 그때부터 자기는 없고 책으로 쌓아 만든 탑이 있을 뿐이다. 하지만 지혜는 위에 있거나 거만하지 않으며, 보다 낮은 곳에서도 존재한다. 겸손하게 바닥에 앉아 고개를 숙이고 찾지 않으면 간신히 피어 있는 작은 꽃을 보지 못하면, 늘 겉핥기만 할 것이고 정녕 지혜를 발견하지 못하는 것이다.

독서 프로그램을 통한 어느 날, 다과를 준비해 놓고 동료들의 이해를 구한 다음 한 발짝 더 나아가 보기로 했다. 일주일에 한 번은 시간을 정해서 책을 소리 내어 읽어 보기로 한 것이다. 무조건 빨리 읽고 그 내용을 기억하려 애쓰는 것에 익숙했던 내가 소리 내어 읽는다는 건 무척 힘든 일이었다. 하지만 이것을 통해 얻은 것은 말할 수 없이 소중한 것이 되었다. 책 한 권을 알차게 읽으면 그 안에서 수백까지 지혜를 얻을 수 있지만 속도에만 치중해 빨리 읽고 치우면 겉모양만 알 뿐 내용은 가물거려 헤아릴 수도 없을 뿐이다.

자세를 바르게 하여 또박또박 글자를 읽다 보니 우리 옛 선비들이 왜 그렇게 소리 내어 책을 읽었는지 조금 이해가 되었다. 한글은 입 모양부터 발성기관에 이르기까지 두루 살펴서 만든 소리글이다. 그렇게 때문에 눈과 입과 귀로 익힌 책 읽기는 단순히 책 속에 있는 지식을 아는 것 이상으로 많은 느낌을 깨우칠 수 있는 것이다.

꽃과 곤충을 사진으로만 배운 사람은 그것을 지식으로 알 뿐이다. 시골에서 자란 나는 어렸을 때 그런 책을 본 일은 없지만 날마다 산과 들로 다니면서 꽃을 만지거나 향기를 맡고 따먹기도 하면서 곤충을 찾아 뛰어다녔다. 여전히 꽃 이름과 학명이 중요하지 않다. 그것으로부터 배운 지혜가 더 좋았다는 것을 말하고 싶다.

예전의 아이들은 어려서부터 사랑방에서 들려오는 어른들의 글 읽는 소리를 들으며 자랐다. 총명한 아이들은 그 소리를 듣고 배우지도 않은 글을 외웠던 것이다. 선비들은 책을 읽고 또 읽었다. 소리를 내어 책을 읽다 보면 어느 순간 저절로 머리에 들어와 깨우친다는 것이다.

요즘에는 어린아이들에게도 책을 경쟁적으로 읽힌다. 아이들에게 무턱대고 수십 권짜리의 전집을 안겨 주는가 하면, 초등학교에선 누가 책을 더 많이 읽는지 경쟁을 붙여 상을 주기도 한다. 아무리 경쟁 사회 분위기라고 하지만 책 읽는 것만큼은 경쟁의 대상으로 삼아서는 안 된다. 책 읽기는 지혜를 얻기 위한 것이지 지식을 얻기 위한 것이 아님을 깨우쳐 주어야 한다. 세상을 보는 안목과 사물을 보는 통찰력이 모두 독서에서 나왔음을 알아야 한다. 책 속의 구절 하나하나는 삶 속에 체화體化되어 무의식중에도 진리를 행하게 하고 올바른 길로 인도하는 이치를 터득하게 해주는 지혜의 보고寶庫이다.

아들이란 이름을 부르며

춘추복을 갈아입고 나서야 가을임을 실감할 수 있을 것 같구나. 하늘을 떠받치고 있는 고성孤城은 고승高僧의 머리처럼 빛이 바래져 가고, 여름내 번들거리던 잎들은 하나 둘 퇴색되어 떨어진다. 어느새 숲은 따가운 가을볕에 속살이 드러난 숲의 표피는 건초처럼 말라가고, 산맥의 능선과 골짜기에서 잎들이 가을빛을 드러내며 바스락거리는 소리는 곧 흙으로 돌아가야 하는 설움인 듯하다.

'형설지공螢雪之功'이란 고사 성어故事成語의 뜻을 알고 있는지 모르겠다. 어떤 역경 속에서도 굴하지 않고 반딧불螢과 눈雪 빛으로 학문을 닦아 대성한다는 뜻이지. 성공하지 못한 변명은 어떤 이유에서도 핑계거리밖에 안 된다는 것이라고도 할 수 있다. 형설은 반딧불 형螢과 눈 설雪을 말함은 너도 알고 있을 것이다. 옛 선조들은 생활 형편이 어렵다 보니 여름에는 반딧불로, 겨울밤에는 창가에 앉아 눈빛으로 공부한 것을 두고 말한 것이다.

진晉나라 때 차윤이라는 사람이 있었단다. 워낙 집이 가난하여 밤이 되면 등불을 켜지 못할 정도였지. 그는 여러 날을 고민하다 묘안을 생각해냈다. 여름밤에는 연낭이라는 하얀 명주明珠 자루에 수십 마리의 반딧불을 넣어 불 대신에 쓰고, 낮에는 물론이거니와 밤에도 책 읽기에 열중하였다고 한다. 그러한 노력의 덕분인지 차윤은 마침내 상서랑尙書郞이라는 벼슬자리에 나아갈 수 있었다는 고사로서 우리에게 많은 깨달음이 되고 있다.

그렇다면 왜 아버지가 이런 비유를 하는지 이내 알 것이다. 공부는 시작과 끝이 없다고 할 것이며, 삶의 근본이란 것을 알고 있기 때문이다. 지식의 창고는 되지 못하지만 지혜의 보고寶庫로서 그 속에서 길을 찾을 수 있다는 것이다. 하여 공부는 당장은 필요 없는 같기도 하지만 너희가 위기에 처했을 때 독서로 인한 깨달음으로 탈출할 수 있게 될 것이다. 그것이 곧 지혜란 것이다.

너희가 하고 있는 일들이 전공 분야와 다소 거리가 있는 것 같지만 아버지는 너와 생각이 다르다. 이미 배워 알고 있는 것은 답습踏襲하는 것에 불과하기 때문에 창의적이나 혁신적인 아이템을 개발할 수 없는 한계성에 매몰되어 발전성이 없다는 것이다. 전문 분야는 자신이 하고 있는 일에 최선을 다하며 만들어가는 것이 아닐까? 우리 주변에는 전공과 상관없이 성공한 사람들을 흔히 볼 수 있음을 간과해서는 안 된다.

아버지가 공직에 재직할 때의 경험을 이야기하마. 가끔 고시考試 출신 공직자와 일할 기회가 있는데 무엇이 다르냐 하면, 말단부터 시작한 공직자는 전임자가 기안한 문서를 답습하려는 구태를 버리지 못하는데, 창의력이 전혀 없다는 것이다. 그러나 고시 출신인 수습 사무관은 조직의 질서에는 적응하는 능력이 떨어지지만 무無에서 유有를 창조하려는 아이디어를 개발하여 현안懸을 풀어가는 기획 능력이 출중함을 볼 수 있었다. 이는 사고思考와 행동이 중요한 것임을 말해주는 것이다. 사유思惟하지 않으면 우물 안의 개구리처럼 좁은 견해를 가질 수밖에 없으며, 고정관념의 틀에서 벗어날 수 없다.

좋은 책은 기분 좋은 활력을 주는 친구이다. 그리고 좋은 책은 너희가 어렵고 힘들 때 등을 돌리지 않는단다. 책은 언제나 친절하며,

우리의 손길을 기다리며 반기고 있어 우리는 책을 잡기만 하면 되는 것이다. 젊어서는 즐거움과 가르침을 주고, 늙어서는 통찰洞察力과 위안이 되는 책을 어떻게 외면할 수 있다는 것인가?

　'에라스무스'란 사람은 '의복은 사치품'이라고 했다. 그는 책을 구입할 때까지 의복 구입을 미루는 일이 비일비재했다는 사실을 음미해 보기 바란다. '남아수독오거서男兒須讀五車書'라는 말이 있다. 사나이가 자신의 인생에서의 의기를 살려 살아가려면 다섯 수레의 책을 부지런히 읽고 터득해야 한다는 것이다.

　'형창설안螢窓雪眼', 반딧불이 비치는 창가에 앉아 눈 내리는 날 책상을 가까이 하여 조용히 글을 읽으라는 의미를 새기고 살아가기를 바란다. 겨울에는 눈빛雪光으로 여름에는 반딧불螢로 책을 읽었던 성인들의 고사를 거울삼아 책을 가까이 하는 아들이 되어 주겠니?

'토끼전'의 사고

두 아들아! 비록 너희들의 모습을 직접 대할 수는 없지만 소임을 다하고 지낸다는 것을 마음의 눈으로 보고 몸으로 느낄 수 있단다. 아마도 천륜이라는 정 때문일 것이다. 가끔씩 새벽의 고요함을 즐기다 보면 안온安穩하다는 느낌이 든다. 이 깊은 고요는 어디서 나왔을까? 때로는 엄마의 품 같단다.

신묘년辛卯年 새해가 밝았구나. 나는 가끔 먼동이 터오는 산골짜기에서 이른 아침 세수하러 온 동물 가족들이 모여 '토끼전'에 대한 담화를 하느라 여념이 없는 상상을 해 보기도 한다. 토끼해가 되었으니 토끼에 관한 이야기가 안개가 피어오르는 것처럼 스멀스멀 생각이 난다. 너희들도 토끼와 거북이의 이야기를 알고 있겠지만 그 깊은 뜻을 새겨보아야 할 것이다.

오늘은 아주 예부터 전해 내려오는 '토끼전'의 뜻을 살펴보고자 한다. 토끼는 평화롭고 온순한 동물로서 인간과도 아주 가깝다고 할 수 있을 것이다. 겁 많은 아이가 토끼장 앞에서 고사리 같은 손으로 풀을 내미는 모습은 평화와 다정함의 상징과도 같은 장면이 아닐까 한다.

오랜 농경시대를 지내온 인간에게 달은 해와 함께 삶의 방향과 길을 밝혀주는 존재였다. 달은 인간에게 천상 세계이자 이상 세계였다. 사람들은 보름달을 보면서 계수나무 아래 토끼가 방아를 찧고 있는 모습을 상상하기도 했다. 이처럼 토끼는 인간들에게 친숙하고 생활의 일부와 같은 동물이기도 했다.

세상의 많은 동물 중에서도 토끼는 작고 잔꾀를 부리며 순박하고 착해 보인다. 먹고 먹히는 경쟁이 벌어지는 생태계에서 초식동물인 토끼는 육식동물의 먹이가 될 뿐 변변한 공격이나 방어 수단을 갖추지 못했다. 힘도 없을뿐더러 날카로운 이빨이나 부리, 발톱, 꼬리를 갖고 있지 않기 때문에 힘세고 덩치 큰 동물이 공격하면 먹이가 되곤 한다. 이렇듯 세상의 약자이면서도 평안한 삶을 누리며 위축되지 않고 지내는 토끼는 평화와 지혜, 장수와 부부애의 상징으로 일컬어지기도 했다.

아버지가 중학교 다닐 때는 일 년에 한 번씩 겨울날 전체 학생들은 토끼몰이를 갔었다. 천 여 명의 학생들이 산을 에워싸면 토끼는 이를 피해 도망을 다니다가 지쳐 학생들의 손에 잡히고 만단다. 지금 생각하면 교육현장에서 수업의 연장이란 명분으로 이런 일이 벌어졌는지 참으로 가슴 아픈 일이라 하겠다. 그것은 양육강식과는 거리가 먼 일로서 생태계의 질서를 파괴하는 것으로 가르치는 선생님들의 사고가 문제였다는 생각도 든다. 토끼도 하나의 생명이라는 사실을 몰랐던 것인지 아니면 재미로 한 것인지는 모르지만 안타까운 일임은 틀림이 없다.

고색창연古色蒼然한 어느 날, 토끼와 거북이가 경주를 했다는 사실은 알고 있지? 토끼와 거북이의 달리기 경주는 토끼의 입장에서 보면 내키지 않은 게임이었다. 하나마나한 게임이기 때문이다. 상대가 되지 않는 느림보를 상대로 시합을 한다는 것 자체가 자존심 상하는 일인 것이다. 토끼가 이긴다는 것은 누구나 예상할 수 있고 명확한 것이어서 조금도 신명나지 않고 소득 없는 일이다. 승리한다고 해도 당연한 것이기 때문에 축하받을 일도 아니다. 거북이가 해보자고 나서는 것 자체가 엉뚱한 도전이고 터무니없는 억지에 불과한 것이다. 경주란 실제로 실력이 비등한 자와 해야 하는 것이다. 그것은 공평하지도 않고 웃기는 게임이다. 그러나 피할 수 없는 경기였다.

걸음이 빠른 토끼는 느림보 거북이를 훨씬 앞서 갔단다. 그러나 심성이 고운 토끼는 이런 상태에서 독주해 거북이를 이긴다는 것은 명예가 아닌 망신이라는 생각을 했다. 거북이의 기분을 고려하여 배려와 균형을 맞추고 싶었던 것이다. 토끼가 나무 그늘 밑에서 잠든 척하는 사이에 거북이는 이를 이용하여 결승점에 도착해 만세를 불렀다. 그러자 심판관은 만천하에 거북이의 승리를 선포했다. 거북이의 속마음도 모르고 잠을 잔 토끼도 어리석지만 무엇보다 잠든 토끼를 모른 체 버려두고 살그머니 지나가 경주에서 이긴 거북이도 나쁘지 않느냐? 토끼는 경기에서 느림보로 자학하는 거북이에게 자신감과 자존심을 세워 주려고 했지만 거북이는 일등만 해야겠다는 생각을 가졌던 거지.

이렇듯 지금까지 전개된 판도를 뒤엎고 예상하지 못한 결말을 제시하는 전환은 재미를 극대화시키기 위한 방법이다. 토끼는 어리석은 바보가 되고 말았고, 거북이는 성실과 인내로 성공을 차지하는 모범생으로 탈바꿈한 것이다. 거북이에게는 박수를 받았고, 토끼는 어리석고 나태하여 실패한 바보라고 조롱당했다. 토끼로선 어처구니없는 일이다. 아마도 이런 경주 이후엔 거북이는 한 번도 토끼와 경주를 하지 않았을 것이고 만약 했더라도 이기지 못했을 것이다.

이 설화는 어른 아이 구별할 것 없이 사람들에게 교훈教訓적이고도 풍자諷刺적인 내용을 전달하기 위해 동물을 빗대어 엮은 이야기지만 전하고자 하는 뜻은 분명한데도 많은 사람들이 그 깊이를 간과看過한다.

아버지는 어느 한쪽으로 기울지 말고 그들의 됨됨이를 생각해 보자고 하고 싶다. 너희들은 토끼 같은 사람이 되어서는 안 된다. 그렇다고 친구를 따돌리고 몰래 비겁하게 이기겠다고 일등의 논리만 가졌던 거북이 같은 사람이 되어서는 더더욱 안 된다. 잠든 토끼를 깨워 함께 가는 거북이가 되어라. 그런 멋진 신사도를 가진 사람이 되어야 한다. 또한 자기보다 느린 거북이를 생각하는 토끼 같은 사람이 되라는 것이다. 달리 생각해보면 '토끼전'에서 토끼는 세상이 강자라고 할지라도 자신의 이익과 생존을 위해서 다른 힘없는 생명체의 생명을 위협해서는 안 된다는 뜻을 전한다고 할 수도 있다.

올해는 토끼의 해, 잠든 토끼를 깨워서 목적지를 향해 손을 잡고 가야겠다. 너희들은 토끼의 배려와 양보심, 거북이의 근면 성실함을 배워야 한다.

사고의 틀을 깨뜨려라

사랑하는 큰아들!

빈자貧者는 여름이 좋다고 하지만 아버지는 옆 사람과 체온을 나눌 수 있는 겨울이 좋다. 한여름의 더위가 천둥 번개에 멍이 들도록 두드려 맞고도 정신을 못 차렸는지 밤이 되어도 제 집을 찾아갈 줄을 모른다. 가만히 누워 있어도 숨이 막힐 지경이다. 그러나 참고 기다리면 가을은 말없이 오겠지.

오늘은 고정관념을 버려야 한다는 메시지를 전하고 싶구나.

너는 어릴 적부터 어머니로부터 귀가 따갑도록 들은 말을 기억할 것이다. "모난 돌이 정 맞는다. 강하면 부러진다. 너무 앞서지 마라."는 말을 말이다. 아버지 또한 이와 대동소이한 말을 수없이 들으며 자랐다. 그것은 긍정과 부정의 뜻을 동시에 내포하고 있었다고나 할까? 부모가 자식을 사랑하고 염려가 되어 하는 말이었지만, 한편으로는 사고思考의 깊이와 발전을 저해하는 요인이기도 하다. 이는 매사에 신중을 기하고 남 꽁지나 따라다니라는 말인데 자칫 남 좋은 일만 시킬 수도 있다는 것을 말하고 싶다.

세상을 발전시키고 견인하는 건 이성적 합리주의자들이 아니라 기존의 틀을 거부하고 깨뜨리는 말썽꾸러기들이란 사실도 동시에 기억해야 한다. 고정관념의 옷을 벗어던지고 다양한 시선과 상상력의 눈을 떠야 한다는 것이다. 눈앞에 나타난 형이학形而學적인 것들은 물론 눈에 들어오지 않은 형이상학形而上學적인 것들까지 모두 자신의 앞가슴으로 끌어당겨 아이에게 젖을 물리는 어머니처럼 고요하고 거룩한 눈빛을 가져야 한다는 것이다.

무모한 인물이란, 상식이라는 이름의 틀과 인습因習을 파괴하는 말썽꾸러기 형 인간을 일컫는다. 지금까지 누구를 닮아야 한다는 무모한 강요에, 사회적 명성이 있는 사람을 따라 해 상당 부분 효과를 거둔 게 사실이지만 한 단계 더 도약하자면 과거의 이 표준을 대체할 새 기준을 만들어 낼 창조적 말썽꾸러기들이 절실한데, 이를 위해 가정교육부터 바꿔야 한다.

'순응하라, 어울려라, 말썽부리지 마라'는 천편일률千篇一律적인 교육으론 창의적인 사람으로 성장할 수 없다. 한번 실패하더라도 일어서려는 도전적 인재를 키우기 어렵다는 건 두말할 필요가 없다고 하겠다. 가정에서도 마찬가지로 가능한 이러한 말을 자제해야 한다는 생각이다. 주위와 불화하고 규칙을 깨뜨리는 새로운 발견과 창의성을 위해 매진하는 아이들에 대한 사회적 포용력과 부모의 관심을 넓혀야겠다. 문제는 얼마나 받아들이고 실천하느냐 하는 것이 아니겠느냐?

말썽꾸러기들은 '창의적이냐, 아니냐' 하는 문제에서도 배척되는 것이 우리 사회의 현상이다. 실패는 용인되지 않고 최소한의 안전망도 없는 게 현실이다. 일등만 인정하는 현실 때문일 것이다. 안정과 조화만 추구하는 그 어떤 개인이나 조직에는 발전을 기대할 수 없다. 마르셀 루프는 '진정한 발견이란 새로운 땅을 찾는 것이 아니라 새로운 눈을 갖는 것'이라고 했다. 그렇다면 이를 위해 사고의 획기적인 전환을 모색해야 만이 새로운 것을 발견할 수 있다는 것이다. 손자 녀석에게도 하지 마라는 말보다 "이렇게 하자"라는 긍정적인 말로 창의, 혁신,

모험 정신, 도전 정신을 추구하는 습관을 길들이기 바란다.

아들아, 명심하여라. 부정은 나태함을 낳고 긍정은 꿈을 성취하게 될 것이다. 가급적 큰 꿈을 품고 가꾸기 바란다.

입은 재앙의 문

두 아들아!

춘삼월春三月의 양광陽光이 가득한 오후, 촌초寸秒 같은 시간을 틈내 글을 전하노라. 너희들이 전송한 메일을 보면서, 정직하고 바르게 생활하려는 모습이 눈에 선하다.

속된 말, 부정적인 말, 또는 자학自虐의 말은 개인뿐만 아니라 조직 전체의 분위기를 저하시킬 수 있는 더 큰 문제일 것이다. 그러나 그렇게 마냥 부정적인 속내를 드러내는 그를 탓하지 말고 가급적 멀리하는 방법은 어떨까? 그렇게 할 수만 있다면 말이다.

아버지도 말이 씨가 되어 화를 부른다는 가르침을 수없이 들었단다. '구화지문'口禍之門, 입은 재앙을 불러들이는 문이라는 뜻이다. 입으로 들어가는 것이 아니라 입에서 나온다는 뜻이 더 정확한 표현이다. 불행을 자초自招하는 운명이 입에 달려 있으므로 말하는 것을 경계해야 함을 이른 것이다.

고사古事에 풍도라는 사람이 있다. 당唐나라 말기에 태어난 사람이다. 당나라 멸망 후에 진晉나라와 거란, 한漢나라 등으로 이어지는 나라에서 벼슬을 한 사람으로 알려져 있다. 어지러운 그 시기에 살면서도 당시로서 73세까지 수를 누렸으니 꽤 장수한 것으로 생각된다. 풍도가 쓴 설시舌詩에 이런 구절을 본 적이 있는데 이를 소개하마.

구시화지문口是禍之門 입은 곧 재의 문이요
설시참신도舌是斬身刀 혀는 곧 몸을 베는 칼이라

폐구심장설閉口深藏舌 입을 닫고 혀를 깊게 감추면

안신처처뇌安身處處牢 가는 곳마다 몸이 편하다

입은 마음의 문이니 입을 엄밀히 지키지 못하면 마음의 참 기틀을 다 누설할 것이고, 뜻은 마음의 발이므로 뜻의 막음이 엄격하지 않으면 마음이 옳지 못한 길로 다닌다는 뜻이 아니겠느냐? 이 외에도 구시상인부口是傷人斧라는 말이 있는데, 역시 입을 잘못 사용하면 그 자신을 망친다는 뜻의 고사가 전해진다.

남의 흠을 꼬치꼬치 찾아내어 새로운 견해나 내리려고 애쓰는 사람은 진실로 어리석은 인간이라 할 수 있다. 겨우 일면만 보고 기이한 물건을 얻은 것처럼 좋아하며 아는 체하여 날뛰고, 거리낌 없이 배척해서는 안 된다는 것을 가르쳐 주는 경구警句임을 새겨 놓아야 할 것이다.

불평불만을 밥 먹듯 하는 사람과는 어울리지 말거라. 그는 근심 걱정이 많은 사람으로서 매사에 부정적으로 안일함을 도모할 것이며, 감사할 줄 모르는 사람일 것인즉 전염성 또한 강할 것임이 분명하다. 그러니 경계하라는 것이다. 마땅히 가야 할 자리에 있지 못하거나 가서는 안 될 자리에 있어서는 안 된다. 만약 그럴 경우 다시는 아버지를 보지 못할 것이다.

흔히 '자식은 어버이의 행위를 비추는 거울'이라고 한다. 아버지가 궁금한 사람들과 직장의 상사나 동료들은 너를 통해 아버지를 보려는 사람들이 많을 것이다. 너의 표정을 통해 아버지의 모습이 못나게 드러나지 않도록 표정을 밝게 하고 언행을 바르게 하여야 만이 자식

된 도리를 다하였다 하지 않겠느냐? 너희야말로 아버지의 꿈과 자화상自畵像이니 처신을 잘해 주기를 당부한다.

무엇이든 넘쳐 하나씩 흘리기보다는 모자람을 채운다는 신념을 가져야 한다. 매사에 절제와 담박할 것이며 입은 닫고 귀를 열고 듣기를 즐겨야 될 것이다.

말의 미학美學

아들, 민아!

해가 뜨고 지는 것은 대자연의 말없는 변화이며 숲의 나무들이 옷을 갈아입는 것도 대자연의 흐름이 아니겠느냐? 그렇다면 너도 한곳에 머무르지 않고 변하고 혁신하려는 마음을 가져야 한단다.

네 얘기를 듣고 판단한 것이지만 몇 차례 충고를 해도 상대가 달라지지 않는다면 그 습관을 하루아침에 고칠 수는 없을 것이다. 그렇다고 해서 그를 미워하거나 탓해서는 안 된다. 그것은 너 자신을 옥죄는 일이 될 수 있기 때문이다. 근본적인 문제를 해결하면 되겠지만 인간과 인간 사이의 문제인 만큼 뜻대로 되지 않을 가능성이 훨씬 클 것이다. 그런 만큼 조직의 질서를 훼손하지 않은 범위 내에서 가급적 피하는 방법을 선택하는 것도 괜찮을 듯하다.

욕설이란 무엇이냐? 꼭 상스러운 말을 해야 욕설이 되는 것은 아니다. 남을 흉보고, 시기하고, 무시하고, 명예를 더럽히는 등 상대방이 그 말로 인해 치욕감을 느끼게 하는 그 모든 것이다. 욕설을 내뱉은 행위는 상대방에게 모멸감侮蔑感을 주기도 하지만 욕하는 자신의 허물과 미래를 그대로 드러내는 행위이니 결국 자신에게 이익이 되는 것은 아무것도 없다. 그것은 현재의 모습이 지난 삶의 모습이고, 현재의 모습을 통해 미래를 볼 수 있는 것이니 말이다.

『탈무드』에 이에 대한 교훈적인 우화가 나오는데 보았는지……. 어떤 왕이 광대 두 명을 불러 한 사람에게는 이 세상에서 가장 악한 것을 찾아오고, 또 한 사람에게는 가장 선한 것을 찾아오라고 명령했다. 얼마의 시간이 지나 두 광대는 답을 찾아왔는데 두 광대의 답은 같았다고 한다. 두 광대의 답은 바로 혀舌였던 것이다. 혀舌를 어떻게 사용하느냐에 따라 선이 될 수도 있고 악이 될 수도 있음을 시사한 우화다.

어떤 사람을 알고자 할 때, 그 사람과 대화를 나눠 보면 어느 정도 그 사람의 장래라든가 됨됨이를 알 수 있다는 게 중론衆論이다. 성공학 칼럼니스트 이내화 선생은 "사람에게 공짜로 주어지는 것이 두 가지가 있는데 그것은 바로 시간과 말이다."라는 글을 쓴 적이 있다. 시간을 어떻게 활용하고 말을 어떻게 하느냐에 따라 천 냥 빚을 갚을 수도 있고, 남의 원망을 사서 인간관계에 대한 회의로 괴로움에 시달릴 수도 있는 것이다. 그러니 인생을 잘 살아가기 위해서는 '성공한 사람들은 말부터 다르다'는 명제를 기억해야 할 것이다.

그렇다면 네가 말한 그는 늘 부정적인 사람으로 이렇게 답할 것이다. 속된 말을 섞어가며, 죽겠다, 귀찮다, 안 된다, 재수 없다 등의 말이 습관으로 굳어져 주위 사람들이 회피하고 싶은 사람으로 여길 것이다. 부정적인 말은 미리 자신이 하는 일이 안 될 것이라는 전제하에 모든 일을 대하기 때문에 열려 있을 가능성마저 배제해 버림으로써 결과는 언제나 부정일 수밖에 없다. 그러니 그 사람의 부정적인 말로 인해 괴롭다고 느끼기보다 긍정적 사고를 할 수 있게 칭찬과 격려로 회유懷柔해 보는 것도 하나의 방법이 아닌가 싶다. 부정적인 사고도 전염성이 강하지만 긍정적인 사고 또한 강하기 때문이다.

아버지는 평소에 네가 말하는 것을 보면 열정적인 힘을 가지고 있는 사람임을 알고 있다. 그러니 부정적으로 가득 찬 그 사람을 긍정적이고 불가능 속에서도 가능성을 찾을 수 있도록 인도할 역량이 충분하다고 믿는다.

가까운 친구라도 남의 말을 좋지 않게 전하는 사람에게는 절대로 속내를 보여서는 안 된다. 그 사람이 바로 다른 사람 앞에서 너를 흉보는 사람이라 보면 틀림없을 것이다. 무슨 일이든 깊이 사유할 것이며, 목소리를 낮추고 겸손해야 한다.

이번 일로 내면의 자아自我를 더욱 성장시키는 계기가 되었을 것이다. 승리의 삶은 긍정적인 발상과 자신감에 있다는 것을 명심해야 한다.

무엇이든 공유하라

사랑하는 아들아!

꽃 피는 춘삼월春三月이지만 심장을 에는 바람 때문인지 아직은 심동深冬인 듯하다. 이제 너희 둘은 결혼을 했고 비로소 어른이 되었다. 지금까지는 자기중심적 사고와 행동을 했다면, 이제는 가정이라는 공동체 의식을 가져야 한다. 결혼은 무엇인가? 각기 다른 사람이 만나 하나가 되어 가정을 이루는 작은 사회이다. 그것은 울타리를 말하는 것이며, 그 속에서 존재하는 것들을 존중하고 타협하면서 살아야 한다는 것이다.

그렇다면 답은 하나이다. 서로 사랑하고 신뢰하는 것도 중요하지만 무슨 일이든 공유하려고 노력해야 한다. 아내가 비를 맞으며 걷고 있을 때 우산을 들어주는 것보단, 함께 비를 맞으며 걷는 것이 아픔을 나누는 것일 게다. 작은 일 하나라도 결정하기 전 잘 의논하고 협력해야 한다. 혼자서 다 결정해 놓고 통보하듯 하면 어느 누군들 기분이 좋겠느냐. 그러면 부부간의 믿음에 금이 가고 존중하는 마음이 가시게 되어 상대의 꼬투리 잡을 생각만 하게 된다. 아무쪼록 공유하는 데 힘을 써 작은 일에도 기쁨을 찾으려 노력하고, 인생이 짧다는 것을 알아야 함을 명심해야 한다.

먼 훗날에 그때 아버지의 말을 새겨들을걸, 하고 후회한들 그때는 남음이 없다. 너희들에게 주어진 시간들이 귀하다는 것을 알고, 부부간의 정을 돈독히 하는 자체가 아이들에겐 바르게 성장하는 밑거름이 될 것임이 분명하다.

틈나는 대로 책을 가까이 하여라. 독서의 목적은 지혜를 얻는 데 있다. 지식을 획득하기 위한 것이나 부를 창조하기 위한 것은 더더욱 아니다. 세상을 보는 안목眼目과 통찰洞察이 모두 독서에 있단다. 그래서 책 속에 길이 있다고 하지 않았느냐? 아이에게도 자주 독서하는 모습을 보여주되 눈으로 읽지 말고 가급적 소리 내어 읽어 주는 것이 좋다. 아버지의 책 읽는 낭랑한 목소리가 아이에게는 오래토록 기억에 남을 것이며, 깨달음이 되어 자연스레 따라 하게 될 것이니 말이다. 무엇이든 본보기보다 훌륭한 교육은 없다.

예전에 사랑채에서 너희 할아버지와 할머니도 글을 큰 소리로 읽으셨는데, 나중에 알고 보니 다른 이유가 있었다. 그것은 내가 듣고 따라 하라는 간접적 발상이셨단다. 아버지는 책 읽는 소리를 반복적으로 듣게 되면서 배우지도 않은 글을 깨우칠 수 있었다. 그만큼 학습의 효과가 크다는 사실을 명심하여 자식 교육에 참고하기 바란다.

아이가 성장하면 책의 내용은 간략하고 삽화가 많은 이야기책을 읽어주는 것이 유익할 것이다. 이야기를 들으며 상상력을 키울 수 있고, 책과 친숙해지는 훈련이 가능해지기 때문이다. 교훈적인 것도 좋지만 아이가 흥미를 느낄 수 있는 책을 고르는 것이 좋다.

책 읽기 전에 등장인물에 대한 연구를 충분히 할 필요가 있다. 어느 부분에서 감정을 실어야 할지, 소품 등은 어떤 게 필요한지 결정해서 읽으면 아이가 책에 흥미를 더욱 크게 갖게 된단다. 등장인물별로 목소리를 달리해 실감나게 읽어주면 더 좋아할 것이다. 책을 읽어준 뒤 느낀 점이나 깨달은 점을 말해 보라고 하는 것은 좋은 방법이 아니라고 생각한다. 아이가 스스로 느끼고 상상하는 시간을 주는 것이 중요하지 않을까 해서이다. 전래동화나 전설 등을 외운 뒤 아이의 눈높이에 맞추고 옛날이야기 들려주듯 해 주는 것도 반응이 좋을 것이다.

너희 형제를 양육해 본 경험에 의하면 아이들은 같은 내용을 여러 번 반복해서 읽어 달라고 하는데 무한정 반복했다가는 지칠 우려가 많다. 함께 노래를 하거나 아이가 좋아하는 놀이를 권하고 그림을 그려보는 등 아이의 관심을 다른 곳으로 돌리면 체력적인 부담 없이 책 읽기를 즐길 수 있을 것이다. 책을 읽을 때 다양한 손동작을 선보이는 '손 유희'를 함께 하면 지루하지 않을 것이다. 자고로 부모가 먼저 부단히 공부하는 모습을 보이는 게 최고임을 명심하기 바란다.

무슨 일이든 혼을 바치듯 해야 된다. 그러고도 만약 실패하더라도 청운의 꿈을 포기해서는 안 된다. 실패는 했지만 그 원인을 알게 되었으니 목표가 더 분명해지지 않았느냐.

어느 신문에서 '오래 살기보다는 올바르게 살아야 한다.' 는 논지(論之)를 보았다. 참 명쾌한 말이 아니냐. 어떤 어려운 현실이 닥쳐도 부정한 나무 그늘에서는 쉬어서는 안 될 일이다. 그리고 어떤 상황이든 도전 의식을 갖고 살아야 한다. 사람이 살아가는 데 열정과 실패가 없어서야 무엇을 하겠느냐. 지혜로운 너는 아버지가 무엇을 염려하는지 잘 알 것이다. 너희를 위한 아버지의 졸시란다.

어느 날 하시에
어떤 일이 닥치더라도
포기하기를 쉬이 하면

어찌 험한 세상을 헤쳐

목적지에 다다를까

인생이란

저 높은 산을 오르는 것과 같으리니

목적지까지 가기 전에는

한 걸음이 무거운 법

하지만 쉼 없이 오른 후에

비로소 세상을 보게 될 것이다

제2장

가족이란 공동체

결혼을 축복하며

구만리장천九萬里長天은 멀미가 날 정도로 맑고 푸르다. 신작로에는 은행나무 잎이 노랑나비의 주검처럼 너즈러져 을씨년스러움을 더한다. 텅 빈 듯한 산에는 나무들이 마지막 한 잎마저 다 떨쳐버리고 빈 가지만 윙윙거리며 울고 있다. 무거운 짐을 벗어 던진 듯 홀가분하고 시원한 느낌으로 가득 차 있다. 빈 가지 위에 산 까치가 두리번거리며 놀다가 하늘을 향해 솟아오르는 모습이 정녕 가을임을 느끼게 한다. 이것이 가을의 정경이리라! 이러한 자연의 겸손을 통해 내가 내려놓을 게 없는지 하나 둘 헤아려 보게 된다. 가을은 비워야만 더 큰 것으로 채울 수 있다는 삶의 교훈이 아닌가 싶다.

가을이 주는 정감 때문일까? 고집만 피우던 작은 녀석이 자연의 순리와 겸허함을 닮아가는 듯하다. 기특한 녀석. 결혼 문제 때문에 속을 썩이더니 이해가 지나기 전에 결혼을 하겠단다. 신문 광고를 통해 신붓감을 모집하려는 아버지의 의도를 눈치 챘던 것일까? 어떤 여성인지 궁금해 하얀 밤으로 지새우기도 했다. 하여간 계절의 변화에 민감한 녀석이 아버지의 마음을 헤아려 주는 것 같다.

지금까지 결혼 얘기를 꺼내면 마음에 드는 여인도 없을뿐더러 준비가 안 되었다고 했다. 하지만 무엇을 준비하겠다고 한 것이냐고 묻고 싶다. 결혼에 있어 완벽한 준비는 없다. 결혼 그 자체가 부족한 사람끼리 만나 서로 채우며 행복을 만들어 가는 것이다.

요즘 젊은이들은 혼자 살아가는 것을 자랑삼아 이야기한다. 그것은 결혼을 하지 못한 것에 대한 변명과 자기 합리화일 뿐이다. 그런 말을 들을 때마다 웃음이 나온다. 왜냐하면 가장 못난 사람들의 짓거리란 걸 알기 때문이다. 그러기에 나는 결혼 안 한 것을 자랑하는 사람을 보면 불쌍한 생각마저 든다. 세상 만물은 원래 쌍으로 이루어짐인데, 쌍을 이루지 못하고 살아가는 것은 절름발이 인생이나 다름없다.

인간의 삶이란 살다 보면 어떻게든 살아지는 것이다. 녀석은 준비가 완벽히 되면 결혼하겠다고 했지만 모든 일에는 때가 있기 때문에 더 이상 미루지 말라고 했던 것이다. 그 시기를 놓치게 되면 제대로 평가받지도 못할뿐더러 여러 어려움이 따른다. 키는 다소 작은 편에 속하지만 우선 인물 고만하지, 탄탄한 직장과 고정 수입도 있는데 왜 망설였는지는 모르지만 고르고 고르다 이제 마땅한 상대를 찾았던 것이 아닐까?

하나님은 남자와 여자를 창조했다. 그것은 짝을 이뤄 살라는 뜻이다. 그런 신의 섭리에 어긋난 길을 갈 때는 그만큼 부족하고 어리석다는 것이다. 핑계를 대서는 안 된다. 모든 일은 사고의 문제이다. 무엇보다 자신의 인생이 최우선이다. 그걸 제대로 인식하고 있다면 결혼 문제도 잘 풀어나갈 것이다. 완전히 빈손이 아닌 조금 부족한 것은 두 사람의 존재감만으로도 충분히 채워질 수 있기 때문이다.

녀석으로부터 이제 결혼을 하겠다는 말을 전해들은 아내도 기뻤던 모양이다. 그렇다. 자식은 부모의 심정을 모르는 법. 나 역시 몰랐으니까 말이다. 아울러 때가 되면 결혼할 것을 왜 그리도 걱정했는지 부끄러운 생각이 든다. 이제 철이 들어가는 녀석, 그것이 곧 부모의 걱정을 덜어주는 것임을 이제 알았던 것일까? 가득한 것에서 하나둘 흘리고 사는 것보단, 날마다 조금씩 채우며 살아가는 삶이야말로 행복한 날들을 이어가는 것이 아닐까?

상견례에 앞서, 별빛이 노래하는 어느 날 밤, 녀석의 신붓감을 만나기로 했다. 어른이 먼저 양보하고 배려하는 마음이 있어야 하는 법. 하여 먼저 약속 장소에 들렀다. 바깥에서의 바람소리는 레퀴엠인 양 삭막한 분위기를 자아냈지만 찻집은 엄마 품처럼 안온한 분위기였다. 모리스 라벨의 발레곡 '볼레로'가 눈보라 위를 거침없이 달리는 말처럼 뛰어나오는 찰나였다. 두 녀석이 그림 장면처럼 다가왔다. 지금 생각하니 흑백사진이라도 찍어 둘걸······.

자부子婦가 될 여인! 첫 느낌이 주는 신선함은 얼음장을 뚫고 갓 돋아난 연노란 싹처럼 싱그럽고 고왔다. 긴 대화는 나누지는 못했지만 언행을 통해 됨됨이를 알 수 있었으며, 아울러 품행을 바르게 양육한 사돈어른의 면면을 짐작할 수 있었다. 그래서 자식은 부모의 얼굴이라 했다.

유학을 다녀온 재원에다, 태가 곧고 바르며, 예쁘고 영민하며, 다정다감하고 유쾌하며, 친절하면서도 예의범절禮儀凡節에 지성까지 두루 갖춘 여성임을 단번에 알 수 있었다. 양가의 집안을 빛낼 소중한 만남이요, 만추晩秋에 가장 값진 수확이라는 생각에 행복 전도사라는 애칭을 지어주었다.

결혼식에 앞서 사돈어른으로부터 소중한 글귀와 선물을 받았다. 하여 아내와 나는 어떤 선물을 보내야 할지를 두고 고민을 거듭했다. 세상에 돈으로 전하는 선물은 얼마든지 있다. 하지만 사돈어른에 대한 고마움과 며느리를 맞이하는 기쁨을 붓으로 표현하기 위해 심중心中에 있는 글을 써내려갔다.

사돈어른께 올립니다.

주님은 저희들의 삶 속에 늘 함께하심을 믿습니다.

훌륭한 품성과 소양을 갖춘 사돈어른과 가족의 연을 맺게 된 것을 집안의 영광으로 생각합니다. 저희는 해마다 가을이 되면 추수秋收라도 하듯이 한 해 동안 키워온 생각들을 거두어 봅니다. 금년 가을엔 특별히 손에 잡히는 것이 없어 내면의 뜰은 뼈만 데리고 돌아온 '바다의 노인' 같았습니다. 그런데 두 사돈어른께서 옥이야 금이야 키워준 따님을 본 후 마치 태산을 얻은 듯 세상 욕심이 일거一擧에 사라졌습니다.

저희 아들 녀석을 사위로 받아주시고, 아들 하나 더 얻은 마음으로 사랑하고 아껴주시겠다니 고맙고 기쁜 마음 그지없습니다. 저희도 귀한 따님을 며느리로 받아들이는 게 아니라, 아예 딸 삼아 늘 처음처럼 설레는 마음으로 알뜰살뜰 보살피겠습니다. 먼 훗날 두 집안이 연을 맺게 된 것을 후회하지 않도록 각고의 노력을 다하겠습니다.

저희 녀석이 비교적 바르게 성장한 배경이 있습니다. 그것은 새벽마다 종소리처럼 안온安穩한 시골 예배당을 찾는 조부모님의 간절한 기도 덕분임을 저희는 잘 알고 있습니다. 그분들이 자식처럼 애지중지 가꾸고 수확한 고추, 깨, 콩 등을 보내드리게 되었습니다. 부족하지만 기도에 응답하신 하나님에 대한 감사함과 손주며느리를 맞이하는 기쁨을 전해드리는 것임을 헤아려 주셨으면 합니다.

"초겨울의 감기가 그해 겨울을 좌우한다."는 말이 있습니다. 부디 건강에 유념하시기를 소원합니다.

사돈어른이 이 글을 친인척들이 모인 식사 자리에서 낭독했더니 모두들 좋아하시며 감흥感興에 빠졌다고 한다.

상견례相見禮가 있던 날, 예식을 치르는 중간에 부모가 바라는 마음의 시詩를 써 낭송하는 게 어떻겠느냐고 사돈어른께 제의하자 기꺼이 동의했다. 하여 나는 '동행同行'이라는 시를 준비했으며, 낭송은 사돈어른이 하기로 하고 순서를 기다리고 있었다.

시를 낭송할 순서에 색다른 이벤트가 준비되어 있었다. 해외에서 봉사 활동을 하고 있는 큰 녀석이 제수씨가 될 신부에게 꽃을 건네면서 가족이 되어줘 고맙다며 포옹까지 했다. 고정관념에 익숙한 많은 내빈은 생소한 분위기에 사뭇 놀랐지만 나는 전혀 어색하지 않았다. 예전 같으면 생각지도 못할 행동이었지만, 역시 세계화를 꿈꾸고 있는 녀석은 생각의 문화도 다르구나, 하는 자부심에 내심 쾌재를 불렀다.

연이어 '동행'이란 시를 낭송하게 되었다. 변화에 인색한 내빈들이었지만 그 시간만큼은 숙연하고 감동적이었단다. 나는 힘찬 박수 소리에 눈을 떴다. 하지만 흐르는 눈물을 주체할 수 없었다. 그것은 두 녀석의 결혼을 축복하고 며느리를 맞이하는 기쁨이리라.

동행 同行

아이야 손잡고 걸어라

지금 잡은 손을 무심 코라도 놓지 마라

반쪽이 하나 되어 세상을 향한 첫 걸음이다

비틀거릴 수도 있어, 넘어질 수도 있어

그래도 일어나 발을 힘껏 뻗어 대지를 향해 걸어라

신호등조차 없는 인생길 경쟁으로 점철된 삶의 전쟁터

실패할 수는 있지만 포기해서는 안 돼

너희에겐 가야 할 길이 있고 세워줄 반쪽이 있지 않느냐

힘에 부쳐 허덕일 때

네 뒤에는 함께 걸으며 눈을 떼지 않은 이 있으니

주눅 들지 말고 언제나 보무步武 당당하게 걸어라

행복은 동반자의 얼굴에 있음 이란다

찌푸린 얼굴은 네 반쪽에 소홀히 했음이요

웃음꽃 머금고 산다는 건 사랑으로 채웠기 때문 이란다

네 반쪽에게 세상에서 가장 아름다운 소리만 들려주어라

언제나 설레고 사랑으로 두근거리는 가슴속 소리를 말이다

그리 가다 보면 무시로 행복의 꽃 피리니

영혼으로 산화하는 그날까지 두 손 잡고 걸어라

사랑하는 아가야

아니 벌써 나비라니! 창가에 기대어 먼 산을 바라보고 있던 아내의 외침에 뭔가 하고 쳐다보니 노랑나비 한 마리가 살랑살랑 봄바람을 타고 춤을 추고 있었다. 아, 이제 봄이 왔음을 알리는 것인가? 겨우내 잔뜩 움츠려 있던 심신을 크게 한번 펴 본다. 새봄을 만끽하기 위한 기지개를 켜는 것이다.

지금의 느낌을 가슴에 담아 두었다가 며느리를 위한 수필을 써야 겠다는 생각이 들었다. 그러니 자연히 먼 옛날 읽었던 『꽃들에게 희망을』이라는 책의 내용도 떠오른다. 아직도 베스트셀러로 많이들 읽고 있다는데…….

그래, 세상이 아무리 첨단을 달리고 각박하게 돌아간다고 해도 가끔은 동화의 세계로 여행을 하는 것도 나쁘지 않으리라. 그러고 보면 나는 동화는 많이 읽었다고 할 수는 없을 것 같다. 아니 숫제 읽지 않았는지 모른다. 어떤 것을 읽었는지 기억에 남는 것이 없으니 말이다.

아무튼 갑자기 날아든 나비 한 마리로 인해 이것저것 많은 것을 생각하고 상상하게 되었다. 별의별 상상도 다 해 보게 되었다. 마치 아마존의 밀림 속에서 나비 한 마리가 날갯짓을 한 것으로 '나비효과'라는 파장을 불러일으킨 것처럼 그냥 홀린 듯한 날이다.

곱디고운 사랑하는 아가야, 마음으로 네게 매일 편지를 쓰지만 이렇게 수필을 쓰는 것은 처음이란다. 지혜로운 아이이기에 큰 염려는 않고 있단다. 네가 바라던 결혼 생활 그대로 살아가기는 어렵겠지만, 가급적이면 믿고 의지하면서 아기자기한 소박함 속에서 웃음꽃을 피웠으면 한다.

오늘 갑자기 나비 한 마리를 보다가 너를 떠올리게 되었단다. 저렇게 아름답게 날갯짓하며 바람에 몸을 실어 하늘을 유영하기까지의 세월은 과연 어땠을까도 생각해 보았단다. 애벌레 과정을 거치면서 긴 시간들을 침묵으로 참아내고 언젠가 나래를 펼치고 하늘을 나는 그 순간까지 기다리는 아픔은 또 어땠을까? 작은 알이 우주를 느끼고 예쁜 옷을 입고 살아남는 아름다운 장면을 볼 수 있다면 그것은 정녕 한 편의 드라마와도 같은 것이다.

우리네 인간도 마찬가지 아닐까. 낯선 사람이 서로 만나 서로를 알아가며 또 그 가족의 일원들을 하나하나 지켜보면서 새로운 가족이라는 굴레 속에서 살아간다는 것이 어디 쉬운 일이랴. 하찮은 미물보다 훨씬 더 어려운 인고의 과정일 것이다.

지금의 며느리인 네가 나비와 같다고나 할까? 이제 간신히 서투른 날갯짓을 하며 세상을 향해 날아가려는 안쓰러운 몸부림이 그것이 아닐지. 앙증맞은 날개가 언젠가 가족이라는 소중한 둥지를 감싸 안는 큰 날개로 그 역할을 대신할 때까지 너는 각고의 세월을 결코 외면해서는 안 된다. 한시도 좌절하지 않고 악전고투惡戰苦鬪하며 자신을 비롯해 가족 전부를 다 지켜 내는 큰며느리로서의 역할을 완수하기 바란다.

연약함 속에 애착이 도사려 있고, 유약함 속에 엄마로서의 위대함이 숨 쉬고 있을 것이다. 굳이 시아버지라는 사람이 말하지 않아도 네 나름대로 미래를 위한 청사진이 있을 것이다. 그 그림을 한 순간도 놓치지 말고 이어가리라 믿는다. 너의 바람대로 그 그림을 완성시켜 내게 보여주면 안 되겠니? 나는 믿는다. 너는 분명히 아름답고 꿈을 이루어 가는 그림을 그려낼 것이라고 말이다.

나비를 보면서 한심한 나 자신을 보았단다. 내가 젊고 두려움이 없을 땐 평안함에 안주하여 저까짓 미물들은 안중에도 없었거든. 그런데 지금 창가에 서서 나비를 바라볼 땐 '얼마나 자유로울까? 우리 가족도 저렇게 비상해 봤으면' 하는 푸념 섞인 넋두리나 하고 있으니 말이다. 하여 어느 선지자는 '세상에 특별한 스승이란 없는 것'이라 했나 보다. 온갖 것 다 선생이고 보물인 것처럼 보이니까 말이다.

우리 아기가 요즘 어떤 책을 읽고 있는지 궁금하다. 너만 괜찮다면 고전을 권하고 싶다. 벌써 다 읽고 기억의 보고寶庫 속에 차곡차곡 쌓아뒀겠지만 그래도 틈틈이 어느 것이든 한번 읽고 내게 얘기해 주겠니? 시아버지와 문학의 세계를 공유하는 것은 참으로 아름다운 일이 아닌가 싶다. 지금의 세상이 온통 기계적이고 컴퓨터 위주의 세계지만 인간으로서의 삶의 꽃을 한번 피워 보자구나.

봄이 왔다고 하지만 불시에 덤빌지도 모를 동장군冬將軍의 반격을 염두에 두어야 될 것이다. 마음으로 전하는 유자차 한 잔 받아 주겠니?

엄마가 된다는 것은

신문지 크기의 햇살 한 점이 어깨동무처럼 포근한 어느 날, 한 통의 전화를 받았다. 언제나 에너지와 기쁨이 충만한 며느리였다. 잘 지내느냐고 묻기도 전에 수줍음과 기쁨이 교차한 음성이 연인의 입김처럼 밀려들었다. "아버님! 제가 아이를 가졌어요. 기특하지 않나요? 축하받고 싶어요. 어서 한 말씀 하세요." 나는 예전 같으면 생각지도 못할 며느리의 깜찍한 행동에 놀랐지만, 고맙다는 생각에 눈시울이 뜨거워졌다. 나는 "그래, 고맙다. 이제 엄마가 되었구나. 축하한다. 가야할 자리와 음식을 구별해라."라는 말을 전했다.

퇴고를 거듭하고 있던 원고를 주섬주섬 치우고, 아이를 가진 엄마로서의 자세를 글로 남겨야겠다는 생각에 연필을 들었다.

자부子婦는 10여 년을 미국에서 생활했다. 하지만 한 남자의 인격체가 마음에 들어 결혼을 하고 한국에 아주 정착하게 되었다. 자신마저도 한국 사람과 결혼하게 될 줄 몰랐다는 며느리가 한국 사회의 문화에 적응할 수 있을까, 하는 걱정도 했다. 하지만 아이까지 가졌으니 모든 게 기우였던 것이다. 사랑의 힘은 이처럼 대단한 것일까?

결혼식 중간에 큰 녀석이 제수가 될 신부에게 꽃다발을 선사하면서 포옹까지 해 하객들의 시선을 어리둥절하게 한 지가 엊그제 같은데, 아이를 가지다니 참 성미도 급했던 모양이다. '동행同行'이란 시를 사돈어른께서 근엄하게 낭송하여 식장 분위기를 감흥에 빠지도록 한 지가 엊그제 같은데, 기특한 녀석! 아이를 갖고 기뻐하다니……. 식장에서 아들놈이 한 만세 삼창이라도 하고 싶다. 시아버지와 할아버지의 역할을 감당할 수 있을지 걱정도 되지만, 좋은 걸 난들 어쩌란 말이냐?

아이는 가지고 싶다고 하여 가지는 게 아니다. 하나님이 준 가장 큰 선물이요, 축복이다. 아이를 가지고 행복해하는 자부子婦에게 꼭 전해야 할 메시지는 무엇일까? 그것은 훌륭한 어머니상이 되라는 것이다. "훌륭한 어머니는 백 명의 교사보다 가치가 있다"고 한 조지 허버트의 말처럼, 가정에서 어머니는 모든 이의 마음을 끌어당기는 자석磁石이고 모든 이의 눈을 밝히는 북극성北極星이다. 가정에서는 누구든 어머니를 따라 하는 일이 지속적으로 일어난다. '베이컨'은 모방을 가르침에 비유했다.

태아 교육에 관한 것부터 전해주고 싶다. 먼저 아기를 잉태한 성경 속의 이야기들을 쉽고 재미나게 쓴 책이 있단다. 산모들이 한 곡의 잔잔하고 밝고 따뜻한 마음으로 음악을 듣듯이 편안한 마음으로 읽으면 되지 않을까. 창조주에 대한 경배와 찬양, 기도와 마음가짐, 사랑과 감사 등의 이야기들이 수록되어 있다니 태아 교육에 분명 도움이 될 것이다.

태아에게 다정하게 말을 거는 것이 최고의 음악이요, 엄마와 함께 호흡하게 되는 것이란다. 태아는 엄마의 목소리를 기억하고 그 소리를 들으며 안심한다니 태아의 정서 안정에도 좋을 것이다. 가능한 일찍 자고 일찍 일어나는 습관은 태아가 좋아하는 생활 리듬이다.

"안 돼!" 하는 꾸지람 소리는 태아가 상처를 받기 때문에 가능하면 부드럽게 감싸는 말로 칭찬을 아끼지 말아야 한다. 좋은 음악을 들려주고 가능한 따뜻한 음식을 먹되 가려 먹을 것이며 가야 할 자리와 가지 말아야 할 자리를 구별해야 된다.

엄마에게 듣기 싫은 소리를 계속 들으면 불안정한 아기로 태어날 가능성이 많다고 한다. 가급적면 '잘했다, 잘 놀아줘 고맙다, 사랑한다, 내일은 더 재미나는 책과 더 신 나는 음악을 들려줄게.'라는 말로 기분을 좋게 해야 된다. 태교 열 달이 교육 10년보다 더 영향을 준다니 잠시도 소홀히 해서는 아니 될 것이다.

출산 후 아이 교육은 어떻게 해야 될까? 그것은 두말할 나위도 없이 본보기다. 가르치는 것보다 본을 보이는 것이 훨씬 효과적인 교육 방법이다. 본보기는 행동의 지시이며, 무언의 가르침이다. 본보기는 말로 가르칠 수 있는 것보다 에너지도 덜고 훨씬 많은 가르침이 된다는 것을 알아야 한다. 본보기는 혼자만의 행동으로 가능하지만 말로 가르칠 때는 여러 사람의 도움이 필요하고 비용도 들게 마련이다. 본보기는 곧 실천이다. 아무리 잘 가르쳐도 그 사람이 본을 보이지 않는다면 아무리 훌륭히 가르쳐도 소용이 없다.

지행일치知行一致 않는 가르침은 위선보다 못하다는 것을 명심해야 할 것이다. 그것은 나쁜 버릇을 가장 비겁한 방법으로 가르칠 뿐이다. 어린이도 일관성이 있는지 없는지를 금세 판단할 수 있다. 부모의 가르침에서 말과 행동이 다르면 아이는 금방 어머니의 이중성을 간과하고 만다. 정직과 선의 미력을 설교하지만 정작 자신은 먹을 것을 훔쳐 소맷자락에 감추고 있다면 수사의 훈계訓戒는 아무런 소용이 없는 것이다.

아이는 모방模倣하는 과정에서 인격이 조금씩 형성되어 가다가 종국從國에는 확고하게 굳어진다. 훌륭한 작품을 모방해야 훌륭한 작가가 탄생하듯이 부모 역시 본보기를 잘해야 만이 아이가 바르게 성장할 수 있다. 몇몇 행동은 그 자체로 사소해 보일 수도 있다. 그렇지만 일상생활에서 일반적으로 되풀이하고 있는 행동들은 먼지와 같다. 먼지 한 점 한 점이 눈에 잘 띄지 않는 것처럼 행동들 하나하나는 하찮아 보인다. 그러나 모이고 쌓이면 큰 해가 되는 것이나 마찬가지라고 할 것이다.

'카울리'는 유년 시절의 마음속에 심어진 생각들과 본보기들이 미치는 영향을 얘기했는데, 그것을 어린 나무의 나무껍질에 새겨진 글자에 비유했다. 나무가 자랄수록 나무껍질에 새겨진 글자가 커지고 넓어지듯 어린 시절 마음속에 자리 잡은 생각들과 본보기들의 영향력 역시 확대되기 때문이다. 아무리 사소한 인상이라도 어릴 적 받은 인상은 쉽게 지워지지 않는다. 그래서 아이들의 어릴 적 입은 상처가 인생을 좌우한다는 말과 맥을 같이한다고 할 것이다.

어릴 적 마음속에서 심어진 생각들은 땅에 떨어진 씨와 같아서 한동안은 보이지 않지만 서서히 싹을 틔워 일정 시간이 지나면 행동의 습관으로 표출된다. 그러므로 아이는 어머니의 태도, 말투, 행동거지, 생활방식을 따라 하게 된다. 그래서 어머니의 습관이 아이들의 습관이 되고 어머니의 성격이 되물림되는 것이다. 가정은 최고의 학교이고, 어머니는 최고의 스승이며, 어머니가 곧 아이의 미래라는 사실을 명심해야 한다.

결혼 생활에 있어 황금률黃金律은 참고 또 참는 것이다. 정치와 마찬가지로 결혼은 협상의 연속이라고 할 수 있다. 결혼 생활은 신뢰를 최우선해야 하며 무엇이든 공유하고 소통이 돼야 한다. 삼가고 절제하며, 참고 양보해야 한다. 상대방의 결점을 보고도 너그러이 눈감아 주어야 하는 것이 사랑이다. 모든 자질 중에서 고마운 마음씨가 결혼 생활에서 무엇보다 중요하다는 사실을 명심해야 될 것이다.

   손자 녀석에게 전하는 시詩 선물이다.

귀히 지음 받은

그대의 기상은

하늘보다 높고 바다보다 깊으며

그 맑은 눈빛 사랑이 가득해

그대는 아득히 무엇을 생각하며

눈빛을 반짝이는 가

선을 위하여

정의를 위하여

불씨 하나 더 얻기 위하여

가득히 가슴 설레는 구나

그대는 햇살같이 온유하고

바람같이 부드럽고

별처럼 총명하고

솔로몬처럼 지혜로우며

세상의 빛이 되리라

부모가 스승이다

자식에 대한 관심과 사랑은 어느 어머니든 다를 바 없을 것이다. 그중에서도 맹자孟子의 어머니는 대단히 열성적이었다. 그토록 열악한 조건에서도 맹자가 최고의 교육을 받을 수 있도록 했으니까 말이다. 맹자의 성공은 어머니의 열성 때문이며, 맹자를 일깨워준 스승은 뭐니 뭐니 해도 그의 어머니다.

'맹자' 하면 많은 사람이 '맹모삼천孟母三遷'을 떠올릴 것이다. '삼三'은 '여러 번'을 의미한다. 아이에게 좋은 교육 환경을 마련해 주기 위해 여러 번 이사를 다녔다는 것이다. 맹자는 어렸을 때 무덤 근처에서 살며 장례를 치르는 어른들의 행동을 그대로 따라 했다. 이를 보고 있던 어머니는 이래서 안 되겠다 싶어 시장 부근으로 이사를 간다. 그러자 맹자는 장사꾼 흉내를 내며 놀았다. 상품의 질이 좋다 나쁘다, 몇 냥이네, 가격이 싸네, 깎아주네 마네, 하면서 놀고 있었다. 이 모습을 지켜본 어머니는 역시 아이의 교육에 마땅치 않겠다 싶어 다시 그곳을 떠난다.

마지막으로 이사를 간 곳이 학당 옆이었다. 맹자는 그곳의 학생들과 어울려 책을 읽거나 쓰기를 하면서 예절을 배웠던 것이다. 그제야 어머니는 이것이 바로 아이가 배워야 할 것들이라 여기고 그곳에 자리를 잡았다.

맹자는 어머니가 아니었더라면 상여꾼이나 장사치가 되었을 수도 있다. 그렇기에 맹자의 어머니는 이처럼 아이의 교육에 영향을 줄 수 있는 주변 환경에 신경을 썼다. 그래서 아이의 건강한 성장과 성품에 도움이 되는 환경을 일부러 찾아 나선 것이다. 어머니의 이러한 노력이 맹자가 뛰어난 인재로 성공하는 데 결정적인 역할을 했다.

맹자의 어머니는 또 신身의 가르침과 언言의 가르침을 결합했다. 몸을 준칙으로 삼아, 즉 자신의 행동을 통해 맹자에게 영향을 준 것이다. 한漢나라 문제文帝 때 박사 한영이 지은 『한시외전漢詩外傳』이라는 책이 있다. 사서에 기록되지 않은 일과 도덕적 설교 등이 주된 내용이다. 여기에 이런 이야기가 전해진다.

맹자가 시장 근처에서 살 때 동쪽의 이웃들이 돼지를 죽인다. 돼지의 울음소리가 매우 처절했던지 어린 맹자는 어머니에게 이렇게 묻는다.

"저 사람들이 왜 돼지를 죽이나요?"

어머니는 망설임 없이 대답해준다.

"너한테 맛있는 돼지고기를 주려는 게지."

하여 맹자는 좀 있으면 고기를 먹을 수 있다며 좋아한다. 사실 어머니는 별생각 없이 입에서 나오는 대로 말한 것이었다. 그러나 말을 마치고 난 어머니는 금방 후회가 되었다. 아이에게 성실과 신의를 지켜야 한다고 늘 말해왔는데 그런 자기가 오히려 거짓말을 했으니까 말이다. 아이의 믿음을 저버리지 않기 위해 어머니는 가난한 살림에도 불구하고 돼지고기 한 덩이를 사다가 맹자에게 먹을 것을 만들어준다. 행동의 가르침은 말의 가르침보다 무거운 것이다. 맹자의 어머니는 이렇게 자신의 행동으로 백 마디 말보다 실천이 더 중요함을 몸소 보여 주었는데 이것이 곧 본보기다.

맹자와 관련해 잘 알려진 이야기가 또 한 가지 있다. 맹자가 학업을 그만두자 그의 어머니가 베틀의 북을 끊었다는 '삼자경三子經'의 이야기가 전해진다. 어렸을 때 맹자는 공부가 힘들어 집으로 도망쳐 온 적이 있다. 그때 어머니는 베를 짜고 있다가 아들이 도망쳐 온 모습을 보고 불같이 화를 낸다. 그리고 한참 옷감을 짜던 베틀의 북을 댕강 끊어 버린다. 이에 놀란 맹자가 무릎을 꿇고 이유를 묻자 어머니는 엄하게 꾸짖는다.

"네 공부는 나의 베 짜기와 다름이 없다. 이 베는 한 올 한 올을 이어서 만든다. 이제 북을 끊어 버렸으니 더 이상 베를 짤 수가 없다. 모름지기 학문이란 낮밤을 가리지 않고 하루하루 부지런히 연마해야 이룰 수 있는 것이다. 네가 공부를 그만둔 것은 내가 더 이상 베를 짤 수 없게 된 것과 마찬가지다."

어머니의 말을 들은 맹자는 차마 고개를 들 수 없었다. 그때부터 맹자는 주야로 공부에만 전념하기 시작한다.

나중에 어른이 된 맹자는 학문에 나름의 성과를 이루고 결혼을 하게 된다. 그러던 어느 날 집에 돌아와 보니 아내가 다리를 쩍 벌리고 앉아 있었다. 맹자는 너무 못마땅해 아내를 쫓아낼 생각까지 한다. 예의에 전혀 맞지 않은 행동이었기 때문이다. 발뒤꿈치에 엉덩이를 대고 앉아 있다가 사람이 오면 곧바로 무릎을 세워 똑바로 앉아야 한다는 것이다. 그런데 맹자의 어머니는 사정을 듣더니 오히려 맹자를 꾸짖는다.

"예의에 어긋난 건 새아기가 아니라 바로 너다. 당堂에 올라설 때는 반드시 인기척을 해서 안에 있는 사람이 알 수 있도록 하고, 방으로 들어갈 때는 눈을 아래로 깔아서 방 안 사람을 바로 쳐다보지 말아야 하는 법이다. 네가 먼저 예절을 무시해 놓고 왜 애꿎은 새아가만 나무란단 말이냐?"

그제야 맹자는 자기에게 잘못이 있다는 것을 깨닫고 아내를 내쫓겠다는 생각을 접는다. 자기 집에서도 앉거나 서 있는 태도가 불량하면 쫓겨날 수 있었다니 당시의 여성은 참으로 불쌍했다. 바꿔 생각하면 맹자의 어머니가 얼마나 사리에 밝았는지 알 수 있다. 이처럼 맹자의 어머니는 엄하게 맹자를 가르치고 자기 잘못을 반드시 뉘우치도록 했다.

다시 세월이 흘러 맹자는 사회적으로 상당한 성공을 거둬 제齊나라로 가 삼경三卿 중 한 자리를 맡는다. 상당히 높은 관직이었다. 어느 날 맹자가 무엇 때문인지 불편한 표정을 짓고 있었다. 이에 어머니가 바로 눈치채고 물었다.

"무슨 속상한 일이라도 있느냐?"

맹자가 말한다.

"지금 제나라 선왕宣王은 제게 상당한 대우를 해 주지만 저의 정치적 주장은 전혀 써 보려고 하지 않습니다. 그래서 송宋나라로 가서 제 뜻을 펼치고 싶은데 다만 연로하신 어머님이 불편하실까 봐 차일피일此日彼日 미루고 있습니다."

이에 어머니는 이렇게 말한다.

"절대 나 때문에 참거나 하진 말거라. 나는 부녀자로서 나의 예에 따라 남편을 돕고 자식을 가르쳐왔다. 너는 공부를 한 사람이다. 그러니 옳은 일을 행하는 것을 최고의 덕목으로 삼아야지. 네 뜻대로 하여라. 떠나면 떠나는 것이지 내 걱정은 할 필요가 없다."

나중에 맹자는 정말로 제나라를 떠난다. 그러나 어머니는 맹자가 제나라에 있을 대 이미 세상을 떠난다. 이후 맹자는 일부러 노魯나라로 어머니의 시신을 모셔와 안장한다. 맹자는 추나라 사람이고 추나라는 노나라의 속국이다. 노나라를 자신의 조국으로 여겼던 것이다.

지금까지의 얘기가 다 사실이라고 말할 수는 없다. 그러나 이것만은 분명하다. 맹자가 인생에서 중요한 순간순간마다 어머니가 결정적 역할을 했다는 것이다. 하여 '가정은 학교'이며 '부모가 교사'라는 말처럼 자녀에게는 무엇보다 가정교육이 먼저이고, 가정교육이 중요한 것임을 말해준다. 무슨 일이든 부모가 먼저 모범을 보이며 지행일치知行一致 해야 한다.

할아버지의 꿈

어느 할아버지가

며느리 배 속의 아이에게

착한 사람도

말 잘 듣는 사람도

공부 잘하는 사람도 다 말고

호기심을 가지고 관찰하며

느끼는 사람이 되라고

담장의 장미는 언제 피고 지는지

서리가 내려도 피는 꽃이 무엇이며

귀뚜라미 여무는 소리 들으며

시를 쓰고 노래할 줄 알며

사람은 언제 울고 웃고 하는지

엄마가 언제 행복해하고 슬퍼하는지

매사에 호기심과 의심을 가지며

배고픈 아이와 나눠 먹을 줄 알며

아파하는 아이가 있으면

어디가 아픈지를

관심 가지는 아이가 되라고

할아버지가 될 내가 며느리 배 속의 아이에게 전하는 말을 시로 표현한 것이다. 곧 태어날 손자 녀석에게 하는 일상의 말이 아니라, 자연의 이치와 근본을 통해 무엇인가를 전하려는 것이다. 모든 대상에는 호기심과 의문을 가지고 본다는 것은 주의 깊게 살핀다는 의미이다. 사물의 현상뿐만 아니라 형태가 없는 것까지 보고 느낄 줄 아는 눈, 그것이 참사람의 마음이 아닐까? 살아가는 뭇 생명의 소중함을 아는 사람이 되라는 것이다.

자연은 철을 따라 바뀌면서 무엇을 전해주고 있는지, 어떻게 꽃을 피우고 향기를 내며 열매를 맺는지 유심히 관찰하고, 친구와는 나눌 줄 알며, 무엇이든 공유할 수 있는 아이야말로 자연스레 심성이 고운 사람으로 성장할 수 있지 않을까?

엄마의 마음을 읽는다는 것은 인간의 도와 효는 물론 인간의 그릇을 빚는 근본이 그 속에 있음을 말해주는 것이다. 만물에 대한 호기심이 궁금증을 자아내고 꿈을 이루는 바탕이 되지 않을까?

아버지의 자화상

내가 재수하고 있을 때였다. 예비고사는 합격했지만 본고사에 떨어졌던 것이다. 아버지는 하숙을 하며 학원에 다니는 내게 생활비만큼은 넉넉하게 보내 주셨다. 그런데 어느 달부터 조금 빠듯하게 보내 주었다. 몇 차례 연락을 취했지만 반응이 없었다. 이에 나는 어쩔 수 없이 "당신 아들 배고프고 책 살 돈이 없어 공부 못 하겠습니다."라는 내용의 긴급 전보를 보내기도 했다. 그러나 아버지는 "그래 잘됐다. 모든 것은 네 책임이다."라는 내용의 답장을 보내왔을 뿐이다.

당시에는 기운이 빠지고 헛갈렸다. 진짜 공부를 그만두라는 것인가? 내게 얼마나 기대를 걸었던 분인데…… 생각할수록 그럴 리 없다는 인식만 되살아났다. 서운한 마음에 연락을 끊고 이를 악물었다. 생활비를 보충하기 위한 궁리 끝에 중학생들을 상대로 과외를 해 번 돈으로 생활을 이어갔다.

그러나 많은 시간이 흐른 뒤에야 아버지께서 보낸 전보의 깊은 뜻을 헤아리게 되었다. 그것은 내가 어려워 보아야 돈의 소중함도 깨달을 것이며, 공부에만 열중할 수 있다는 생각을 하시고 자립심을 키우고자 하셨던 것이다. 아버지의 예상은 적중하여 계획된 생활을 하게 되었다. 그때부터 나는 가계부를 작성하며 꼭 필요한 곳에만 지출했던 기억이 아련하다.

그해 늦은 봄이었다. 시골에서 감자 농사를 지어 서울에 팔러 오셨던 아버지가 하숙집으로 찾아 오셨다. 나는 눈물이 핑 돌았지만 지난 일이 되살아나 반가운 마음을 내색하지 않았다. 하지만 내 손을 잡으신 아버지는 당신의 뜻을 이해해 줘 고맙다며 눈물을 보이셨다. 이에 내가 입을 쭈뼛거리자 "무슨 말을 할지 알고 있다."며 말문을 가로막으셨다.

보아하니 아버지는 하루를 묵고 가실 작정이셨다. 책을 펴고 공부하는 척하는 내게 오늘은 책을 덮고 당신을 따라가자고 하셨다. 아버지는 나를 불빛이 희미한 포장마차로 데려갔다. 아버지는 모처럼 서울에 오서 아들을 만났으니 부자간의 정을 나누고 싶으셨던 것이다. 아버지는 술을 점잖게 드시는 분으로 명절 때는 형제를 모아놓고 막걸리를 나누며 덕담을 해 주시던 분이었다.

그날 아버지와 나는 술을 주거니 받거니 거나하게 마셨다. 손님들이 하나 둘 빠지고 난 뒤 부자夫子간의 이야기보따리를 풀었다. 우리 이야기를 듣고 있던 주인아줌마도 귀가 솔깃하여 자주 머리를 끄덕였다.

아버지는 어머니와 결혼해 살림을 이룬 이야기, 자식을 낳았을 때의 기쁨 등 애써 감추고 계셨던 사랑을 확인하는 순간 나는 눈물을 보일까봐 봐 술잔을 연거푸 들었다. 아버지는 술을 제법 드셨지만 정신을 흩트리지 않으시고, 자세를 더 꼿꼿이 하여 인생 교육을 시키셨다. 아버지는 난데없이 "남자는 술값을 해야 한다."고 하셨다. 나는 '술값을 하라니, 그렇다면 술을 마시고 취하라는 뜻이냐'고 물었다. 이에 술잔을 내려놓고 주시하는 아버지가 무슨 말씀을 하실지 귀를 곤두세웠다.

아버지는 "세상에 공짜는 없다."고 하셨다. 즉, 술 마시는 것도 투자라는 개념의 말씀을 하셨다. 술값을 치른 만큼 술자리를 통해 인생의 참된 이야기를 듣고 배우라는 아버지의 말씀이셨던 것이다. 또 "어떤 자리에서든 허리를 곧추세우고 당당해야 한다. 입은 닫고 귀를 열어라. 누구와도 소통하고 공유하라. 술酒이 예술이다."라는 등의 말씀이 이어졌다. 술이 예술이라고 하신 것은 술 때문에 인생을 망친 사람도 있지만, 술자리를 통해 인생을 나누고 우정을 돈독히 하라는 설명을 덧붙이기도 하셨다.

나는 정신이 번쩍 들었다. 사회 초년생인 나에게 술이 인생을 만들어 가는 과정이며, 그것을 투자 개념으로 말씀하신 아버지가 자랑스러웠던 것이다. 아버지의 말씀은 철학이었다. 하여 나는 어느 자리에서든 아버지의 말씀을 떠올리게 된다. 나는 밤새 술을 마시더라도 자세를 흐트려 본 기억이 없으며, 심지어 사람들은 나를 보고 술 취한 모습을 한번 보면 소원이 없겠다는 말을 하곤 한다. 당당한 자세는 그 자체가 카리스마이고, 상대에게는 자신감을 부여할 수 있지 않을까 한다.

아버지는 그 외에도 "신발을 구겨 신지 마라. 바보를 자청하라. 남자가 김이나 상추 등을 손에 올려놓고 싸 먹지 마라. 군것질하지 마라. 늘 꿈을 품어라."는 등의 가르침을 주셨다. 사회에 첫발을 막 딛기 시작한 청년기 때의 아버지가 하신 말씀은 두고두고 보약이 되고 있다.

아버지의 정은 잘 드러나지 않는다. 그만큼 어느 아버지든 속이 깊다는 것이다. 자식에게 사랑한다는 표현조차 애틋하게 하는 경우가 드물 정도이다. 내놓고 걱정하거나 슬퍼할 수도 없다. 하여 시인 김승헌은 그 처지를 '아버지의 마음'에서 이렇게 읊었다. "아버지의 눈에는 눈물이 보이지 않으나, 아버지가 마시는 술에는 항상 보이지 않는 눈물이 절반이다. 아버지는 가장 외로운 사람이다."라고 말이다. 맞다. 아버지는 억울한 일을 당해도 묵묵히 참아내다 보니 늘 상처를 안고 산다. 천만 근의 짐을 홀로 지고서도 내색을 않는다. 그것은 권위 때문도 아니며, 오직 가족을 위한 책임 때문일 것이다. 자식을 위해서라면 비굴할 정도로 몸을 낮추기도 한다.

어느 TV 예능 프로그램에 소개된 초등학생의 '아빠는 왜?'라는 시를 본 적이 있다. 가정에서 아버지의 위치가 어느 정도인지 가늠할 수 있는 작품이었다.

"엄마가 있어 좋다. 나를 예뻐해 주어서. 냉장고가 있어 좋다. 나에게 먹을 것을 주어서. 강아지가 있어 좋다. 나랑 놀아 주어서. 아빠는 왜 있는지 모르겠다."

아빠들이 관심을 갖고 잘하라는 뜻으로 이해되기도 하지만 참으로 가슴이 저리지 않을 수 없는 내용이다. 어떻게 하여 강아지보다 못한 아버지의 존재가 되었을까, 하는 생각들이 가슴을 옥죄었다. 하지만 그림자처럼 점점 사라지는 아버지의 모습에서 마음이 아프다거나 안타까워 눈물을 흘리는 자녀도 있을 것이다. 엄마와 자식 노릇이라고 쉽지는 않지만, 이 시대의 아버지가 설 자리가 점점 좁아지고 있는 건 사실이다.

"이사할 때 이삿짐 트럭에 아버지가 가장 먼저 오른다."는 말이 있다. 혹여 아내와 아이들이 버리고 갈까 봐 무서워 그렇단다. 아버지라는 존재를 가정에서 먼저 인정받아야 어느 조직에서든 대우를 받는 법인데……. 아내들이여! 남편의 권위를 세울 것이며, 자식들이여! 아버지의 수고를 알아야 될 것이다. 나 또한 한 가정의 가장家長으로서 조금도 소홀히 해서는 안 된다는 생각을 한다. 노부모님의 아들로서, 한 여인의 남편으로서, 자녀들의 아버지라는 이름으로 먼저 모범을 보이겠다는 다짐을 하며 시 한 수 읊는다.

어버이 말씀 생각만 해도
가슴이 아린다
굶어 죽어도 정직해라
욕심이 화를 부른다.
그 깊은 뜻 이제 알 것 같다
아! 부모의 마음 이런 것이었나
늦게라도 깨닫게 하여
눈물로 씻을 수 있도록 사랑하였음을
이제는 부모님 말씀 받들어 살겠노라고

이 정도면 적어도 술값 하고 사는 인생이 아닐까 헤아려 본다.

아버지의 고민

햇살이 푸르러지자 건들바람이 옷깃을 여민다.

아버지는 예나 지금이나 필체가 좋지 않음을 자학自虐하신다. 아버지의 필체가 뛰어난 것은 아니지만 그렇다고 모자라지도 않다. 그런데도 글을 쓰시다가 내가 볼까 봐 감추기 바쁘다. 젊었을 때 필체가 뛰어난 사람도 나이가 들면 지렁이처럼 꼬일 수밖에 없는 것이 글씨체이다. 글이란 쓰는 이의 마음을 전하는 것임을 아셔야 할 텐데…….

사람마다 성격이 다르듯 글에도 태, 개성, 결, 무늬, 색깔 등이 다르다. 하여 있는 대로 보고 그 뜻을 이해하면 되는 것이 글이다. 나는 아버지의 필체를 보는 것이 아니다. 글 쓸 당시의 아버지의 마음을 읽고자 여념이 없다는 것을 아셨으면 한다. 대부분의 사람들은 글씨는 타고나는 것이며, 아무리 노력하여도 명필名筆이 될 수 없다고 하지만 그것은 아닌 것 같다.

필체가 있는 사람의 글씨는 대체로 그 재능이 도리어 맨홀이 되어 손끝의 재주와 기교를 벗어나기 어려운 데 비하여, 아버지처럼 필체가 서툰 사람의 글씨는 손끝으로 쓰는 것이 아니라 온몸으로 혼을 바치듯 쓰기 때문에 그 속에 혼신의 힘과 정성이 가득하여 단련의 미美가 다듬어져 비로소 사람 냄새가 풍긴다.

만약 필체가 뛰어난 사람이 그 위에 혼신의 노력으로 꾸준히 쓴다면 두말할 나위가 없다. 자기 마음대로 쓸 수 있는 몽둥이를 휘두르는 손오공처럼 더할 나위도 없겠지만 이런 경우에는 관념적으로나 상징이 될 수 있을 뿐, 필체가 있는 사람은 역시 오리 새끼 물로 가듯이 손재주에 맡길 수밖에 없어 사람 냄새가 나지 않는다.

사람의 아름다움도 이와 같아서 타고난 얼굴의 조형미보다는 그 사람의 지혜와 경험의 축적이 내밀한 인격이 되어 은은히 배어나는 아름다움이 더욱 높은 것과 마찬가지이다. 뿐만 아니라 인생을 보는 시각도 이와 다르지 않다는 생각이 든다. 첩경과 행운에 연연해하지 않고 역경에서 오히려 정직하며 진리와 사랑에 허심탄회한, 그리하여 스스로 선택한 우직함이야말로 인생의 무게를 육중하게 해 주는 것이다.

필체와 언변言辯과도 대동소이大同小異하다. 언변이 뛰어난 사람은 스스럼없이 물 흐르듯 하지만 현혹에 지나지 않는다. 그러나 반대인 사람은 밀은 어눌하지만 그 말 속에 무게감과 신뢰를 느낄 수 있다. 글이란 의사소통의 도구에 불과한 것이 아닐까? 돌담 쌓는 심정으로 쓰게 되면 글을 보는 이로 하여금 이해가 빠르고 감동을 주게 될 것이다. '눌언민행訥言敏行', 말은 어눌하게 하고 행동은 민첩하게 하라는 뜻을 새겨 보자.

가족이란 공동체

내가 중학교에 다닐 때이다. 어느 날 아버지는 식구들을 한자리에 모아놓고 난데없이 "두부를 만들어 판매하는 게 어떻겠느냐?"고 하시며 "식구들이 많아 손을 빌리지 않아도 수익을 낼 수 있다."고 하셨다. 아버지의 갑작스런 제의에 다 말은 없었지만 '침묵은 긍정'이라는 언어로 동의하고 있었던 것이다.

처음엔 손수 맷돌로 콩을 갈아 두부를 만들어 팔았지만 수요를 감당하지 못해 마을 창고를 빌려 공장을 차리게 되었다. 기계화가 된 후 내가 한 일이 없었기 때문에 추억조차 없다. 손수 두부를 만들 때는 아버지를 중심으로 식구가 하나가 되어야만 가능했다. 이러한 과정을 통해 협동심, 믿음과 공감, 책임과 연대 의식이 생기게 되면서 가정의 뿌리를 튼튼히 할 수 있었다.

첫째, 식구들끼리 협동심과 책임 의식이 확고해졌다. 서로가 조합이 되어야만 이 두부의 질과 생산성을 제고할 수 있다. 둘째, 가족이라는 공동체를 통해 서로에 대한 믿음과 소중함을 깨우칠 수 있었다. 셋째, 주인 의식을 고취할 수 있었다. 넷째, 수익 창출에 일조했다는 자부심과 가정 경제를 통해 자연스레 국가 경제 문제에 대해 관심을 가지는 계기가 되었다. 다섯째, 직접 경영에 참여함으로써 노동의 가치를 알게 되었다.

우리 가족은 아버지의 혁명적인 발상으로 여유 있는 생활을 하게 되었다. 그것은 한 가정의 책임자이신 아버지의 가계 철학과 정신이 가족의 삶에 지대한 영향을 미친다는 산 교훈이 되었다. 당시 폭발적인 수요를 감당할 수 있었던 것은 가족이 일심으로 단결했기 때문에 가능했던 것이다.

그런데 아직도 궁금한 게 있다. 두부 장사로 돈을 벌게 된 아버지는 당시 도심지로 부동산을 구입하러 다니신 적이 있는데 꼭 나를 데리고 가셨다. 어릴 적부터 경제 공부를 시키기 위한 것이었는지 모르지만 좋은 기억으로만 남지는 않는다. 그러나 단 한 번도 왜 데리고 다니셨는지 묻지 않았다. "여윳돈 있으면 땅에 묻어라. 땅은 거짓말을 안 한다."는 할아버지의 가르침 때문이었을까?

새삼 그때의 추억들을 떠올리며 시詩 한 수를 읊어본다.

할머니는 대청에서 콩을 고르고
작은아버지는 장작을 땐다.
아버지는 맷돌을 돌리고
누이는 누런 콩을 넣는다.
나는 아궁이에 장작불을 지피고
어머니는 잘게 부서진 콩 국물을
가마솥에 넣어 휘휘 젓는다.
아궁이에서 알밤 터지는 소리에
구슬치기 하던 막내 녀석이
노릿 노릿한 알밤을 하나씩 돌린다.
콩 국물이 부글부글 끓으면
건더기만 상자에 퍼 담고는
큰 돌을 기울지 않게 얹어 놓고

이야기꽃을 피우고 있노라면
우윳빛 두부가 활짝 웃는다.

    오늘같이 침침한 날이면 그 시절이 그리워진다. 갓 세상에 태어난 두부를 크게 반으로 자른 다음 길이로 여섯 조각을 내어 참기름 두른 프라이팬에 노릇하게 구워 간장에 찍어 먹던 기억이 자주 아물거린다. 이제 어느 세월에 그런 기억을 헤아리며 이야기꽃을 피울 수 있을까? 모든 식구들이 하나가 되었던 그 시절을……

도전정신

아버지께 올립니다.

옥체 잘 보존하고 계신지요.

이젠 봄인가 하여 잠시 마음을 놓았는데, 꽃샘추위가 역습해 와 화들짝 놀라게 합니다. 서울의 봄은 아직 겨울이라는 계절의 담을 넘지 못하고 매서운 바람에 몸은 다시 움츠러들고 맙니다. 하지만 지척에 다다른 봄이고 보면 조만간 제주에서 유채꽃 소식이 전해져 오리라 믿습니다.

예부터 농촌에서는 어제처럼 비가 올 때면 참기름 두른 꽃지짐을 부쳐 먹으며 이웃과 소통하는 우리 민속 특유의 자리를 마련하지요. 이런 자리가 펼쳐지면 농사에 관한 이야기부터 자식 자랑 등 모두를 다 알고 있는 사실이지만 열을 올려 소일하던 기억이 되살아납니다. 저마다 애로 사항에서부터 많은 이야기들이 오가곤 했지요?

오늘 점심시간이었습니다. 20대 청년 한 명과, 비교적 나이가 많은 저와 40대 한 명이 한 조가 되어 농구 경기를 하였습니다. 경기 규칙은 청년은 10점을, 저희 팀은 5점을 먼저 득점하는 팀이 이기는 것으로 정하였습니다. 토끼와 거북이의 우화를 실연해 보는 놀이가 아니라 어느 정도 공평한 조건이었습니다. 대다수의 관중들은 당연 저희 팀이 이길 것으로 예상했기 때문에 저희는 토끼가 되었고, 상대는 거북이의 처지가 되었던 것입니다. 아버지와 아들의 게임일지라도 무언가 걸어야 만이 최선을 다하고 재미가 나듯이, 저희들도 무슨 경기를 하든 작게나마 걸어 놓고 합니다. 아무튼 저희들은 지는 팀이 저녁을 사기로 했습니다.

이러한 현실로 보아 운동경기는 참가하는 데 목적이 있다고 한 과거 우리의 교육 현장은 사실에 부합되지 않은 것 같습니다. 당시의 경기력과 경제 수준으로 보아 도저히 승리를 거둘 수 없으니까 국민을 위안하고 희망을 갖기 위한 것으로 유추해 봅니다.

한편으로는 자괴감도 들었습니다. 무조건 이겨야 한다는 잘못된 관념에 물들어 있다는 것이었습니다. 국가와 사회가 일등만 강요하다 보니 어느새 모든 삶에서 지나친 경쟁을 하게 되고, 지면 삶 전체에서 패배하여 마치 죽는 것과 같은 비애를 맛보기 때문에 더 그런 것 같습니다.

드디어 경기는 시작되었습니다만, '토끼전'에서처럼 토끼가 무조건 이길 것으로 예상했던 관중들의 열기가 저조할 수밖에 없었습니다. 경주에서 처음엔 토끼가 앞서 나가듯이, 처음엔 저희 팀이 앞서 나갔지만 숨이 막혀 더 이상 뛰질 못해 결국 지고 말았습니다. 청년 한 사람과 중년 두 사람과의 승패는 체력에 있었습니다. 체력이 뒷받침되어야만 무엇이든 이룰 수 있다는 말을 체험하는 날이었습니다.

오늘 경기를 통해 배운 것이 있습니다. 어떤 일이든 일단은 부딪쳐 보고 나서 판단해야 된다는 것입니다. 우여곡절을 통해 벌어진 경기였지만 경기를 할 때만큼은 죽을힘을 다했습니다. 그런데 그렇지 못한 사람이 있다는 것을 알게 되었습니다. 사람들 대부분이 도전해 보지도 않고 나이, 체력, 취미 등의 온갖 구실을 핑계 삼아 할 수 있는 일도 쉽게 포기한다는 것입니다.

저는 비록 경기에서는 졌지만 도전 정신을 말씀드리고자 합니다. 50대임에도 주눅 들지 않고 혈기왕성한 20대 청년에게 도전했다는 의미에 자부심을 갖기로 했습니다. 의지와 부정이라는 두 마음 중에서 의지의 마음이 승리했다는 것입니다. 사람은 의욕적인 활동을 통해 외계의 사물과 접촉함으로써 부정적인 마음을 지울 수 있습니다. 강한 의지는 도전의 원동력이 될 수 있기 때문입니다.

그러므로 이러한 의지가 없다는 사실은 결정적으로 이미 지고 있다는 것을 의미하게 되는 것이지요. 그것은 곧 좌절, 포기, 부정의 의미가 아닐까요? 흐르지 않는 물은 썩고, 발전하지 못하는 생각은 녹슬 수밖에 없다는 이치와 같다고 하겠습니다. 닦아도 끝이 없는 녹을 상대하면서 깨달은 사실이 있습니다. 생각을 녹슬지 않고 간수하기 위해서는 앉아서 녹을 닦는 상상만 하고 있을 것이 아니라 생각 자체를 긍정적인 방향으로 키워나가는 것과 동시에 행동도 함께 해야 한다는 사실이었습니다.

요컨대 일어서서 무엇인가를 하겠다는 목표를 정해 그것에 몰두하고, 거기에 도전하여 이루고 말겠다는 성취욕을 가져야 한다는 것입니다. 의욕을 갖고 일을 하고자 한다면 반드시 거창하고 극적인 구조를 갖춘 큰 규모의 일만이 아니라, 사람이 있고 일거리가 있는 곳이면 어디든지 할 일이 널려 있다는 생각을 가져보기도 했습니다.

사람이 각자 저마다 도전 정신으로 저마다의 인생을 걸어야 한다는 것을 배우게 된 하루였습니다. 이것을 땀의 가치라고 할 수 있겠지요. 땅을 박차고 뛰어다니든, 그 위에 쓰러져 허우적거리든, 죽어서 땅속에 묻히기까지는 거대한 대지 위에서 활기차게 걸어가야 하는 것이 인간이란 것입니다.

아버지의 아들은 어떤 환경에서도 휘청거리지 않고 언제라도 씩씩하게 걸어갈 것입니다. "심동보다는 해동 무렵 감기를 더 조심하라."는 말이 있습니다. 뒷동산에 진달래꽃이 화사하게 피어 그 향기를 뿜어낼 때까지는 옷 따뜻하게 차려입고 다녔으면 합니다. 저의 희망은 두 분의 건강하심입니다.

농사꾼의 소회

예나 지금이나 농부의 하루는 잠시도 쉴 틈이 없다. 새벽 별을 보고 들판에 나가 집으로 돌아올 때도 역시 별이 보인다. 그래도 살림살이는 늘 곤궁하다. 스무 마지기의 농사를 지으려면 식구들이 다 힘을 합쳐야 한다. 그러나 농가의 수입은 지방 관리 한 사람보다 못하니 한숨밖에 나오지 않는다. 비가 내리면 쉴 것 같지만 농사일 때문에 미뤄두었었던 집안일이 한두 가지가 아니다. 병든 몸이지만 움직여야만 입에 풀칠이라도 할 수 있으니 그야말로 죽지 못해 사는 것이니 어찌 사람이랴 할 수 있을까?

조선 후기 이덕무(李德懋: 1741~1793)의 시詩를 보면 농부의 고달픔을 이해할 수 있다.

> 농부의 별은 새벽녘 공중에서 반짝이고
> 안개 뚫고 서리 맞으며 동편 논으로 나간다.
> 시고 짠 세상맛은 긴 가난 탓에 실컷 맛보았고
> 냉대와 환대는 오랜 객지 생활에서 뼈저리게 겪었지
> 부모님 늙었으니 천한 일을 마다하랴
> 재주가 모자라니 육체노동하기 딱 어울린다.
> 경략景略의 달변이 없으니 이를 문질러 잡으랴
> 온화한 낯빛으로 촌 노인네 마주해야지

이 시는 조선 후기의 실학자인 청장관靑莊館 이덕무가 20대 후반의 어느 해 석양이 질 무렵 썰렁한 논두렁 위에서 쓴 시라고 전해진다. 충청도 천안에 있던 자신의 논에서 그는 해마다 벼 열 섬씩을 수확하여 고만고만 생활을 꾸렸다. 그리 힘든 것도 없으련만 새벽같이 일 나가면 이런저런 감회가 밑도 끝도 없이 일어났다. 가난뱅이라서 시고 짠 세상맛도 실컷 보고 객지에서 남들의 냉대와 무시도 뼈저리게 겪었다며 소회한다.

불쑥 인생의 고달픔이 주마등처럼 머리를 스쳐간다. 그래도 이렇게 농사를 지을 수 있으니 다행이 아닌가? 불평 없이 몸을 움직여 일을 해야지 아무래도 서울 샌님의 몸으로 익숙하지 않은 농사일을 하고 낯선 농부들과 어울리는 것이 쉽지만은 않았던 것이다.

부모님이 늙으셨으니 천한 일을 마다할 수 없다는 대목에서는 그의 효심이 지극함을 추정해 볼 수 있다. 그는 스스로 재주가 모자라 육체노동이 딱 어울린다고 하며 겸손함을 보인다. 먼동 트는 논두렁길을 걸어가는 우수憂愁띤 초보 농사꾼 선비의 서툰 몸놀림이 한 편의 서정시敍情詩와 같은 느낌이 든다.

봄이 되어 개구리 우는 소리 들으며 소를 몰고 쟁기로 논을 가는 모습을 바라보면 한 폭의 그림처럼 아름답지만 가까이서 보면 힘에 겨운 소를 어르고 달래며 쉬지 않고 일을 해야 하는 농부의 애환을 엿볼 수 있다.

시골에서 자란 나는 할아버지, 할머니 그리고 온 식구들이 얼마나 힘들게 농사를 지으며 빠듯하게 살아왔는지 직접 눈으로 봐 온 터이다. 농촌 하면 새벽부터 별이 노래하는 밤까지 허리 한번 펴지 못하고 논밭을 갈고 김을 매느라 고생하던 부모님과 동네 분들의 검게 그을린 피부, 심하게 굽은 허리가 먼저 생각난다. 비가 너무 안 내려도 걱정, 비가 많이 내려도 걱정, 풍년이 지면 수확량이 많아 농산물 값이 내려 걱정, 흉년이 지면 수확량이 적어 걱정, 한시도 마음을 놓을 수 없다. 오죽하면 농작물은 농군의 발자국 소리를 들으며 자란다고 했을까? 그만큼 손이 많이 간다는 것이다.

그나마 농기구가 발달해서 예전처럼 힘들지만은 않다고 하지만 여전히 사람의 손길이 필요한 것이 농사짓는 일이다. "쌀 한 톨을 얻기까지는 혼을 바치는 듯해야 된다."고 하시던 아버지의 말씀을 되새겨 보니 이해가 된다.

편리한 문화생활을 즐기던 도시 사람들은 농사일을 며칠만 해도 몸살이 날 것인즉, 깊이 생각도 해보지 않고 낭만이나 전원생활로 여기며 입버릇처럼 나이 들면 농촌에 내려가 농사지으며 살겠다고 하니 웃음이 절로 나온다.

여러 가지 어려움에도 농촌을 지키는 농민들이야말로 이 나라 최고의 훈장감이다.

제3장

이럴 수가

소가 생매장되다니요

아버지께 올립니다.

홍매화가 꽃망울을 터뜨렸다는 소식과 함께 남녘에선 유채꽃도 피었다고 합니다. 그간 강녕하시다니 수학여행 가는 날 아침 새 신을 신고 푸른 하늘을 바라볼 때의 기분 같습니다. 오늘 아침 처(妻)는 소고기 국을 중심으로 차렸더군요. 수저를 드는 순간 국그릇의 국물이 일렁거리는 것을 보았습니다. 하여 저는 밥을 먹다 말고 시를 남기게 되었습니다.

> 일렁거리는 국그릇에
> 슬픈 소리 가득함이여
> 그 선한 눈에서
> 눈물이 뚝뚝 떨어지는 것을
> 끌려가지 않으려고
> 땅속에 생매장되지 않으려고
> 발버둥 치는 것을

구제역 확산을 막기 위해 전국에서 수십만 마리의 소가 생매장되었습니다. 끌려가지 않으려고 눈물을 흘리며 발버둥 치는 소를 TV 화면을 통해 보면서 저 또한 눈물을 아니 흘릴 수 없었습니다. 산 생명을 생매장한다는 것이 어찌 이 시대에 가능하다고 여겼을까요? 저는 반인륜적인 생각밖에 들지 않습니다. 전혀 다른 방법은 없었을까요?

오늘 날에도 마찬가지지만 예전에는 소로 수레를 끌었으며, 소를 이용해 농사를 지을 수밖에 없었습니다. 소는 우리 조상들에게 없어서는 안 될 가축이었습니다. 쟁기를 걸고 논이나 밭을 갈며 힘든 일을 도왔기에 소 없이 농사를 짓는다는 것은 상상도 못할 정도가 되었지요.

소는 교통 운반 수단으로서 큰 역할을 했을 뿐만 아니라 몸값이 비싸 재산으로 큰 몫을 했으며, 예전에는 소 마릿수를 더하여 그 마을의 부자 순위를 매긴 기억이 생생합니다. 송아지를 들여 자식처럼 보살펴 키운 소를 팔아 학자금을 감당하고 자식들 결혼 비용으로 사용하는 등 농가 소득에 큰 비중을 차지했던 것입니다.

옛사람들이 소를 생구生口라고 부르게 된 이유가 있습니다. 그것은 식구가 한집에 사는 가족을 말한다면, 생구는 같이 밥을 먹고 사는 하인下人이나 종을 말하던 것이었지요. 가축 중에서 유일하게 소를 생구라고 불렀을 만큼 한솥밥을 먹는 소중한 생명으로 여겼던 것입니다. 그만큼 소를 아끼고 대접했던 것이지요.

소를 자식처럼 귀히 여겼던 농부는 소가 굴착기에 떠밀려 생매장되는 것을 보고 얼마나 울었겠습니까? 어떤 농민은 땅속에서 들려오는 소 울음 때문에 잠을 이루지 못하고 아침마다 소가 매장된 곳으로 찾아가 "아가야!" 하며 내내 울었다고 하니 남의 일이 아니고, 언젠가 소 두 마리를 도적맞고 몸저누워 계셨던 아버지의 심정과 무엇이 다를까, 라는 생각이 들었습니다. 이런 생각이다 보니 도저히 아침 식사를 할 수 없었던 것입니다. 국그릇에 담긴 소의 눈물을 보고 수저를 놓고 말았던 것이지요.

직접 피해를 보지는 않았지만 그 일이 당신의 아픔이었을 것입니다. 인간이 어찌 이리도 잔인할 수도 있느냐는 생각에 가슴이 옥죄입니다. 그렇게 선하고 큰 눈을 뜨고 살아 있는 소를 생매장하다니요. 정말 그 방법밖에 없었는지 화가 치밀어 정부 당국자에게 욕설을 퍼부어 보기도 했습니다.

우리 인간은 많이 자성하고 반성해야 된다는 생각이 듭니다. 임시 방편으로 묻긴 했지만 침전沈澱으로 토양과 수질水質을 오염시킬 것이 분명한 이치가 아니겠습니까? 하여 긴급히 대책이 마련돼야 할 것입니다. 그렇지 않으면 가까운 날에 인간의 이기적 발상과 자만이 엄청난 화를 부르게 될 것임이 자명합니다.

삶의 질을 소비 수준에만 두지 말고 청정한 물, 청정한 공기, 청정한 토양이 우리의 삶을 풍요롭게 하는 것임을 인식하여 생명의 소중함을 깨우치는 계기가 되었으면 합니다. 우리에게 하나밖에 없는 지구를 살리는 일은 바로 우리의 몫이란 걸 명심해야 할 때입니다. 현재와 같은 우리들의 잘못된 생각과 생활 습관이 고쳐지지 않는다면 머지않아 지구는 악취가 풍겨오는 오염 지역이 되거나 황량한 사막이 되고 말 것입니다. 그런 곳에서 과연 생명을 계속 이어나갈 수 있을지 의문스럽습니다.

인간의 심성과 생활환경이 말할 수 없이 황폐화된 것은 누구의 탓이 아니라 바로 우리들 자신이 저지른 재앙이며, 자연이 베푸는 은혜 없이는 살아갈 수 없다는 것을 인간이 망각하고 있기 때문이 아닐까요? 고마운 자연을 훼손하고 파괴하고서도 후손들이 잘되기를 바라고 있으니 너무나 인간 중심적이라는 생각에 가슴이 아픕니다.

지금이라도 환경을 살리기 위한 노력을 해야 할 때입니다. 자라나는 후손들에게 물려줄 유산은 돈이나 명예, 권력이 아니라 오직 아름다운 자연의 생태계를 보존하는 지혜를 남겨주는 것이 아닐는지요. 아이들의 손을 잡고 직접 자연 속에서 함께 체험하는 교육이 절실하다고 봅니다. 금번 구제역 파동과 형태는 동물도 생명을 지킬 수 있는 권리가 있음을 깨우치는 계기가 된 것 같습니다. 저도 손자 녀석의 손을 잡고 자연의 소중함을 가르치려고 합니다. 자연의 질서를 존중하고 검박하게 생활하시는 아버지가 진정 존경스럽고 고맙기만 합니다.

돈 봉투 나쁜 것인가

잎이 진 나목裸木 위로 비치는 구만리장천九萬里長天은 얼음처럼 차가운 느낌이다. 이 가을 추수할 것이 무엇인가를 돌이켜보니 오직 책을 읽는 것이었다. 책 속엔 길이 있건만 백성을 손톱만큼도 생각지 않는 정치인들의 돈 봉투 사건 때문에 안개 속 정국이 펼쳐지고 있다.

나도 공직 생활을 하면서 많이 주고 많이 받아본 돈 봉투이긴 하다. 준 것보다 받은 횟수가 더 많으면 더 높은 지위의 사람인 것이다. 봉투 속 돈의 액수가 커지면 커질수록 주고받는 반대급부가 큰 것이기 때문에 문제가 생기는 이유이다. 그런데 무슨 일이 터지면 준 사람도 받은 사람도 무조건 부인하는 통에 문제는 더 심각한 국면을 맞기도 한다. 두고 보면 다 밝혀질 것을 어리석은 변명 따위로 망신을 자초하는 그대들이여, 망명이라도 하면 어떨까?

세상을 떠들썩하게 만드는 정치권의 돈 봉투 사건은 정말 가관이다. 잘못된 돈 봉투는 사람의 양심을 갉아먹고 영혼을 거지 근성根性으로 만들어 돈의 노예로 만들어 버린다. 돈 봉투를 건네는 목적은 다양하지만 이번에 발생한 사건은 매표買票 행위가 분명하다. 아무리 안 주고 안 받았다고 하지만 성숙成熟한 국민 의식意識의 눈까지 속일 수 있을지 의문이다.

나는 여기서 목적이 뻔한 세상 돈 봉투 말고 가정에서의 돈 봉투를 말하고자 한다. 가정에서 돈 봉투가 오가는 경우는 대부분 부모님과의 관계일 것이다. 명절 또는 부모님 생신, 여행 등 기념할 만한 날에 돈 봉투를 드리면 사뭇 좋아하신다. 자녀와 부모가 주고받는 돈 봉투 속의 금액 크기에 따라 시선이 달라지는 것을 볼 수 있다.

아버지와 어머님도 은근히 누가 얼마를 주더라며 운을 떼시기도 한다. 그것은 너는 왜 이것밖에 안 주느냐는 표현일 수도 있다. 돈의 액수에 따라 손이라도 한 번 더 잡아주거나 자식처럼 가꾸고 수확한 알곡을 더 주시며 편애하시는 게 인지상정人之常情일까? 물론 순수한 부모님은 절대 그럴 리 없겠지만 혹여 염려가 되는 것도 사실이다.

이러한 문제만 해결된다면 돈 봉투는 자주 드리는 게 좋지 않을까? 돈 봉투를 건네는 형제자매라도 경제적 여건이 같을 수는 없다. 크기와 모양이 다르다 보면 마음이 상할 수 있다. 돈 봉투로 인해 경제 사정을 알게 된 부모님은 편애를 안 하시겠지만 괜히 마음이 아플 것이다. 하여 나는 돈 봉투 드리는 방법을 바꿔 보면 어떨까 하는 생각이 들었다. 집안의 평안과 형제자매 간의 우애를 위해 형편대로 갹출醵出하여 하나의 돈 봉투 속에 넣어 드리는 게 부모의 입장에서 좋지 않겠느냐는 것이다. 가난한 자식은 조금 냈지만 부피가 큰 봉투에 기뻐할 것이며, 부모의 입장에서는 자식들의 뜻 깊은 온정溫情에 고마워할 것이다.

언제가 돈 봉투의 표지에 "아버지 어머님, 만수무강萬壽無疆하셔야 합니다. 두 분은 자식들을 위해 아직도 할 일이 많이 남았기 때문입니다."라는 글이 쓰인 돈 봉투를 받고 좋아하시는 모습이 아련하다.

우리나라에서는 돈을 주고받을 때 대부분 봉투에 넣는다. 공적인 돈을 전달할 때도 그렇고 개인 간 필요에 의해 건넬 때도 봉투에 넣는 것이 일반적이다. 반면 서양에서는 돈을 봉투에 넣어서 전달하지 않고 있는 그대로 상대방에게 전달하는데 사뭇 그 의미가 다른 데 있다.

돈을 봉투에 넣는 관습은 돈을 천박한 것이라는 인식에, 그게 예의라는 생각 때문일 것이다. 그래서 우리나라 사람들은 돈을 천박하게 여기는 정서가 있는 게 사실이다. 하여 돈을 밝히거나 기를 쓰고 벌려고 하는 사람들은 좋은 평가를 받지 못한다. 돈에 환장을 했다느니, 돈에 눈이 멀었다느니, 하는 소리를 듣기 쉬운 게 우리 사회의 현실이다.

무슨 일을 하든지 돈을 더 벌기 바라며, 돈이 된다면 몸이 망가지는 것도 개의치 않거나 비도덕적인 행동을 하며, 돈에 연루된 사건으로 옥살이를 하는 사람이 많은 것만 보아도 알 수가 있다. 겉으로는 돈을 천박하게 여기면서도 속으로는 기를 쓰고 집착하고 돈이 최고라고 생각하는, 이율배반적 발상을 할 수밖에 없는 현실이 안타깝다. 돈이 많아서 문제가 아니라 돈을 버는 수단이 문제이며, 돈을 잘못 쓰면 사람이 천해지는 양상이 생기는 것이다. 자신의 분수에 맞지 않은 돈더미 때문에 낙오하는 경우를 숱하게 보게 되는 원인이기도 하다.

유대인들이 세계경제에서 큰 영향력을 행사하는 것은 누구나 알고 있는 이야기이지만 그들은 돈을 천박한 것이라고 가르치는 일이 없다고 한다. 그러므로 살아가면서 돈을 버는 것이 얼마나 중요한 일인지 알려주고 돈의 가치를 가르치는 게 좋을 것 같다. 돈을 왜 벌어야 하는지, 돈을 벌어 가족을 부양하며 생활을 영위하는 게 그 목적이라는 것을 알려주어야 한다는 것이다.

무조건 돈이 천박한 것이라고 생각하는 것은 좋은 풍토가 아니다. 물론 돈 때문에 사람이 죽고 살고 차별이 생기는 등 사회적 양극화의 원인이 되기도 하지만, 그것은 돈이 문제가 아니고 사람이 문제인 것이다. 돈이 많은 게 무조건 좋다고 할 수는 없지만 열심히 노력해서 저축을 하거나 올바른 방법으로 돈을 모은다면 그것이 결코 나쁜 것만이 아니라는 교육 또한 필요한 것이 아닌가. 어떻게 만들어진 돈인가를 판단하기도 전에 돈에 대해서 겉 다르고 속 다르다는 이분법적 사고는 버려야 할 것이다.

성향분석性向分析

아들 녀석의 시험 문제지를 보았다

정답 문제는 동그라미

애매하면 삼각형

틀린 문제는 가위표였다

정자精子 같은 사람의 장부를 보았다

우리 가족이 언제 시험을 치렀다고

아버지는 동그라미

어머니는 삼각표

동생은 가위표였다

정자 같은 놈들의 하수 꾼은

매일매일 찾아와

아버지께는 눈인사만 하고

그들을 만난 어머님은

무엇인가 치마폭에 숨기며

만면에 웃음을 띠워낸다

동생에겐 눈길조차 주지 않는다.

그래도 어머님은 오랜 풍상에 몸은 마르고 휘어져도

정신은 푸른 소나무였다

학교에 시험 보러 가서는 눈 딱 감고

네놈들 죽으라면서

반대편에 쿡 눌러버렸단다

공직 생활 중에 있었던 일을 생각하며 쓴 글이다.

정통성이 없는 정부에서의 공무원이 선거에 중립을 지킨다는 것은 하늘의 별 따기처럼 어려웠던 시절이 있었다. 당시에는 대선이나 총선이 있을 땐 공직자가 본연의 업무보다는 연고지에 출장 나가 정부 여당의 후보 당선을 위해 선거운동을 했다. 선거 결과가 좋지 않으면 문책 인사를 했다.

지금은 많이 달라졌겠지만 예전엔 선거 때만 되면 집집마다 성향 분석을 했다. 당에서도 했지만 정부 여당의 지시를 받은 일선 해바라기성 공무원들이 선거에 적극 가담했다. 그것은 중대한 법률 위반과 인권 침해이다. 나도 이에 자유로울 수 없으며 역사의 죄인임을 인정하지 않을 수 없다고 하겠다. 그러나 상부의 지시에 반기를 들었다가 인사상의 불이익을 당했다는 사실에 조금이나마 위안이 된다.

성향 분석은 공직자가 보아 여권 성향의 유권자에겐 동그라미, 중립은 삼각형 표시, 야권 성향의 유권자에겐 가위 표시를 해 그것을 토대로 선거운동을 하고 매표 행위를 한다. 가위 표시가 된 유권자에겐 절대 돈 봉투를 돌리지 않는다. 그것은 골수骨髓 야당 성향의 유권자에게 돈을 돌리다 잘못되면 문제만 야기할 뿐 매표 자체가 불가능하다는 판단 때문이다. 그래서 돈 봉투를 받으려면 중립을 유지해야 된다는 말이 회자回刺되었던 것이다.

성향 분석표에는 강단 있는 아버지를 자기들 편으로 생각했는지 동그라미 표시가 되어 있었다. 아버지께는 구태여 돈 봉투를 돌리지 않더라도 한 표로 계산했던 것이다. 어머님은 영민하게도 절대로 본심을 드러내지 않는다. 하여 그들은 돈 봉투를 건네면서 한 표를 부탁했던 것이다. 이에 어머님은 당연히 좋아하셨다. 그러나 가위 표시가 된 야당 성향의 동생에겐 돈 봉투는커녕 눈치 보기에 급급했다.

재미있는 일화가 있다. 공직을 그만두고 모 후보를 도울 때였다. 어머님은 어느 여당 선거 운동원으로부터 돈 봉투를 수수하셨던 것이다. 세월이 흐른 뒤 당시 그 선거 운동원의 농담 섞인 말에 적이 놀란 적이 있다. 아들인 내가 모 후보를 도와주고 있다는 사실을 알면서도 상대 후보의 돈 봉투를 받고서는 표는 꼭 찍어 줄 테니까 내게는 절대로 말하지 말라는 밀명이 있었다고 한다. 어머님도 돈 앞에서는 어쩔 수 없었던 모양이다.

언젠가 어머님께 그러한 사실이 있느냐며 넌지시 물었다. 이에 어머님은 펄쩍 뛰시며 "내가 돈에 매수될 존재냐? 돈은 받았지만 그 후보는 찍지 않았다."고 하셨다. 그러나 크게 나무라고 싶지 않았다. 용돈을 충분히 드리지 못한 잘못도 있겠지만, 국민들이 낸 세금을 돌려받은 것에 불과하기 때문이다.

당시엔 유관기관 합동선거운동 캠페인이란 핑계로 한 관권 선거운동 사례야말로 나열하기조차 부끄러울 정도였다. 야당 선거운동원의 인적 사항과 차량 번호까지 파악하여 마을 입구에서 진입 자체를 봉쇄하여 정상적인 선거운동까지 방해하기도 했다. 그러나 여당 선거운동원의 차량은 슬쩍 지나가게 하여 가가호호 방문 매표 행위를 자행토록 했다. 그래서 후보자가 돈을 뿌린 만큼 표가 나온다고 했는데, 오히려 유권자가 더 문제인 것도 사실이다. 돈을 받고도 안 찍으면 될 것을 말이다. 하지만 시골 사람들은 돈을 받고 안 찍으면 양심의 가책을 느낀다고 한다. 여기서 야도 여촌野都與村이란 말까지 생겨난 것이 아닐까?

정자精子 같은 정치인이란? 알고 지내는 사람 중에 탈북 여인이 있다. 그는 위치상 많은 정치인을 만나게 되는데 그들은 거짓말과 말 바꾸기를 수시로 해 도대체 사람 냄새라고는 없단다. 하여 그는 정치인을 정자 같은 놈들이라 했다. 그 뜻을 이해하지 못하는 내게 그는 비교까지 해 가며 세세하게 설명해 주었다. "생명의 탄생은 신비함의 자체이며, 임신이 되려면 수십만 마리의 정자가 경쟁을 뚫고 겨우 한 마리가 수정되어 생명체가 된다,"는 예로 말한 것이었다. 이는 수많은 정치인 중에서 인간다운 사람 하나 있을까 말까 하다는 뜻으로 적절한 표현이 아닌가 싶다.

오는 대선에서는 정치인을 향해 비판만 하지 말고 주권 행사를 통해 바로잡아 나가야 한다. 정치에 무관심한 것과 정책을 보고 찬반을 하는 것은 다르다고 할 것이다. 그것은 곧 자신의 삶에 영향을 끼치기 때문이다. 내 한 표가 공약이 아닌 혈연과 지연, 학연에 좌우된다면 휴지조각과 다르지 않을 것이다.

여야와 남녀 후보의 편견을 떠나 선심 공세를 분별하고 긴 안목을 가진 후보를 고르는 것은 우리의 신선한 권리이자 의무가 아닐까? 민주주의 정부는 국민의 선택에 결정된다. 내 한 표의 힘은 미약할 수 있다. 그러나 심사숙고해 결정한 선택이 모여 국가의 장래와 자신의 삶을 좌우한다는 사실을 간과해서는 안 된다. 자신에게 주어진 권리를 행사하지 않고서 이 나라의 일등 국민이라 할 수 없다. 현재 야당에서 시행되고 있는 모바일 투표는 대리인 등록을 막을 수 있는 제도적 장치가 보완돼야 할 것이란 생각이 든다.

요지경 꼬락서니

어떻게 된 것일까? 명색이 행세깨나 하는 사람들은 청문회 때마다 병역 문제, 위장 전입, 세금 탈루, 부동산 투기, 고액 수임료, 표절 등의 문제로 세상을 놀라게 한다. "윗물이 맑아야 아랫물이 맑다."는 속담이 무색할 정도다. 이 속담 속에 담긴 보석과 같은 삶의 지혜와 진리를 어이 외면하고 살았단 말인가. 참으로 서글프고 안타까운 일이다.

위정자爲政者가 법을 유린하고 도덕 불감증不感症에 젖어 있는데, 국정을 다스리고 공정사회를 이끌어 나가겠다고 포부를 말할 자격이 있는지 의문스럽다. 그렇게 당당하고 대단해보이던 사람들이 일순간 왜소하고 초라하게까지 보이는가 하면 그 정도밖에 안 되는 인간이었나 하는 실망감은 쉽게 감출 수가 없다.

공직 생활을 할 때 병무 담당 주무로 근무한 적이 있다. 부와 힘깨나 쓰는 사람들이 찾아와 전혀 부끄러운 내색도 없이 "아들을 군 면제 또는 방위병으로 편입시킬 수 있는 방법이 없느냐?"라고 하는 말을 많이 들어왔다. 하여 그런 방법이 어디 있겠느냐고 반문하면, 어느 특정인을 거론하기도 하며, 확실치도 않은 이야기를 늘어놓는다. 심지어 어떤 약을 복용하고 엑스레이 사진을 촬영하면 폐 부분이 검게 나온다는 등 별의별 불법적인 방법을 제시하거나 돈으로 유혹한다.

그들의 근본을 도대체 이해할 수 없었다. 여느 부모는 남자가 군에 다녀와야 철이 든다고 하는데, 왜 댁의 아들은 군軍에 보내지 않으려 하느냐고 물어보면 그들의 말이 가관이다. "가장 혈기가 왕성할 때 군에서 3년의 세월을 허송하는 게 아깝고, 사회적 활동이 늦어지기 때문이다."고 한다. 오히려 정당하게 군에 보내는 부모를 이상한 사람으로 취급하여 자기네들의 입장을 합리화시키려 하는 꼴을 보노라면 분노가 치밀기도 한다. 돈과 배경이 있는 집안의 자식은 군대를 안 가도 되고, 돈 없고 배경 없는 사람은 어쩔 수 없이 있는 사람을 대신해 군에 가서 희생하라는 더러운 논리論理나 다름없다고 할 것이다.

분단국가에서의 병역 문제는 피해갈 수 없는 게 사실이다. 모 서울시장市長의 아들이 계획적으로 병역의무를 기피하기 위해 엑스레이 사진을 바꿔치기했다는 등의 구설수에 올라 세상을 발칵 뒤집어 놓은 적이 있다. 병무청과 의사들로 재검증 위원회를 구성해 문제가 된 사진을 정밀 판독한 결과 정상적인 면제 사유로 판명되었다. 명예훼손과 사생활 침해로 모 시장의 가족들이 받은 상처가 의외로 컸을 것이다. 그것은 국민적 관심이 커다는 반증이다.

그러나 피해를 입은 모 시장의 말에 감동을 받지 않을 수 없었다. 한 가정을 파괴 직전까지 몰고, 명예를 훼손하고, 사생활까지 침해한 모든 언론과 사람들을 용서하겠다고 하니 역시 그릇이 큰 시장임은 분명하다. 그러나 여기서 한 가지 짚고 넘어가야 할 것은 개인 정보가 어떤 경로를 통해 유출되었는지에 대한 조사와 그에 합당한 책임은 반드시 물어야 한다.

어찌된 영문인지 배울 만큼 배우고, 가질 만큼 가지고, 누릴 만큼 누리면서 일반 국민에게 부러움의 대상이 됨직한 사람들 가운데 상당수가 이런저런 이유로 병역의무를 수행하지 않고서도 이 땅에서 수십 년 동안 버젓이 큰소리치며 살아가고 있다는 사실이 참으로 아이러니하다.

그것도 미안한 마음으로 반성하며 살아가는 것도 아니고, 선량한 국민의 피와 땀으로 이룩된 번영의 혜택을 송두리째 누리는, 소위 그 잘난 사람들은 어떤 복을 타고 났는지 살펴보고 싶다. 아마도 돈깨나 있든지, 든든한 배경이 있든지, 아니면 수완이 좋든지, 아무튼 보통사람들이 구상할 수 없는 특수한 방법을 가지고 살아가는 자들이 아닐까 하는 생각을 떨칠 수가 없다.

대다수 국민들이 병역의무를 성실히 수행하는 동안 그들은 공부를 핑계로 외국을 왕래하며, 부(富)와 배경을 이용하여 병역 면제를 받고서도 조금도 부끄럽지 않은지 청문회 때마다 이름이 오르내린다. 이런 죄스러움을 망각한 채 국가의 중책을 맡겠다고 얼굴을 들이미는 짓거리는 국민을 우롱하는 아주 못난 짓이라고 하겠다.

분단국가에서의 국가 존립에 관한 병역의무를 확실히 수행하지 않고서는 이 나라에서 살 수 없음을 알아야 한다. 부득이 수행하지 못한 경우라면 조용히 반성하며 살아야 용서받을 수 있다는 사실을 명심해야 되겠지만, 과연 몇 명이나 반성하면서 살아갈까. 차라리 공직을 맡지 않겠다고 나서지 않으면 다행이지.

이 나라가 분단 상황이 계속되는 한 무엇보다 병역의무는 신성하고 존엄한 국민의 의무로서 국가 수호의 최고 의무임을 명심해야 하고, 정당한 의무라고 인식하여 자신의 본분을 철저히 수행해야 될 것이다. 민주국가에서 가장 선행돼야 할 기본은 평등平等이다. 자신의 의무를 피하는 어리석은 짓이야말로 가장 파렴치한 사람이라는 것을 간과해서는 안 되겠다.

교회의 실상과 흙의 의미

장맛비 내리는 새벽은 세례를 받았던 안온安穩한 시골 교회의 종소리처럼 신선한 느낌이 든다. 그 소리의 잔향은 영혼을 깨우는 소리요, 농민의 피곤함을 일깨우는 전령이었던 것이다.

아버지는 귀농하는 사람들로 인해 교회 식구들이 늘었다며 좋아하신다. 그들과 이웃이 되어 영농 기술을 전수해 주시는가 하면, 자연과 뭇 생명의 순환 원리를 깨닫게 하여 하루빨리 정착할 수 있도록 도와주신다며 연신 신이 난 모습을 볼 수 있다. 그것은 예배와 기도와 전도보다 더 나은 것이 아닐까? 하여 교회와 가정이 축복의 근원이 될 것이다.

내가 부족하여 세상을 부정적으로 보는 것일까? 아니면 세상을 바로 직시하고 있다는 것일까? 시골 교회는 배를 곯을 만큼 빈곤의 악순환을 거듭하고 있다. 그런데 도시의 대형 교회는 여유가 넘쳐 무엇이든 흥청망청 쓰는가 하면 구제는커녕 쌓아두기만 한다. 이런 행태를 하나님의 뜻이라고 하면 할 말이 없다. 그렇다면 공평한 하나님이라고 할 수 없겠지.

어머님은 늘 "사람을 보지 말라"고 하신다. 하지만 하나님의 거울이신 목회자의 면면이 먼저 보이는 것을 어쩌란 말인가. 교회의 양극화는 한국 교회의 고질적인 문제이다. 교회의 지위가 하늘처럼 높아가고, 교회와 성직자 자체가 우상화된 지 오래되었다. 교회 내 조직도 편 가르기 일쑤이고, 폭행과 고발을 밥 먹듯 하는가 하면 목사직을 세습하고, 교회 재산을 맘대로 유용하고도 부끄러움을 모른다. 또한 신도의 머릿수를 권리금으로 계산하여 교회를 사고팔고 하는 장사꾼들이야말로 진정 하나님이 존재한다고 믿는다면 과연 그렇게 할 수 있을지 의문스럽다.

교회가 하나님 것이라는 기본 교리는 일반 상식이다. 그런데 하나님의 것을 마치 자기 개인 소유인 양 가로채 세습하는 것은 도적질과 무엇이 다르겠는가. 성직자가 너무 배타적이요, 이기적이요, 물질 중심의 사고에 젖어 있다는 것이다. 노老 목사의 노욕老慾이 노망老妄의 소리를 듣게 한다. 이것이야말로 가장 경계해야 할 병통炳痛이며, 기독교 신자가 줄어드는 이유가 아닌가를 성찰해 보아야 한다.

나는 시골 교회의 순수함을 안다. 대형 교회에서는 목회자의 생활비 일체와 자녀 학비까지 지원해 주지만, 시골 교회는 지옥에서 바라보는 천국 같은 이야기다. 목회자가 농사일을 거들고 양식을 얻어 생계를 유지하기도 한다. 동네에 위급한 환자가 발생하면 읍내까지 동행하고 읍·면사무소 등을 다니면서 민원을 대신한다. 하여 동네 심부름꾼이나 마찬가지라 하겠다.

한 사람의 생명을 구원하기 위해 처절하리만큼 복음을 전한다. 시골 교회 목회자야말로 산중인이며, 산 예수이다. 이러함도 하나님의 뜻이라고 치부하고 넘길 것인가. 그렇다면 도대체 하나님의 뜻은 무엇인가. 도시의 대형 교회는 배가 산더미처럼 나와 바르게 걷지도 못하면서도 왜 구제 사업에는 나 몰라라 하는지 모르겠다. 이러한 상황에서 교인들의 숫자가 늘어나 좋아하시는 아버지야말로 천국의 백성이 아니겠는가.

한편으론 귀농한 사람들이 농사일을 전원생활로 착각하지 않을까 걱정이 되기도 한다. 그런 사람은 정부의 지원금만 축내고 도회지로 돌아가는 것을 많이 보아왔다. 귀농할 때는 이게 아니면 끝이라는 각오와 흙을 사랑하는 마음이 지극하여야만 정착에 성공할 수 있다. 사전에 자연적, 지리적 환경과 어떤 농작물이 타당한지를 조사하는가 하면, 시장성, 교통망, 인구분포도 등도 중요한 것이라 하겠다. 만약 실패할 경우 대안도 준비되어야 한다.

"굳은 땅에 물이 머문다."는 말이 있다. 농군의 애착과 생명의 숨결로 사랑받은 흙은 알찬 열매의 결실로 보답한다. 사람들에게 표정이 있듯이, 농작물에도 반응이 있다. 농사짓는 사람이 흙과 작물의 상태를 모른다면 그 농사는 망치고 만다. 흙의 질을 애써 무시해서는 농사일도 안 될뿐더러 평안함을 유지할 수 없다.

예전에 아버지는 이런 말씀을 하셨다. "사람은 자고로 흙을 사랑하는 마음이 있어야 한다. 흙은 농군의 땀과 진실을 먹고 풍요로워진다. 진정한 농군은 흙을 생명처럼 사랑하고 정직하게 살아간다. 쌀한 톨을 입에 넣기까지는 혼을 바친다는 정성이 있어야 한다. 음식물을 함부로 버려서는 안 되며, 고구마 한 조각이라도 흙의 뜻을 음미하며 먹어야 한다. 그러면 흙이 전하는 진실과 농군의 땀과 숨결을 느낄 수 있다."

그렇다. 대지는 생명의 근원이며, 엄마의 품과 고향 같은 것이다. 이러한 인식과 습관이 건강을 유지하는 비결이 될 것임이 자명하다. 삶으로서의 땅과 재산으로서의 땅은 엄연히 다르다. 흙은 생명의 요람이라고 할까?

아무런 의미 없이 음식을 먹는다는 것은 살찌워 팔려 나가는 동물이랑 무엇이 다르단 말인가? 음식물 한 조각을 먹을지라도 흙의 뜻과 자연의 배려, 농군의 수고와 숨결을 느끼려고 노력해야 한다. 이러한 생활 습관이 건강한 삶의 원천이다.

불교문화 탐방

5월은 입하소만立夏小滿, 가정의 달이요, 여왕의 계절이며, 아울러 신록의 계절이다. 계절의 표정을 읽을 수 없는 사람들도 춥지도 덥지도 않아 가장 반기는 달이기도 하다. 또한 생각할수록 마음이 아픈 어버이날을 의도적으로 외면하고 싶은 달이기도 하다. 연중행사처럼 잠깐 만나 밥이나 먹고 헤어지는 건 아무런 의미가 없다. 진정으로 부모님께 효도하는 길은 함께 숙식을 취하며 언제나 밝고 건강한 모습을 보여 드리는 것이다. 마음뿐인 걱정은 하나마나가 아닐까?

지난 부처님 오신 날에 어느 스님을 따라 교도소에서 있었던 종교 행사에 참석한 적이 있다. 나는 기독교 신자이지만 종교를 떠나 불교 문화를 접해 보고 싶은 마음에서였다. 법회에 앞서 어느 스님이 "초파일이 가까워오면 불교 신도가 늘고 성탄절이 다가오면 기독교, 천주교 신자가 늘어나는 게 교도소의 종교 문화"라고 한다. 초파일이나 성탄절 외에도 먹을거리 등을 줄 때만 참석하는 사람들을 가리켜 떡 신자 또는 기천불基天佛, 즉 종합 신자라고 한단다.

세상적인 시각에서 보면 어느 교회에서 대통령이나 권력깨나 쓰는 사람이 배출되면 신앙 자체보다는 출세에 눈먼 해바라기성 신자가 늘어나는 꼬락서니가 꼴불견이다. 정부의 관리가 될 모 후보는 대통령을 따라 교회의 적을 옮겨 다니며 직전에 다닌 교회에서보다 헌금을 몇 수십 배 했단다. 신앙심이 돈독해졌다는 것인지, 대통령이 교회 장로이니까 눈도장을 찍기 위한 헌금인지 오직 하나님만이 알고 계실 것이다. 아무도 사람의 마음을 알 수 없으니까 말이다.

좌중이 뒤숭숭한 가운데 법회가 시작되었지만 이내 스님의 법문에 따라 정숙한 분위기가 유지되었다. 보통 법문이나 강의는 처음엔 흥미를 붙이지 못하면 집중하기가 어렵다. 그러나 처음부터 법문에 심취할 생각이 없었기 때문에 미리 준비한 수첩을 꺼내 시간을 때울 작정이었다. 그러다가 가끔씩 스님 말씀을 경청하고 있다는 모습이라도 보여 드리기 위해 고개를 들고 스님을 쳐다보며 머리를 끄덕이는 이중적인 태도를 보이기도 했다.

그때 마침 스님의 법문 중 '웃음'에 관한 말씀과 '참는 것도 수행'이라는 말씀이 솔깃하게 귀를 자극했다. 말씀인즉 정신 나간 사람처럼 '헤헤헤' 하고 웃으란다. 그리고 침묵을 통해 인내를 깨우칠 수 있다는 것이다.

나는 평소 TV 방송 중 '개그콘서트'란 프로그램을 보면서도 좀처럼 웃지 않던 사람이었지만 헤헤 웃으니 이내 마음이 평안해짐을 느꼈다. 앞사람을 슬며시 건드려 뒤돌아 볼 때 웃는 모습을 보여 주었더니 그 사람 역시 웃음으로 답하지 않는가. 역시 "웃음은 전염성이 강하다."는 말이 맞는 것 같다.

문득 '웃음은 거울처럼 반사되는 것'이라는 말이 뇌리를 스쳤다. 기분 좋은 일이 있는 것도 아닌데 그냥 아무런 생각 없이 '허허' 하고 웃으니 정말 기쁜 게 아닌가. 순간 나는 작게나마 깨달은 것이 있다. 앞으로는 대하는 사람마다 웃음으로 대하겠다고 작정한 것이다. 그런 연유로 법문 내내 웃는 연습을 한답시고 귀를 기울여 잘 듣지는 못했지만 웃음과 침묵의 소중함을 배우는 시간이었다.

법회를 끝내고 수형자들이 와자지껄하자 어느 교도관이 인상을 잔뜩 찌푸리고서는 그것도 반말조로 수형자들을 향해 "잿밥에만 관심이 있는 사람들에게 법회가 무슨 소용이 있느냐?"며 비아냥거렸다. 아무리 수용자의 질서 유지를 위해 파견된 교도관이었지만 너무 심하다는 생각이 들었다. 그런 자는 아무리 종교를 접해도 인성人性이 개조되지 않을뿐더러 사무적인 행태를 버릴 수는 없을 것이다. 그로 인해 법문 중에 가졌던 깨달음이 일순간 싹 가서 버렸다.

한편으론 그래서 '떡 신자'라는 말을 들을 수밖에 없는 것일까, 하는 생각이 들기도 했다. 하지만 신앙의 자유를 보장하고 교화를 목적으로 하는 집회에서만큼은 권위적이고 관료주의적이며 억압적인 자세에서 탈피해 좀 더 부드러운 분위기에서 집회에만 열중할 수 있도록 배려할 수는 없는 것인지. 마치 초등학생 줄 세우듯 질서만을 강요하는 것은 기본적 인격마저 포기하라는 것이나 마찬가지일 것이다. 그는 아무리 흉악한 범죄인이라도 종교에 심취하다 보면 품성이 바르게 될 수 있다는 것을 모르는 것 같았다. 아울러 집회에 참석할 수형자를 연출하고 질서유지를 위해 파견되는 교도관은 그 종교에 신앙심이 돈독한 사람으로 차출하면 집회 분위기가 한층 좋겠다는 생각을 해 보았다.

화가 치밀어 스스로에게 자존심이 상한 어느 순간 참는 것도 수행이라는 지혜가 떠올랐다. 흔히 자신이 잘못했든 안 했든 그 잘못을 자신에게서 찾아야 한다는 설법을 떠올리며 그 사람이 화를 낼 만한 이유가 있었을 것이라는 입장을 받아들이자 금방 평안이 찾아왔다. 나는 일부러 그 사람 옆을 지나면서 평소보다 밝게 수고했다는 인사를 건넸다. 그 사람 역시 씩 웃으며 멋쩍은 표정을 짓는 것을 보아 그도 미안해하고 있다는 표정을 읽을 수 있었다. 순간적으로나마 불편한 마음을 감추지 못한 자신이 부끄러웠다.

이런 일이라면 부지기수不知其數일 텐데 어찌하여 이런저런 사소한 일로 속 좁은 소인의 마음을 가졌던 것인지……. 작은 일에 분개하여 큰일에 차질을 빚는 어리석은 행동을 해서는 안 된다는 생각이 들었다. 그렇지만 이번 일을 '징비후환懲毖後患'의 뜻대로 지난 일을 경계 삼아 뒷근심을 막아야겠다는 생각이 닿았다. 내가 흥분한 이유를 찬찬히 훑어보니 신체의 자유가 구속된 수형자라도 집회 시간만큼은 자유로움이 보장돼야 한다는 것이다.

집회를 마치고 수형자들에게 떡 하나씩을 나눠주었다. 불교 신자도 아니면서 떡을 받아 창피한 생각이 들었을 것이지만 만면에 웃음 띤 표정이 횡재橫材라도 한 듯했다. 그러나 부끄러움을 감수하고 그런 자리에 간 까닭은 물론 떡도 떡이지만 제 나름의 이유가 없지 않았을 것이다. 떡 하나 받자고 청하지도 않은 집회에 끼어든다는 것이 어지간히 징역 때 묻은 소행이 아닐 수 없지만, 그곳에는 '떡 신자'끼리만 나눌 수 있는 소통의 공감대가 형성되어 있었기 때문이 아닐까? 때 묻고 하찮은 공감에 불과하지만 삭막한 징역살이에서 이 정도면 여간 마음이 훈훈한 것이 아닌가, 하는 생각이 들었다. 자신과 가치관이 비슷한 사람을 발견한다는 것은 그 자체만으로도 기쁨이고 안도할 수 있는 것일 테니까 말이다.

어쨌든 '떡 신자'들은 한 마디로 잿밥에 눈이 멀어 있다는 건 사실이라는 것을 느꼈다. 설교라든가 미사, 설법들에는 처음부터 마음이 없고, 신실信實한 신자들의 눈총을 받아가면서도 교회당 무대 한쪽 옆에 쟁여놓은 먹을거리 박스의 크기에 줄곧 눈을 두고 있거나 외부 인사들을 힐끔거리며 쳐다보기 일쑤다. 어쩌다 젊은 여인을 보았을 땐 그 이야깃거리가 몇 달은 능히 간단다. 어떤 때는 모르는 사이면 서도 겸연쩍은 미소까지 교환하는데 마치 알아서는 안 될 짓을 하다 들킨 사람 같은 표정들을 하고 있었다.

집회에 참석한 수형자가 떡을 하나 가지고 거실에 들어가면 모든 수형자의 눈빛이 마치 당연하다는 듯이 집회에 다녀온 사람의 손과 주머니에 집중된단다. 뭘 가져왔을까? 잔뜩 기대에 찬 눈으로 조금이 라도 나눠줄 것인가를 기다리는 것이다. 집회에 다녀온 사람 역시 떡 을 내려놓고 인원에 따라 나눈다니 분배의 원칙을 중시하는 작은 사 회라는 생각이 들었다. 작은 것 하나라도 나누고자 하는 따뜻함과 배려는 세상과 비교조차 안 되는 것이다.

간사한 게 사람의 마음인가? 스님이나 목사가 자기 돈으로 음식을 장만하지 않았을 텐데 이왕에 줄 것이라면 모두가 넉넉하게 나눠 먹 을 수 있도록 충분히 줬으면 하는 아쉬움이 남았다. 나도 교회에 나 가지만 '떡 신자'나 다름이 없다는 것을 깨달았다. 초파일 하루 연등 달면 뭐 하나? 1년 내내 마음의 등불을 밝혀야지.

내면의 수술

솔바람 소리와 새들의 노랫소리가 한층 맑고 경쾌한 것으로 보아 이젠 가을이 여문 것 같다. 밤하늘의 달과 별은 단순히 어둠을 밝히는 빛이 아닌 듯하다. 지친 심신을 푸근하게 감싸주는가 하면 시와 수필의 소재이기도 하다.

여심이 가을을 만나면 어디론가 떠나고 싶어 한다. 가을을 대면하는 남자의 마음은 흑백의 명암처럼 구분된다. 남자는 1년 내내 무덤덤하게 살다가 단풍이 들고 낙엽이 떨어져야 가을이 왔음을 느낀다. 하지만 여자는 찬바람만 불어도 가을을 느끼고 옷의 색깔이 달라진다. 시각적 변화를 통해 가을을 감지하는 남자와 달리, 감성을 열어 놓고 온몸으로 계절의 변화를 감지하기 때문일 것이다.

햇살이 알알이 익어가는 어느 날이었다. 어느 찻집에서 문득 떨어지는 낙엽을 바라보며 사색에 잠겨 있을 때였다. 어떤 여인이 내 앞에 다가서더니 잘 알고 있는 양 꾸벅 인사를 하는 것이었다. 누구인지 도무지 몰라 머뭇거렸다. 그러자 그녀는 왜 자기를 못 알아보느냐는 듯이 "회장님, 저 모르시겠어요?" 하며 몇 년 전 내가 산악회장을 맡고 있을 때 함께 산행한 OOO라고 한다. 그러고는 산행일기山行記記를 쓰는 모습이 멋있었다며 추켜세우지 않는가.

고래도 칭찬하면 춤을 춘다고, 난들 기분이 좋은걸 어이하란 말인가. 나는 금방 아이의 심상心想이 된 듯했다. 이름을 듣고 기억해 보니 어렴풋이 떠올랐다. 그래도 얼굴 모습은 잘 기억나지 않았다. 얼굴은 잘 모르겠지만 나를 기억하는 사람을 몰라주면 경우가 아닌듯하여 순간 치 있게 대답했다.

"어, 그래. 그동안 잘 지냈지? 결혼도 했을 거고 많이 좋아 보인다."

"네, 선생님. 결혼도 하고 행복해요."

우연한 만남을 기뻐하며 담소를 나누었지만 사실은 기억나지 않았다. 하지만 희미하게 떠오를 듯 말 듯 이미지는 아른거리는데 예전의 모습은 얼핏 생각하길, 얼굴이 거무스레하고, 눈은 단춧구멍만 했으며, 코는 민둥산처럼 납작했고, 입 주위에 점이 하나있었던 것으로 기억한다. 그런데 그날 본 모습은 완전 달랐다. 없었던 쌍꺼풀이 생겼으며, 눈에 확 띄던 점도 없어졌고, 예전엔 평범한 여자였다면 미인 형으로 바뀌었다. 순간 성형했음을 짐작했다. 성형수술이 이렇게 발달하다가는 몇 년 만에 만난 누이도 못 알아보겠다는 생각이 들었다. 그러나 그녀의 음성이며, 머리를 말아 올리는 버릇 하며, 조금 날리는 짓은 바뀌지 않았다.

하지만 이런 식으로 성형 문화가 걷잡을 수 없이 번진다면 문제가 될 것 같다. 그 사람의 어릴 적 얼굴을 알아볼 수 없을 테니 말이다. 한 사람이 두 개의 얼굴을 갖는 셈이다. 그 눈, 그 음성이며 살짝 까불던 모습은 그대로인데 영 기분이 어색했다. 하기야 미인이 되겠다는데 말릴 수야 없겠지만 심성은 개조할 수 없으니 이거 원 다행인지 불행인지 알 수가 없었다.

요즘 여성을 볼라치면 예전보다 확실히 아름다운 것만은 사실이다. 얼굴도 서구 형으로 바뀌고 코는 높고 눈은 크며 시원스러운 쌍꺼풀이 있다. 그런데 현대 여성은 동심과 학창 시절의 사진이 없단다. 누가 보기라도 할까 봐 기억이 될 만한 사진 한 장 남겨두지 않는다고 한다. 그것은 영원히 간직해야 할 추억마저 지워버리고 사는 것이다. 성형수술을 모르고 결혼한 남성이 아이의 모습을 보고 아내의 예전 모습을 상상한다니 참으로 서글픈 일이다. 그러나 이미 때는 늦은 것. 내색이라도 했다간 쫓겨나지 않으면 다행이란다. 못나도 자기 얼굴, 눈이 작아도 심성이 고운 눈, 미인이 아니더라도 정든 얼굴을 그리워하는 남자들의 본심을 왜 모르는 것일까?

나는 한 잔의 커피를 마시며 많은 것을 상상하게 되었다. 대한민국에서 제일가는 성형 의사가 되어보기로 했다. 세상에서 가장 아름답고 예쁜 미인을 만들고 싶은 본능이 꿈틀거렸다. 쌍꺼풀진 눈을 따고, 조각 같은 코며 도톰한 입술, 긴 목이며 V자형 얼굴을 뭉타주하여 미인을 만들어 보았다. 그런데 이게 웬일인가? 최신 기술을 도입하여 고치기를 반복했지만 영 마음에 들지 않았다. 얼굴엔 인간미라곤 찾아볼 수 없었으며, 표정이 살아나지 않아 죽은 여자 같은 느낌이 들어 수술을 실패하고 말았던 것이다. 왜냐하면 코가 높고, 입술이 섹시하고, 눈이 쌍꺼풀져도 미인이란 생각이 전혀 들지 않았다. 오히려 조금 못생겼지만 본래의 모습이 생기발랄하고 개성이 넘쳤기 때문이다.

나는 어차피 성형 의사가 된 마당에 생뚱맞은 수술을 한번 해 보기로 했다. 현대인은 마음이 황폐하고 비뚤어져 있다. 이것을 수술로 교정해 보기로 했다. 세파에 찌든 영혼을 주단朱丹처럼 곱게 물들인 영혼으로, 까만 마음을 눈같이 희고 순결한 마음으로 수술하며, 고상하지 못하고 추악한 관념을 뜯어고쳐 큰 코같이 차원 높은 윤리관으로 수술하는 것이다. 치졸하고 미운 마음씨를 쌍꺼풀진 눈같이 우아하게 보이도록 하는 것이다. 그 부정적인 말을 내뱉는 마음을 이해인 수녀의 '말을 위한 기도'라는 시詩에 나오는 것처럼 곱게 나타낼 수 있도록 하는 수술을 말이다. 검게 물든 양심을 입가의 앙칼진 사마귀를 지우듯 본연의 인간성을 회복할 수 있는 수술을 하고 나니 세상은 한층 밝아졌다.

이처럼 얼굴 개조만으로는 미가 완성되지 않는다. 내면의 수술을 해야 만이 아름다운 인간성을 완성하는 것임을 절실히 깨달았다. 많은 여성들이 성형수술에 목을 맨다. 예뻐지겠다는 것까지는 좋다. 그러나 어차피 성형수술을 했으면 마음까지 예뻐졌으면 더 좋았을 텐데 말이다. 언제부터 세상은 미인들만 행세하는 꼬락서니가 가관이다.

오지 기행

여름 휴가철이다. 대지는 혀를 길게 빼고 열기를 토하느라 지쳐 있다. 몇 십 년 만의 폭염이라는 뉴스가 연일 지면을 메운다. 해수욕장이나 계곡은 피서를 즐기는 사람들이 인산인해人山人海란다. 이왕 휴가를 간다면 사람들이 많이 찾는 곳이 아닌 도심에서 멀리 떨어진 곳으로 한번 떠나보는 것은 어떨까? 오지에서의 한적하고 원시적 체험은 우리의 삶을 한층 여유롭고 고고孤高하게 할 것이다.

한국寒國 시단詩壇을 이끌어 갈 젊은 시인 23명이 파주 민통선에서 제주도까지 구석구석에 몸을 숨기고 있는 오지에 발을 디뎠다. 그들이 가기 전엔 오지였을지 몰라도 도시인의 미문美文과 만난 후에는 '도원'이 되었고, 그들이 옮겨 놓은 에세이들은 제각각 독특한 한 편의 시로 읽혀지기도 하며, 독자인 나는 앉아서 전국의 오지를 감상하는 기회가 된 셈이다. 일반적 오지가 아니라 시인들이 자리 잡은 오지인 것이다.

첫손으로 꼽히는 오지는 어딜까? 시인 박후기는 홍천에 있는 '살둔' 마을을 다녀왔다. 추월하지 않으면 낙오될 것만 같은 고속도로를 벗어나면 길은 한결 부드러워지고 마음 또한 더불어 편해진다고 한 그는 "쉽사리 타인의 손길을 허락하지 않는 나의 내면도 오지와 다를 바 없다."고 했다. 그는 15년 전만 해도 살둔은 산 속의 섬이었다고 회상한다. 소양강 물이 새 을乙 자로 물 흐름을 만들어 가둔 동네이며, 나룻배가 아니면 외지에 나갈 수 없었지만 지금은 도로가 뚫리고 강을 가로지르는 다리가 놓인 것이다. 그래도 살둔은 아름다운 강 마을일 뿐이라고 한다.

시인 우대식은 전북 부안군에 위치한 '식도'를 찾았다. 예전엔 밤섬이라 불리던 곳이란다. 식도에서 바닷바람에 그을린 사내들과 피어나는 삶의 시련을 견뎌내는 여인들을 만나 칙칙한 터전에서 피어나는 삶의 향기를 그려내고 있다. 이처럼 시인들은 섬 여행에서 시의 뮤즈(Muse)를 만나기도 한다.

시인 이기와는 사람의 발길이 뜸한 인천 '굴업도'를 찾아 열린 몸으로 섬의 하나하나를 받아들이며 걷는다. 손택수 시인은 전라도에서 뱃길로는 가장 먼 곳에 있는 섬인 '만재도'를 찾았다. 만재도의 달피미 짝지 몽돌해변에 앉아 달과 지구와 내 몸이 연주하는 파도 소리를 듣겠노라고, 이 땅에선 가장 먼 데 섬, 거기서 내 안의 소리에 가만히 귀를 기울여 보겠노라고 한다.

그런가 하면 심산유곡深山幽谷에서 '마음의 오지'를 찾는 시인들도 눈에 띈다. 조은 시인은 경북 청송군에 자리 잡은 자연과 하늘의 언어가 담긴 호수 '청송 주산지'에서 백 년을 넘게 산 왕 버드나무와 더불어 깊고 아름답고 고독孤獨한 분위기를 자아내는 풍광에 취한다. 이원규 시인은 겨울이면 세상으로 통하는 외줄기 길마저 끊어지고, 우편집배원도 올 수 없는 오지 마을의 지리산 '문수골 왕시루봉' 외딴집에 산다. 시인은 겨우내 오지에서 살며 또 다른 오지를 찾아 나선다. 미루고 미루다 지리산 뱀사골의 와운臥雲 마을로 향한다. 그리고 시 '눈꽃으로 울다' 한 수를 읊는다.

입산통제의 겨울 지리산
울지 말자 울지 말자
다짐을 하기도 전에
배고픈 고라니가 먼저 울고
그 소리마저 얼어 눈꽃으로 피었다.

나는 『시인의 오지 기행: 고요로 들다』라는 책을 읽으면서 감동이 벅차올랐다. 세상 사람들이 도저히 발 디딜 수 없는 오지 중의 오지의 삶을 접하고는 외로움에 몸을 떨기도 했다. 오지란 멀리 있는 곳만을 말하는 것이 아니다. 가까이 있으면서도 세상 사람들의 발길이 닿지 않는 곳을 말하는 것이 아닐까? 하지만 오지의 삶일수록 텅 빈 마음으로 자연의 소리를 듣거나 읽을 수 있으며, 절대 고독이 진정한 자유란 것을 깨닫게 될 것이며 자연의 미세한 흐름까지 느낄 수 있을 것이다.

그렇다면 자연의 미세한 흐름이란 무엇인가? 산자락에 운무雲霧가 펼쳐지면 비가 걷힌다든지, 까치 무리가 공중에서 원무圓舞를 그리면 비가 크게 내린다든지, 제비가 높이 날면 곧 떠날 때가 되었다는 것이다. 찜통더위 속에 땀을 식힐 정도의 살랑 바람이 일면 번개 비(도둑 비)가 지나갈 태세라든지, 찬바람이 구릉으로 몰려가 회오리치면 곧 눈 폭풍이 몰아칠 기세라든지, 서리가 늦게 내리면 그해 겨울은 따뜻할 징조이다.

새들의 노래가 해 뜨기 직전에 가장 맑고 고운 것이라든지, 갑자기 새들의 지저귐이 사라지면 곧 내릴 비를 피해 몸을 숨긴 것이라든지, 천고 청명할 땐 기러기 날갯짓하는 소리가 유난히 가볍다든지, 숲 속에서 먹잇감을 두고 치른 싸움에서 어느 동물이 희생되었는지를 공중에서 이를 지켜본 까마귀 소리를 듣고 알 수가 있다.

시인이라면 심안心眼, 심이心耳, 신身으로 느낄 수 있어야 한다. 자연의 음향을 분별한다든지, 자연의 기쁨과 슬픔을 느낀다든지, 자연의 상처를 어루만져 준다든지, 시간과 공간 혹은 사상도 초월해야 한다. 고정관념의 틀을 벗어나 다양한 시선으로 세상을 보아야 한다. 사회적 비리와 악취를 도려내려는 아픔과 희생을 감당해야 한다.

하여 나는 『시인의 오지 기행: 고요로 듣다』를 읽으면서 한 가지의 의문을 품게 되었다. 한국 문단을 이끌어 갈 전도유망前途有望한 시인들이 자연환경 문제 즉, 오지를 기행하면서 원시적 자연 보존保存의 소중함을 전혀 거론하지 않았다는 점에 실망했다. 오지일수록 원시적인 자연 그대로 보존되어야 함에도 사람들은 눈앞의 경제 논리만 따지거나 개발의 명분을 조장하여 마음대로 자연을 훼손한다. 그렇다면 시인들의 눈에도 이미 병들어 가는 천혜의 자연을 어떻게 치유하고 보존할 것인가 하는 해결책을 시詩나 문장으로 표현했으면 하는 아쉬움이 남는다.

인간뿐만 아니다. 뭇 생명이 다 보호받아야 할 만큼 소중한 것이다. 시인들이 찾은 산줄기, 강, 바다, 갯벌, 섬, 계곡이 생명이라는 사실이다. 인간세계의 문명을 오래 유지하려면 자연과 공감하고 소통이 돼야 한다. 삶의 질을 경제나 소비 수준에만 두지 말고 청정한 자연이 오히려 우리의 삶을 더 풍요롭게 한다는 것을 알아야 한다. 오지를 원시적으로 보존하는 것이 생명의 소중함을 일깨우는 마음으로 독자들에게 다가갔으면 더욱 아름다운 기행이 되었을 것이다.

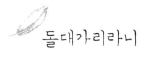

돌대가리라니

내게 있어 수석은 예술이다. 보는 사람마다 취향에 따라 다양한 뜻을 지니고 있다. 돌에 눈을 뜨기 시작한 것은 30여 년 전의 일이다. 당시 어느 구둣방에 갔을 때 수반水盤 위에 놓인 경석礬石을 보게 되었는데 마치 작은 산을 수반 위에 옮겨 놓은 듯했다.

그때부터 돌에 매료되어 탐석을 위해 전국 각지를 유람했다. 약 5백여 점을 수집하여 아침저녁으로 그것을 보며 수석에 담긴 지난 일들을 반추하며 마음의 여백에 희로애락을 그려나갔다. 하지만 지난 외환위기 때 투자 손실을 보전하기 위해 그것마저도 대물변제용으로 내놓게 되었다. 돌 하나하나에 마치 자식 대하듯 정을 쏟아 부었는데 그때의 심정은 날 선 칼로 심장을 도려내는 듯했다.

어느 날, 지리산 하류 경호 강에 탐석하러 갔을 때 만난 어느 괴물 같은 돌과의 인연을 잊을 수 없다. 나는 탐석을 할 때마다 맨 뒤에 따라 간다. 그 이유는 뒤따르는 여유도 있지만 앞서가는 사람들이 버리고 간 돌을 '이삭줍기' 위함이다. 돌을 버리고 간 사람에겐 굴러다니는 돌로 보였겠지만 수석으로서의 충분한 가치가 있을 수 있기 때문이다. 이를 통해 다른 사람의 수석을 보는 안목 또한 볼 수 있다.

가끔 웃지 못 할 여담도 있다. 탐석자 중에 중에는 수석으로 충분한 가치가 있음에도 안목이 서툰 사람이 있기 마련이다. 수석의 석질, 모양, 색감, 크기 등을 보았을 때 전혀 손색이 없음에도 불구하고 수석을 좀 알 것 같은 내게 돌의 작품성이나 가치 정도의 평가를 의뢰

하는 할 때가 있다. 나는 돌을 이리저리 살피는 척하다가 제법 가치가 있다고 판단되면 "이게 돌이냐?" 하면서 길섶으로 던져버린다. 그러면 그 사람 또한 민망한 얼굴로 자리를 뜨는데, 그때 나는 길섶의 돌을 냉큼 배낭 속에 넣는 행운을 잡는 것이다.

경호 강에서 탐석한 이괴석도 길섶에 던져 놓은 것을 다투어 주워 담은 것이다. 이 돌은 전설에서나 나옴직한 괴물로서 얼굴이 세모인데다 눈은 사팔뜨기며, 마음껏 찢어진 입에는 흰 조개 뼈로 위 아랫니가 박혀 장난기 서린 성난 표정이라고나 할까? 분노의 절정에 선 코와 귀는 웃는 얼굴 모습에 닿지 않는 듯 아예 갖추지 않았지만, 낯빛은 이루 헤아릴 수 없이 다채로워 몇 천만 년의 풍상風霜에 자연의 신비를 표현하는 방법은 그밖에 없다는 듯한 인상을 하고 있다.

이놈은 수시로 인상이 바뀌어 아침저녁으로 보는 나도 헷갈렸다. 술이라도 한잔하고 볼라치면 이 녀석은 비웃기로 하듯 째려본다. 고요함이 잠든 한밤중에 이 녀석을 들여다보면 물소리, 바람소리, 세월이 오가는 소리가 귓전을 스치고, 맑은 물 향기, 산 향기, 물이끼 향기가 세상에 찌든 코끝을 자극한다. 또 거북이가 똥 싼 흔적, 토끼가 잠든 흔적, 사슴이 오줌 싼 흔적, 햇살이 머문 흔적도 고스란히 남아있다.

겨울날 아침에 보면 오들오들 떨기도 하며, 봄이면 꽃샘추위에 놀라 감기에 걸려 훌쩍거릴 때도 있다. 때로는 성난 시어머니 얼굴처럼, 뾰로통한 시누이 얼굴처럼, 예쁜 누이 얼굴처럼 보일 때도 있다.

그런데 이 녀석은 언제부터인가 우리 가족을 닮아갔다. 가정이 편안하면 이 녀석도 평온하기 그지없지만 어쩌다 냉전이라도 생길라치면 이 녀석은 금세 울상을 짓는다. 식구들은 이 녀석의 눈치 때문에 가급적 재미나게 지내려는 노력을 했다. 녀석은 말없이 무엇인가를 보여주었고, 나는 이 녀석을 보며 녀석의 생산지를 여행하기도 한다.

우리는 미련한 사람을 돌대가리에 비유하기도 한다. 또한 냉정하고 반응에 느린 사람을 목석같은 사람이라고 비유하기도 하는데 그것이 얼마나 잘못된 표현인가를 알게 된다. 그것은 돌을 보는 인식에서 연유된 적절치 못한 이유이다. 돌대가리라는 말 자체가 속된 비유로서 그 사람의 품성을 말하는 것이기도 하다.

누구에게든 맨 처음 돌대가리라는 비유를 썼던 이는 보석도 돌이라는 사실을 미처 생각하지 못했을 것이다. 돌의 모양이나 색깔이나 석질을 보고 지리학적인 역사를 연구하거나 돌이 지닌 자연의 신비를 헤아려 보지도 않은 채 즉흥적으로 내뱉었던 말임을 실감나게 한다. 비유를 바꾸어 어느 무딘 사람을 보석대가리, 수석대가리라고 표현했다면 반응이 어떨지 궁금하다.

돌을 굴러다니는 돌로만 볼 수는 없다. 한 점의 괴석이지만 여러 가지 자연이 빚어 놓은 형상을 볼 수 있는 눈과 마음을 가져보면 어떨까? 내 집에서 먹고 성장한 그 괴석. 옛 주인 생각이나 하고 있을지……. 어떤 마음과 표정을 짓고 있을지 궁금하다. 아마도 우리 식구들의 정을 잊지 않고 살아가고 있을 것이다.

제4장

사랑하는 어머님

어머님의 짝사랑

 몇 십 년 만에 일찍 찾아온 추석 때문일까? 황금 들녘의 춤추는 허수아비도 볼 수 없고, 이맘때면 담장을 드리운 석류가 터질듯했는데, 아직도 푸르기만 하다. 하늘엔 구름이 나부끼긴 하지만 고추자리를 볼 수 없으니, 가을 정취와 함께하는 추석은 아닌 것 같다. 그러나 동네는 활기가 차고 시끌벅적하다. 모처럼 갓난아이의 울음소리도 들린다. 추석이라 그런가 보다. 아이의 울음이 무엇인지 온 동네가 생기가 돌고 세상사는 맛을 느낄 수 있을 것 같다.

 1년에 한 번씩 찾아오는 사람들의 귀성 행렬이 무슨 환영 같다. 동네 어귀는 고향 방문을 축하한다는 현수막이 구름처럼 나부낀다. 어머니들은 자식들을 기다리느라 대문 밖을 서성인다. 자식도 어머니와 같은 마음을 가졌을까? 아니다. 자식들은 연례행사처럼 와서는 애써 거둔 알곡식만 가져간다. 그래도 연신 웃음을 머금고 주는 것만으로 만족하니 어머니들의 마음이 '어머님 은혜' 노랫말처럼 하늘보다 높고, 바다보다 깊은 건 확실한 것 같다.

 참 희한한 일이다. 예전엔 제사를 모시고 난 후 동네를 돌며 어른들에게 인사를 드리고, 친구들과 어울려 옛 추억을 떠올리며 회포를 푸는가 하면, 가족들과 모처럼 정담을 나누곤 했는데, 저녁이 되자 동네가 사막처럼 을씨년스럽다. 골목길을 메우고 있던 차들이 약속이라도 한 듯 일시에 썰물처럼 빠져나간 빈자리엔 바람만이 살랑거린다. 꿈결에 다녀갔나, 하는 생각에 흔적도 없이 텅 빈 골목길을 다시 한 번 훑어보니 외로운 달빛만 가득하다.

보통 우리네 자식들은 1년에 한두 번 어머니를 찾는다. 아버지보다는 어머니가 자식에 대한 사랑이 더 애틋하다. 1년 중 겨우 하루 이틀 보는 사람들을 어머니는 자식이라고 그날만을 위해 살아간다. 혹 자식이 어머니에게 같이 살자고 하면 고개를 가로젓는다. 자식에게 신세를 지고 싶지만 폐는 끼치기 싫단다. 일 년 내내 자식들을 마음에서 떠나보내지 못하지만 같이 살자고 해도 싫다고 하는 것은 어머니의 일방적인 사랑 때문이다.

　이건 장사로 치면 완전 불공평한 거래인 셈이다. 낳고 기르느라 애쓰셨는데 돌려받는 것이 전혀 없다면 계산상 손해가 이만저만 아니다. 그래도 어머니는 불평 한마디 없는가 하면 혹 몸이 아파도 그것마저 숨기려다 화를 자초한다. 왜 그러셨느냐고 묻기라도 하면 언제 대가를 바라고 자식을 키웠느냐고 반문한다. 자식에 대한 절대적인 그 마음을 사랑이라 부르기엔 자식은 왠지 거부감이 생긴다. 무엇이든 지나치면 안 된다. 자식에 대한 집착이 아니라 진정 사랑이라면 내가 힘들고 외로울 때 같이 살아야 한다고 말할 수 있어야 한다. 사랑은 서로가 완성시켜주는 행위이기 때문이다.

　만약 일방적으로 주기만 하고 받기를 스스로 포기한다면 그것은 한쪽의 미완으로 방치하는 일이기도 하다. 받기만 하고 주지 못한다면 그것은 사랑으로 남는가 하면 어머니의 권위를 포기하는 것이다. 받는 것은 누구나 할 수 있지만 주는 일은 할 수 있는 일이 아니다. 진정한 어머니의 사랑은 주는 것을 일깨우고 맹목적인 어머니의 사랑은 받는 것만 가르치는 것으로 끝난다. 주는 것을 일깨우지 못한 어머니의 사랑은 불효의 시발점이 되고 그 어머니는 서글픈 사랑의 주인공으로 남게 될 것이다.

맹목적인 사랑밖에 모른다 할지라도 어머니는 가슴속의 사람이다. 어머니를 잃는다는 것은 내 안의 생명의 뿌리를 잃는 것이며 불효는 어머니를 부정하는 것이다. 어머니를 외면하는 것은 전부를 잃는 것이나 마찬가지다. 어머니는 나의 어두운 가슴속에 불을 밝히는 존재이다. 이따금 삶에 지쳤을 때, 별처럼 떠오르는 모습은 자식들을 눈물 나게 한다. 왜 그 순간에 어머니가 떠오르는 것일까? 그것은 한없이 주고 싶은 사랑을 지니고 있기 때문인 것이다.

그러나 자식은 어떤가? 받는 것에만 익숙해 있을 뿐이다. 자식은 나이가 들면 어머니의 관심도 사랑도 간섭으로 치부한다. 그러나 어머니는 자식 때문에 늘 눈물을 흘린다. 주기를 좋아하는 어머니는 의미를 향해 살아간다. 의미를 추구하는 어머니는 안을 사랑하고 자식을 향한 사랑이 가득하다. 주는 어머니와 받기만 하는 다른 삶을 살아간다. 고작 1년에 한두 번 찾아오는 자식의 가슴속엔 어쩌면 어머니의 존재는 없는지 모른다. 그런 자식을 기다리며 사는 어머니의 사랑은 서글픈 것이기도 하다.

어머니는 생명의 근원이요. 가슴속 사람이다. 밖에 있는 것들은 나를 빼앗아가지만 안에 있는 것들은 잃어버렸던 나를 하나씩 찾아준다. 어머니를 찾아가는 걸음은 내 안의 생명의 뿌리를 찾아가는 길이다. 어머니를 부정하는 것은 허허벌판의 길이며 추락과 배신의 길이다. 자식들이여! 이제는 어머니에게 주는 자식이 되어야 한다.

추석이 지나 다 떠나버린 골목길에 외로운 달빛만 가득하고, 그 달빛 아래 주기만 하는 어머니의 모습이 풍경처럼 일렁인다.

어머님은 푸른 소나무

12월은 아쉬움과 희망을 동시에 남기고 말없이 떠나지만 그 의미는 한두 가지가 아닌 것 같습니다. 그것은 새해 아침 청신淸晨한 계획이 용두사미龍頭蛇尾가 된 경우도 많지만 제가 거둔 수확은 적지 않아 용두용미龍頭龍尾의 소중한 한 해였습니다.

세모歲暮에 갖는 사색은 살아온 날들에 대한 반성과 새로운 날들에 대한 각오로 자신을 추스르고 정화시키는 시간이라 하겠습니다. 창자 속까지 파고드는 정월의 싸늘한 추위는 날카롭기가 그지없지만 이 날선 겨울의 새벽에 다듬는 정신은 제가 앞으로 겪어가야 할 일들을 냉철히 조망眺望하게 한다는 점에서 매우 소중한 시간입니다.

지난 고뇌의 세월을 나이에 산입算入하지 않으려는 사람이 있습니다. 잃어버린 것에 대한 방관이나 아쉬움 때문일지 모르겠으나 저 역시 그런 생각을 한 적이 있습니다. 세상 속의 것들을 놓친 것에 대한 미련 때문이겠지요. 자칫 시간이 주는 엄청난 값어치를 망각하는 우를 범할 수도 있다는 것입니다.

사람은 나무와 다르지 않겠습니까? 나이를 한 살 더 먹는다고 해서 그저 굵어지는 것이 아니며, 반대로 젊음이 청초함을 항상 보증해 주는 것 또한 아니라고 생각합니다. 단순히 나이가 들었다고 원숙해지고 완전한 삶이 되는 것은 아니라고 봅니다. 세월을 지내오는 동안 쌓게 되는 경험과 사색의 갈무리 여하에 따라 인생의 판도는 확연히 달라지는 것이지요.

새해 아침 일출을 보지 않아도 나이는 자연스레 한 살 더 먹게 됩니다. 그만큼 인생의 무게 또한 커진다는 것을 깨닫고 사는 사람이 얼마나 될까 생각해 봅니다. 한 해를 보내고 새해를 맞이할 때는 지난 삶의 흔적이 자신에게 과연 어떠한 의미를 갖게 하는지를 생각해 보아야 합니다. 새로운 꿈을 품고 잘 가꾸기 위해 무엇을 해야 할 것인지에 대해 심사숙고해야 할 때라고 봅니다. 허투루 지나치지 말고 깊이 사유하고 의심하며 잠재된 의미를 찾아가는 지혜도 습득해야 할 것입니다.

어머님! 새해는 토끼의 해입니다. 토끼처럼 지혜로우시고 평안한 한 해가 되시기를 소원합니다. 토끼해를 맞아 어릴 적 잊히지 않는 추억 하나를 새롭게 구성해 보고자 합니다. 기억 속의 그 이야기꽃이 햇살 가득한 뜰에 알록달록 선녀들의 바느질로 마름질된 양 화사하게 피어나려 합니다.

옛날 우리 식구들은 늦은 시간에 군고구마를 먹으면서 아득히 먼 이야기꽃을 피웠지요. 입가에 까만 검정이 묻은 것도 모르고 이야기에 빠져들곤 했던 추억들이 새록새록 떠오릅니다. 열네 살 때 시집오게 된 할머니의 기구한 운명적인 이야기를 들을 땐 눈물도 많이 흘렸습니다. 또한 한국전쟁 때 이불 보따리 달랑 하나 들고 피난 가던 이야기를 들으면서 전쟁이 얼마나 무서운 것인지 알게 되었으며 안타깝게도 한 살 터울의 누나가 희생된 사실도 비로소 알게 되었습니다.

어머님께서는 저를 무릎을 베개 삼아 눕혀 놓고는 '토끼전'을 재미나게 들려주셨습니다. 토끼와 거북이의 경주에서 어느 한쪽으로 치우치지 말고 각자의 됨됨이를 잘 살펴보라고 하시곤 했습니다. 저는 당시엔 이야기의 속뜻을 잘 몰랐습니다만 성장하면서 이해하게 된 '토끼전'을 다시 들려드리고자 합니다.

어느 동물 마을에 거북이를 사랑한 토끼가 있었습니다. 토끼는 혼자 속으로만 사랑했기 때문에 그 누구도 눈치 채지 못했으니 짝사랑이라고도 할 수 있겠습니다. 그런데 토끼는 한 가지 아픔이 있었습니다. 그것은 거북이가 자기의 느린 걸음을 너무 자학自虐하여 가끔 실의에 빠져 있다는 것이었습니다. 그런 모습을 볼 때마다 토끼는 마음이 아팠습니다.

햇살이 토실토실한 어느 날이었습니다. 토끼는 거북이에게 "거북아, 나하고 달리기 한번 해 보지 않을래?" 하고 물었습니다. 난데없는 제의를 받은 거북이는 그날따라 왠지 자신감이 생겼습니다. 질 때는 지더라도 잘난 척하는 토끼와 같이 한번 뛰어보기나 해야지, 하고 마음을 먹었습니다. 행여 지더라도 손해 볼 것 없는 생각도 있었던 것입니다.

경주가 시작되었습니다. 토끼는 자신의 의도대로 일찌감치 앞서 달렸습니다. 그러면서도 뒤따라오는 거북이를 힐끗 보았습니다. 혹시라도 거북이가 중도에 포기할까 싶어 중간쯤에서 기다렸습니다. 만약에 눈을 뜨고 기다리면 거북이가 자존심 상해할까 봐 토끼는 지친 듯 풀숲에 누워 자는 척을 했습니다. 토끼는 거북이가 가까이 와서 자기를 깨워 사이좋게 언덕을 오르는 아름다운 상상을 하고 있었습니다.

그런데 이게 웬일입니까? 거북이는 자기 옆을 지나면서도 깨우기는 커녕 눈길조차 주지 않았던 것입니다. 자는 척을 한 토끼는 설움에

북받쳐 눈물을 흘렸습니다. 아무것도 모르는 거북이가 결국은 경주에서 이기게 되었습니다.

경주 후에 방방곡곡에 있는 동물 가족들로부터 거북이는 근면하고 성실하다는 칭찬을 들었지만 토끼는 자만심이 강하고 게으르다는 소리까지 듣게 되었습니다. 그들은 거북이와의 경주에서 일부러 패함으로써 거북이의 자존심을 세워주겠다는 토끼의 속마음을 몰랐던 것입니다. 토끼는 눈물을 흘릴지언정 숱한 비난을 감수했습니다. 왜냐하면 사랑하는 거북이의 기쁨이 자기에게도 기쁨이 된다는 사실에 위안이 되었기 때문입니다.

목련처럼 단아한 어머님!

원작과는 내용이 다를 수도 있겠지요? 그러나 가슴을 따뜻하게 하는 이야기로서 어머님이 저에게 전하려는 뜻을 사유思惟해 볼까 합니다. 어머님은 토끼의 배려와 양보심을 가르치고자 하셨던 것입니다, 자기중심적이고 이기적이며, 배려할 줄 모르는 세상에 치우쳐 있지 말고 상대방을 이해하고 헤아리며 존중할 줄 아는 성숙한 인간으로서의 삶을 살아야 된다는 말씀이셨던 것입니다. 상대방의 입장에서 바라보지 않고 오직 자신만의 범주 속에서 해석하려는 아집과 그릇된 인식을 버려야 한다는 것을 일깨워 주기 위한 것이 아닌지요? 가증스러운 위선과 거짓이 난무하는 현실 속에서 믿음과 솔직함이 인정받고 높임을 받는 그런 사회의 구성원이 되라는 말씀이었습니다. 모든 사람들이 이러한 배려와 양보심을 가진다면 사회는 한층 아름답고 풍요해지리라 믿습니다.

그런데 한 가지 의문이 있습니다. 초등학교 다닐 때입니다. '토끼전'

을 가르치는 선생님은 경기 결과만 놓고 토끼는 경솔하고 게으르며, 거북은 목표 의식이 분명하고 부지런하다고 하시며 경쟁심만 가르쳤습니다. 그것은 가난한 시대의 문화적 오류이며, 잘못된 교육 현실에서 나타난 웃음거리라 생각합니다. 정녕 배려와 양보라는 의미 따위는 가르칠 필요가 없었다는 것인지, 당시엔 원작의 겉핥기만 가르치려는 한 것은 아닌지 궁금하게 여겨집니다. 아니면 선생님이 '토끼전'의 깊이를 몰라 잘못된 평가를 했을까요? 지금도 아이러니합니다.

어머님은 요즘 어떤 책을 읽고 게시는지 궁금합니다. 이젠 눈이 침침하셔서 글이 잘 보이자 않는다고 하니 안타깝습니다. 그러나 천천히 한 자 한 자 읽어나가시면 어머님의 정신세계는 더 한층 고양되리라 믿습니다. 저는 어머님을 팔순으로 보지 않습니다. 당신은 사시사철 푸른 소나무입니다.

옷깃을 여미는 어머님

1년 중 가장 덥다는 말복입니다. 방송에서는 연일 불볕더위니 찜통더위니 하며 심신을 더욱 지치게 합니다. 그나마 한낮의 매미 소리가 귀를 즐겁게 합니다. 장맛비처럼 지루한 이 여름을 어떻게 보내시는지요?

지금쯤 우리 집 삽살개는 혀를 길게 늘여 뺀 채로 헐떡거리고 있겠지요? 그놈이 무시로 짖어대면 마침내 온 동리 개들이 달을 보고 따라 짖는다고 혀를 차셨지요? 아이들의 울음소리가 그립다는 어머님의 심사深思와 시골의 한적함을 알 듯합니다.

창을 활짝 열자 어머님에 대한 그리움이 가슴 가득합니다. 다섯 손가락 다 깨물어 안 아픈 손가락 없고, 자식은 백 살을 먹어도 당신에겐 아이라며 주야로 염려하시는 어머님. 오늘은 대청마루에서 수박을 쪼개놓고 못난 자식들 생각에 눈물을 보이시는 어머님 모습이 선합니다.

어머님이 정성들여 가꾸신 꽃들이 피어 온 집 안이 향기 가득하겠습니다. 담장을 두른 흑장미와 박꽃을 좋아하셨는데, 활짝 피어 어머님의 심상心想은 어린아이처럼 환하시겠습니다. 홍자색 나팔꽃을 유난히 좋아하셨던 어머님. 아침에 피었다가 저녁에 지고 마는 꽃이라며 서운해 하시던 모습에 가슴 아릿합니다.

예전에 어머님은 새벽닭 우는 신호에 맞춰 옷을 주섬주섬 입으시고, 부엌문 삐걱삐걱 소리 내어 여셨지요? 쌀독 긁는 소리와 보리쌀

이는 소리이며, 솥뚜껑 크게 여닫으며 밥이 익어가는 냄새를 풍기곤 하셨지요? 댕그랑댕그랑 그릇 씻는 소리 등은 저희 형제를 깨우는 기상나팔로 어머님의 지혜였던 것입니다. 회오리바람이 휘젓고 간 것처럼 부산한 아침, 온 식구가 밥상에 둘러앉으면 노릇노릇하게 잘 구워진 갈치 살점 골라 수저 위에 얹어주시던 어머님 생각에 눈시울이 뜨거워지는군요.

갑자기 먹구름이 밀려오더니 비가 내리고 있습니다. 지금쯤 어머님은 이놈의 자식 생각하며 참기름 두른 꽃지짐 부치고 계시지요? 밧줄처럼 죽죽 그어진 주름 고랑으로 땀이 흘러내리는 모습이 선합니다. 이런 날엔 어머님이 해 주시는 잔치국수 한 그릇 배부르게 먹고 낮잠이나 마음껏 자고 싶군요. 어머님은 국수를 삶는 시간보다 씻는 시간이 더 오래 걸리셨지요? 방금 길어온 우물의 찬물에다 소쿠리에 담긴 국수를 풀기 하나 없이 씻기를 반복하셨는데 그래야만 쫄깃하다고 갓 시집온 며느리에게 가르치곤 하셨지요. 뒤란의 김장독에서 묵은 김치를 꺼내 숭덩숭덩 채를 만드셨는데 지금 생각하니 멸치를 우려낸 국물 맛이 가히 전설적이었습니다.

오늘은 예전의 어머님 모습을 떠올리며 빨래를 직접 해 보았습니다. 매일 아침 빨래할 옷을 가득 벗어 놓으면 그것이 늘 허리가 아프셨던 어머니의 몫이란 것을 알았습니다. 그러나 그것을 미안해하거나 고마워하지 않았습니다. 그 정도 일이야 무슨 힘이 들겠거니 응당 그러려니 했습니다. 그러나 이젠 어머님의 마음을 조금이나마 알겠습니다.

빨래판과 물동이를 꺼내놓고 벗어놓은 빨래를 하면서 저의 모습을 통해 지난날 어머님의 수고를 이해하게 되었습니다. 아직까지 습관이 남아 뒤집어 벗어 놓은 양말을 바로 하며 뻐근해진 허리를 곧추세우고 어머님의 애쓰심과 저를 향한 사랑과 마주하곤 했습니다. 빨래는 삶의 때를 휘휘 풀어 행구고 거짓과 헛된 욕심으로 똘똘 뭉친 내면의 틀을 씻어내는 자성의 시간이었습니다. 어머님의 수고를 이해하기 위한 빨래였지만 저를 세척하는 소중한 경험이었습니다.

문갑 위의 목련은 하얀 미소를 머금고 제자리를 지키고 있겠지요? 그윽한 향기가 방 안을 가득 채우는 듯하고, 재치 있는 붓끝으로 곱게 그려진 것 같은 매끈하고 소담스러운 잎사귀며, 봄 처녀 입술처럼 발그레한 꽃술이 품위 있고 고귀한 꽃이라 하셨지요. 어머님을 따라 조용히 바라보고 있노라면 지금 생각하니 고상하고 품위 있는 것이 어머님의 단아한 모습이었습니다.

저녁을 드시고 동네 주변을 산책하신다는 말씀이 자랑스럽지만 한편으론 걱정이 됩니다. 운동이 보약보다 낫다고 하지만 연세가 있으시니 '산보' 하는 기분으로 즐겼으면 합니다. 혹여 겨울이 오는 길목에서 달랑 하나 남은 잎사귀처럼 바람만 바라보다 홀연히 떠나시면 어쩌나, 한시도 정신을 놓을 수 없습니다. 옥체 잘 보존하시길 기도드립니다. 사랑합니다, 어머님!

어머님의 가르침

그리운 어머님!

이른 아침 창에 비치는 햇살이 마치 귀여운 아이의 숨결처럼 잔잔하고 포근하게 느껴집니다. 상쾌한 자연의 향기가 내면의 뜰을 적셔주는 순간 어머님을 생각하게 되었습니다. 제가 초등학교 시절일 것입니다. 어머님께서 저를 산야山野로 데리고 다니면서 자연 공부를 시킨 추억이 아련합니다. 길 따라 곱게 핀 갖가지 야생화를 어머님은 단 한 번도 꺾지 않으셨습니다. 그것은 자연을 있는 그대로 무위無爲로서 인위를 가하지 않는 어머님의 가르침이었습니다.

제가 그때 가장 많이 접한 야생화는 민들레였습니다. 4~7월에 잎사이에서 꽃줄기가 나와 그 끝에 노란 꽃이 한 송이씩 피는데 아침에 피었다가 흐리면 오므라든다고 하여 강함과 약함을 동시에 가르쳤던 기억이 안개처럼 피어오릅니다. 작은 열매에는 많은 씨가 모여 공 모양을 이루고 씨에는 깃털이 있어 멀리 날려 흩어진다는 것을 그때 알게 되었지요. 흰 꽃이 피는 것을 흰 민들레라고 하며, 꽃말이 흩어진다는 뜻의 '분산'이라 하셨지요?

그때 전해들은 기억이 생생한 것으로 보아 아직도 자연을 향한 마음은 변함없다는 증거가 아닐까요? 당시 어머님의 말씀을 되살려 보겠습니다.

옛날 하나님이 죄악에 물든 세계를 멸망시키기 위해 40일간의 홍수를 내렸습니다. 하지만 그전에 노아는 신의 계시를 받고 큰 방주를 만들었습니다. 그의 가족과 여러 동물들은 이 배를 타고 산으로 올라가 홍수를 피할 수 있었습니다. 그러나 민들레는 질긴 뿌리가 깊게 박혀 있어 한 발자국도 움직일 수 없었습니다. 사나운 물결이 차츰 앞으로 다가오자, 민들레는 너무 걱정을 한 나머지 머리가 하얗게 되었습니다. 민들레는 하나님께 구원해 달라고 기도를 했지만 이미 때는 늦어 버렸습니다. 하나님은 불쌍한 민들레의 기도를 듣고 씨를 바람에 실어 멀리 언덕의 양지바른 곳으로 옮겨 주었다고 합니다.

전설에 담긴 깊은 뜻을 정확히는 알 수 없지만 이는 질긴 생명력을 말하는 것이 아닌가 싶습니다.

세상의 누구보다 의지도 강하시지만 어떤 자리에서든 물처럼 포용하시는 어머니의 마음은 넓고 깊은 바다이지요. 어버이날에 즈음하여 제가 어머님을 찾아야 함이 당연한 이치입니다. 어머님을 뵙지 못하는 아픔을 눈물로 대신했습니다. 몇 그램의 눈물에 불과하지만 자식 된 도리를 불효로 대신하게 된 참회의 결정체였습니다.

항상 절제하고 실천하시는 모범으로서 효孝를 가르치셨고, 당신을 가장 낮추시며, 인도주의적 정신과 모든 생명을 사랑하는 박애博愛 정신으로 뚜렷한 사계절 어느 하나 편애偏愛하시지 않고 순리를 따르며 그 속에서도 각 계절이 주는 가르침을 전하셨던 어머님의 삶은 어쩌면 레이철 카슨의 문제의 답안이라 해도 될까요?

눈이 아닌 여린 마음으로 자연을 바라보아야 한다는 어머님의 말씀이 기억에 생생합니다. '하도장성夏道長成', 여름은 산이 크는 계절이라 합니다. 창밖에 펼쳐진 산수山水는 저 혼자 크는 것이 아니라 제 마음까지도 키워주는 것 같습니다. 가내 두루 평안하시기를 기도드립니다.

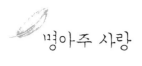

명아주 사랑

벽오동碧梧桐의 대벽엽大碧葉이 만든 그늘의 부피가 지친 심신의 휴식처를 마련해 준다. 사람이 가진 그릇도 이처럼 커야만 큰일을 도모하고 은덕을 베풀 수 있지 않을까?

우연히 길을 가다가 지팡이를 짚고 가는 노인네를 만났다. 돌아가신 할머니를 보는 것 같아 몇 마디 말을 걸었지만 들리지 않는 모양이었다. 지팡이를 여러 용도로 사용하셨던 할머니 생각에 잠시 눈시울을 적셨다. 할머니의 지팡이를 보는 순간, 나물로 사랑받으며, 지팡이 재료로 대접받았던 명아주가 언덕배기에 줄지어 서 있었다. 할머니 덕분에 까딱하면 잊고 지낼 뻔했던 명아주를 보고 할머니와의 기억을 떠올려 보는 행운을 얻은 셈이었다.

예전에 할머니는 관절에 효험이 있는 질경이를 잘 우려 드셨지만, 어머니는 명아주를 살짝 데쳐 드시는 것을 좋아하셨다. 명아주의 맛은 시금치나 비름과 비슷하지만 향기는 훨씬 강한 편이다. 이파리의 흰 가루를 털고 먹어야 된다는 어머님의 말씀이 매우 궁금했지만, 나는 자연이 준 선물에 독毒이 있으랴 하고 그냥 물에 헹궈 먹었다. 그래도 별 탈이 없는 것을 보아 독성은 아닌 모양이었다. 사람들은 대개가 명아주를 즐겨 먹지만 입에도 대지 않는 사람이 있다. 각각의 입맛이 다 다르고 어렵게 살았던 사람일수록 고기를 많이 찾는 등 자연식에 대한 이해가 부족한 탓인 것이다.

한약방을 경영한 할아버지 말씀처럼 명아주는 약방의 감초甘草다. 어릴 적에는 여름방학 때마다 외갓집을 찾곤 했다. 벌레에 물릴 때마다 외할아버지께서는 어김없이 명아주를 짓이겨 붙여 주셨다. 그때마다 가려움증이 금방 가라앉던 기억이 아련하다. 명아주는 효도 식물이라는 뜻을 이제야 알게 되었다. 그것은 노인들에게 빼놓을 수 없는 효자 노릇을 하기 때문이다.

청려장靑藜杖, 명아주대로 만든 지팡이를 짚고 다니면 신경통과 중풍에 있다고 하여 노인들에게는 그야말로 훌륭한 반려자와도 같았던 것이다. 치료 효과 이외에도 지팡이는 재질이 단단하고 가벼워 오죽하면 근력筋力이 약한 노인들에게는 미련한 자식보다 낫다고 했을까?

예전에 할머니가 사용한 지팡이가 명아주 줄기라는 말이 믿기지 않았다. 왜냐하면 명아주는 아무 데서나 자라나는 풀 정도로 알고 있었기 때문이다. 며칠 전 겨우 한 자에도 미치지 못하는 명아주를 따다가 기절할 뻔했다. 마치 심산유곡深山幽谷을 헤매다 거대한 괴수怪獸를 만난 기분에 경외감敬畏感마저 들었다.

하여 나는 야생초에 박식한 송암 선생님께 물었다. 척박한 공터에서 흔히 보는 명아주는 난쟁이일 수밖에 없지만, 세상에 기후와 토양 조건만 맞으면 2~3미터까지 자라는 놈도 있다고 한다. 그 이후 나는 명아주를 야생초의 왕이라고 불렀다. 명아주의 성장 과정은 어렸을 때엔 도탑고, 선홍색 잎을 내어 성장을 위한 토대를 마련하는데 이때가 나물로 먹을 수 있는 적기라는 설명을 덧붙였다.

명아주는 마름모의 달걀 꽃 이파리가 어느 정도 무성해지면 급속도로 부피가 성장해지면서 가지의 겨드랑이에 담녹색 꽃이 핀다. 가을이 되어 수정을 다 마친 꽃을 달고 있는 명아주는 늠름한 지팡이 재질로 변하게 된다고 한다. 예전에 할머니가 사용하셨던 지팡이 하단下段부가 울퉁불퉁한 이유는 명아주 대를 자르지 않고 뿌리째 사용했기 때문이란 것을 근래에 알게 되었다. 울퉁불퉁한 부위로 지압指壓도 하고 몸의 혈액순환을 돕기 위해 마사지 도구로도 쓰였다고 하니 예사롭지 않은 지혜를 가졌던 것이다.

어머님께서는 팔순八旬임에도 지팡이가 필요 없을 정도로 건강하시다. 언젠가 나이가 더 드시면 다리에 힘이 빠지고 허리가 접히는 법. 그때 선이 아름답고 뭉툭하고 멋진 청려장을 선물하고 싶다. 하지만 선물한 지팡이가 어머님의 보행을 돕는 지팡이가 아니라 장식용으로 쓰였으면 하는 이아들의 마음을 헤아려 주셨으면 한다.

하지만 나이가 드시면 꼭 조심할 몇 가지가 있다. 그중 하나가 낙상落傷이다. 귀찮기도 하고 건재建材함을 과시하기 위한 심정은 이해되지만 그 잘못됨이 낙상 사고를 부를 수 있다는 것이다. 이제는 지팡이를 벗 삼아 동행하는 것도 나쁘지만은 않을 것이다.

부모님과의 논쟁

아버님, 어머님을 뵌 지 한 달이 되었습니다. 자주 뵙고 인사를 올리는 것이 효의 근본이겠지만 옥체 잘 보존하고 계시리라는 믿습니다. 저는 두 분의 말없는 실천과 배려 앞에서 항상 고개가 숙여집니다. 어떤 어려움 속에서도 눈물을 보이지 않은 두 분이 강한 아들을 만들어 주는 것 같습니다. 두 분의 가르침이 군데군데 꽃피고 있으며, 언제나 당당하신 모습 속에 엄한 가르침이 있음을요.

아버님, 어머님!

오늘 예전의 추억을 되돌려 볼 수 있는 기회를 가져보도록 하겠습니다. 시계를 40여 년 전으로 돌려놓겠습니다. 그날 추적추적 비가 내리자 흙냄새가 진동하였습니다. 아버지는 새끼를 꼬시고, 어머님은 바느질을 하셨으며, 저는 군고구마를 먹고 있었습니다.

그때 어머님께서 문득 저에게 물었습니다. 봄이 오고 있음을 어떻게 느끼느냐고요. 기억이 나시는지요? 필시 깊은 뜻임을 알고 한참을 생각한 저는 자신 있게 바람風으로 느낄 수 있다고 하였습니다. 그러자 잠자코 계시던 아버지는 저의 설명이 채 끝나기도 전에 반론을 제기하셨습니다. 비 내리는 소리가 봄이라고 하셨습니다. 그러나 어머님은 눈耳으로 봄을 느낄 수 있다고 하셨습니다. 그날은 서로의 주장만 내세우다 결론을 내리지 못하고 서로의 뜻을 이해하는 데 만족해야 했지요.

어제 아침이었습니다. 어느새 둘러진 담을 따라 풀들이 파란 손을 내밀고 있었습니다. 그 추위에 어떻게 꽃을 피웠나 싶어 애잔하기 그지

없었습니다. 저는 그 앙증맞은 제비꽃 앞에 퍼질러 앉고 말았습니다.

지난겨울에는 동장군이 얼마나 기승을 부렸는지, 아버지께서는 소입김이 고드름이 되었다는 표현을 쓰셨습니다. 그리고 어머니께서 김장독이 깨졌다고 말씀하신 것을 보아 정말 추웠나 봅니다. 그러나 맹추위는 물러가고 봄이 엉금엉금 오고 있음을 느낄 수가 있습니다.

저는 오늘 문득 예전에 논란의 중심이 되었던 봄이 오는 느낌에 대해 결론을 내리고자 합니다. 저는 눈으로 봄을 느낄 수 있다고 하신 어머님의 손을 들어 주기로 했습니다. 왜냐하면 제비꽃의 색깔이 곧 봄의 전령이기 때문입니다. 색깔은 가장 먼저 눈으로 감지하거든요. 봄이 오는 것을 알려면 여자의 옷차림새를 살펴보면 금방 알 수 있다고 한 의미를 되새겨 보시면 될 것입니다. 비단 여자뿐 아니라 남자들도 마찬가지일 것입니다.

그런데 오늘 새벽에 일어나니 어두컴컴한 가운에 비가 내리고 있었습니다. 아버지께서 말씀하신 비가 진정한 봄이라는 뜻을 비로소 이해하게 되었습니다. 아버지의 비는 농경사회에서 시작된 고정관념일 것입니다. 그것은 비가 내려야 흙을 일구고 씨를 뿌리고 추수할 수 있기 때문입니다. 즉 비가 내리지 않아 수분을 흡수하지 못한 흙에 파종할 수 없는 봄은 본연의 역할을 할 수 없다는 것이었지요.

두 분의 주장을 인정하고 제가 패했음을 인정합니다. 그러나 제가 바람으로 봄을 느낄 수 있었다는 것은 만물이 약동하는 소리와 향기는 바람에 실려 온다는 것이었습니다. 그렇지만 눈으로 느끼는 봄이 더 완연하고, 비가 귀한 봄 손님이라고 하신 아버지의 말씀을 존중하겠습니다.

아버님께 여쭙겠습니다. 언젠가 저에게 매화의 인내력과 질긴 생명력을 닮으라고 하신 적이 있습니다. 그런데 지난 2월 7일자 모 신문을 보셨는지요. 한 모녀가 막 꽃망울을 터뜨리기 시작한 홍매화를 보며 웃고 있는 장면이 있었습니다. 매화는 자태를 드러낼 시기가 된 것으로 알고 있습니다. 그런데 제비꽃 필 시기가 아직은 이르다는 것입니다. 물론 자연의 섭리에 순응치 못한 의문일 수도 있습니다. 아버지께서 자연 식물을 공부한다는 뜻에서 문헌이나 식물도감을 보시고 저의 궁금증을 풀어주시기 바랍니다.

얼마 전에는 『조선의 출셋길 장원급제』라는 책을 정독하였습니다. 과거 급제자, 특히 장원급제를 대하는 당대 조선사회의 시선과 특혜, 급제자 스스로 보이는 오만과 부패 등은 지금의 상황과 맞닿아 있음을 알 수 있었습니다. 그 당시에도 커닝과 대리 시험이 성행했다고 하니 신분사회였던 것입니다.

과거 급제자들을 위해 성대한 잔치를 열어 주었는데, 풍악을 울려 기생들이 술을 따르게 하고 광대들이 재주를 부리는 가운데 임금님의 은덕을 받들었다고 합니다. 부정기적인 시험으로 관직에 진출하려는 가난하고 변변찮은 지방 출신 과거 준비생들은 늘 불리한 위치에 있었던 것입니다. 일등만 기억하는 더러운 세상은 유구한 우리 역사와 맞물려 있다는 사실이 안타까웠습니다.

봄이 내리는 소리가 너무나 포근합니다. 아버님 어머님 모시고 온천이라고 한번 다녀왔으면 하는 상념 속에서 잠시 상상의 나래를 펼쳐봅니다. 건강관리에 유념하시고 언제나 행복한 날들만 이어가시길 기도드립니다.

희망 실은 서신

사랑하는 어머님!

며칠째 바람이 거세게 몰아치고 있습니다. 바람은 안간힘을 다해 겨우 보존한 체온을 무심히도 빼앗아 버리고 사라져 가네요. 제 딴에는 위세를 부린다고 윙윙거리며 주눅 들게 하고 아마도 끝장을 보려하나 봅니다. 산발적으로 내리던 눈마저 바람과 합세하여 아예 눈보라가 되어 휘몰아치고 있어 두꺼운 옷을 꺼내 입었습니다.

어머님은 잘 계신지요. 부질없는 안부 인사만 여쭙고 있습니다. 저는 아버님과 어머님 말씀을 거울삼아 매사에 진취적이고 긍정적인 발상을 가지고 있습니다. 목표를 분명히 하고 공부에만 열중하고자 합니다. 그런데 진보 성향의 사상思想을 가진 어머님께서 왜 군정 종식과 민주화운동에 부정적인 견해를 가지고 계신지……. 물론 자식의 안위 때문이겠지만 어머님의 본심을 알고 싶습니다.

한참 시험공부에만 열중해야 할 저에게 왜 한국의 근대사近代史를 보내셨는지 이해하게 되었습니다. 참담한 식민지 시절, 한 사람의 자존심으로 사셨던 어머님의 인식認識과 사유思惟를 어느 정도 알게 되었습니다. 초등학생이었던 제게 항일抗日을 가르치신 어머님과 지우知友들의 고뇌에 찬 삶을 이해하는 데 도움이 된 책이었습니다.

그런데 한 가지 잊히지 않는 것은 제가 어릴 적 어머님은 동네 형들을 모아 한문漢文을 가르치시며 일본어日本語도 가끔 사용하시는 걸 보고 의아했습니다만, 한편으론 일본어를 자유자재로 구상하는 어머님이 자랑스러웠습니다. 지금 생각하니 한자와 일본어의 연관성을 말씀하셨던 것 같습니다.

신정 연휴 때 그간 어머님께서 보내신 서신 한 장 한 장을 연애편지 읽듯이 보고 또 보았습니다. 애정과 칭찬, 염려와 격려가 뒤섞인 한 편의 드라마가 따로 없는 작품이었습니다. 편지 속에는 어머님께서 차마 표현할 수 없는 사연과 속 깊은 가르침이 고스란히 담겨 있음을 깨달았습니다. 썼다가 지워버린 여백餘白에서는 어머님의 아픔을 읽을 수 있었습니다. 군데군데 얼룩진 지면은 어머님의 눈물이었음을 저는 알고 있습니다.

비록 문맥文脈이 의도하지는 않은 상황으로 빠질 때도 있었지만 일체의 불필요한 요소들이 배제된 그 엄격함에서 요즘 세대들이 잃어가고 있는 것들을 제대로 알고자 되돌아보았습니다. 아울러 정신이 드는 순간을 경험하며 그러한 절제미를 배워야 된다는 생각을 하게 되었습니다.

나이가 드시면 글씨가 줄어드는 게 당연한 이치입니다. 붓을 잡아야 할 근력과 시력이 떨어지니 필체가 육중하지도 않고 흐릿하게 보일 수밖에 없는 것이지요. 초목이 무성한 계절이지만 말복이 지나면 나뭇잎이 희끗해지듯이 젊었을 때의 필체가 점점 줄어드는 것이지요.

글씨가 많이 줄었기는 하지만 저는 어머님의 비뚤고 서툰 글씨와 옛 받침이 한층 좋습니다. 만약 어머님의 필력이 나무랄 데가 없다면 구들방 아랫목 같은 따뜻함이나 청국장처럼 구수한 맛을 느낄 수 없을 것입니다. 오히려 부족함이 더 많은 것을 깨닫게 하고 글 쓸 당시

어머님의 심정을 이해하는 데 도움이 되었습니다. 그러니 어머님께서는 일체의 염려를 놓으시길 바랍니다. 연로하심에도 문맥이 이 정도면 문필가文筆家로 손색이 없다고 할 것입니다.

어머님의 왜소한 모습이 염려됩니다만 강녕하시다니 다행입니다. 하지만 진정으로 자식을 위한 길이라면 건강관리에 만전을 기하셔야 합니다. 젊으실 때 잔병치레가 오히려 액땜이 되어 건강을 유지하고 있다 하시지만 언제 어떻게 소홀한 틈을 타 병마가 파고들지 모르는 법, 경계를 늦추지 마시길 소원합니다.

어머님! 만수무강萬壽無疆하십시오. 희망의 날들이 이어질 것입니다.

제5장

부부 夫婦 산책

벽월碧月을 벗 삼아

꽃비가 내리는 눈록嫩綠의 계절이다. 시시껄렁한 잡담과 타성에 젖어 시간을 죽이는 짓을 하면 스스로를 마비시키는 것이나 마찬가지다. 우리들 한 사람 한 사람이 심리적으로나 주관적으로 혹은 내면內面적으로 깨어 있지 못하고 그럭저럭한 일상에서 생각 없이 살아가고 있는 한 하는 일 또한 무절제와 무질서만 낳는 것으로 결코 유익하지 못하다.

노쇠란 육신의 늙고 쇠약해짐만이 아니다. 자기 삶의 몫을 망각한 건망증과, 창조성이 없는 비슷비슷한 되풀이와, 삶의 활기를 잃고 늘 과거의 기억 속에만 머물러 있는 바보처럼 껍데기만 살아있는 것이 노화老化 현상인 것이다. 단 한번뿐인 이 엄숙한 삶에서 이렇다 할 하는 일도 없이 무미건조하게 보낼 때 자신도 모르는 사이에 인생은 붕괴되어 가는 것이다.

요즘 허난설헌許蘭雪軒의 시상에 빠져 지내는 처妻를 생각하면 송죽지절松竹之絶의 느낌이 든다. 언젠가 처에게 우리나라 역사에서 황진이와 신사임당을 대표적인 여성으로 꼽는다고 했다. 그러자 아내는 관기 출신의 황진이를 대표적인 사상가로 볼 수 없다며 반문을 제기한 것이다. 이유인즉 허난설헌을 포함시켜야 한다는 것이다. 사람은 사상과 시각이 다른 법. 엉뚱한 시비에 머리가 지긋하다.

그렇다면 허난설헌의 삶을 논해 보아야 할 것이다. 허난설헌의 불꽃같이 짧은 삶과 뛰어난 시문학은 시대를 초월하여 깊은 감동을 준다. 그의 짧은 생애生涯에 남겨놓은 길고 긴 삶의 족적足跡을 탐색하면, 문학 속에서 남겨놓은 심미적審美的 세계관은 가히 넘볼 수 없다고 할 것이다.

허난설헌과 동생 허균許筠은 당시 유명했던 시인 이달李達에게서 시를 배웠다고 전해진다. 열 살이 좀 넘어 그녀의 재질은 장안에 소문이 났으며 그녀의 아름다운 용모와 재치, 그리고 뛰어난 시재詩才가 명성을 얻는 계기가 되었다. 여덟 살에 광한전백옥루상량문光寒殿白玉樓上樑文이라는 장편 시를 지었는데 이 글이 어느 때부터인지 서울 장안에 나돌아 이를 알고 감탄해 마지않았다고 하니 가히 놀라지 않을 수 없는 일이 되었다.

하지만 그도 여자이기에 혼인을 하게 된다. 자신의 의사와는 상관없이 부모가 정해주는 대로 안동安東 김씨 집안의 김성립金成立을 남편으로 맞이하게 되었다. 남편은 과거 공부를 했지만 진전이 없었고, 아내와 시를 주고받을 수준이 못 돼 소통이 되질 않아 갈등이 생기기도 했다. 여기에다 아내에 대한 열등감으로 걸핏하면 기생집에서 밤을 새우기 일쑤였으며, 술이 취해 새벽에 집으로 돌아오는 일이 예사였다.

비록 그의 남편이 때렸다거나 행패를 부렸다는 따위의 기록은 없지만 부부가 화목하지 않았다는 사실은 그의 시를 보아도 알 수 있다. 이불을 덮어쓰고 가슴을 태웠으며, 그 슬픔을 달래기 위해 혼자 시를 읊으며 한恨을 노래한 시를 보게 되면 그의 비통한 마음을 헤아릴 수 있다. 그의 시 중에 규원閨怨이라는 유명한 시가 있다. 규원이란 '사랑하는 사람에게 버림을 받은 여자의 원한'이라는 뜻인데 이를 감상해 보자구나.

비단 띠 비단 치마 눈물 흔적 쌓였으니

일 년 봄풀은 왕손을 한하노라.

고운 거문고로 강남 곡 다 타니

배꽃 비에 지고 낮에도 문 닫혔어라

달 비친 누에 가을 깊고 옥병은 비었는데

서리 친 갈대 물가에 저문 기러기 내리다.

비파 한 곡 다 타도록 사람 구경 못하는데

연꽃은 들 연당 위에 시나브로 지누나.

그는 지아비에게 버림을 받고 규방에서 외로운 밤을 살랑대는 솔바람 소리 들으며 눈물로 지새웠음을 알 수 있다. 버려져 있는 자신의 처지를 시로 달랬던 것으로 보는 이로 하여금 가슴을 쓰라리게 한다. 달빛 비친 방에는 밤이 깊어가지만 돌아오지 않는 임의 야속함과 외로움을 노래하는 시로서 난설헌의 삶을 이해하는 데 많은 도움이 된다.

대표적인 여성 사상가는 누구인지 자료를 찾던 중 어느 인문학人文學 책을 보게 되었다. 1934년 『신가정』 1월 호에서 조선사상 십대 여성을 선정하는 투표를 했던 것이다. 여기서 신상임당이 20표를 얻어 1위를, 허난설헌이 19표를 얻어 2위, 그리고 8표를 얻은 황진이는 8위를 했다는 글을 보았다. 10위 안에 논개도 있었다. 그러나 황진이와 논개는 기생이었기 때문에 집 밖에 나가 자유롭게 활동할 수 있었다. 이러한 점을 고려하면 자비를 실천하며 2위에 선정된 난설헌이야말로 진정한 대표 여성이라는 아내의 말을 부정하지는 못하겠다.

아내는 늦은 밤 이러한 시를 읽으면서 난설헌의 삶을 자신의 삶의 일부로 받아들이고 벽월碧月을 벗 삼고 외로운 처지를 한탄恨歎했던 것이다. 아내는 일제치하의 식민지 시절 형평衡平 운동가인 백촌栢村 강상호姜相鎬 선생의 외손녀로서 심지가 굳으며, 어떤 일에도 내색을 하지 않는다. 하여 처지가 비슷한 여자로 동병상련同病相憐의 입장에 서 난설헌을 말했을 법하다.

여인 열전

이른 새벽, 어깨가 시려 눈을 뜬 것 같다. 아침 안개가 산과 들을 덮으며 내려오더니 이내 안개비가 내린다. 마치 주검처럼 가라앉을 듯한 팔공산 자락을 바라보며 아내의 사고思考를 더듬어 본다. 아내에게 우리나라 대표적인 여성 사상가로 신사임당과 황진이黃眞伊라이라고 한 적이 있다. 그러나 아내는 황진이를 사상가로 꼽는다는 사실이 불만스런 모양이다.

두 여성은 같은 시대에 살았으면서도 교유交遊한 기록이 없으며, 나이로 치면 신사임당이 한두 살 위일 것 같다. 두 여성은 젊었을 때부터 여성으로서는 보기 드물게 명성을 얻었다. 하지만 이외에 다른 조건을 맞추어 보면 너무도 다르다는 사실에 놀란다. 출생, 신분 살아온 환경 성품, 그리고 여성으로서 지녀야 하는 몸가짐이 달랐던 것이다.

사임당은 뛰어난 학자요, 정치가인 율곡栗谷 이이의 어머니였다는 점이, 이미지를 미화하는 직접적 동기가 될 수도 있었던 것이다. 뒤에 이이가 서인의 영수로 받아들여지면서 더욱 사임당의 이미지를 조작했다고 볼 수 있다. 신사임당은 비록 현모양처賢母良妻라는 아름다운 이름을 후세에 남겼으나, 규방閨房의 질곡桎梏 속에서 불행하게 산 여인이다. 물론 아름다운 이름을 더욱 아름답게 하려고 그의 갈등이나 여인의 한恨을 뒷사람들은 전혀 기록하지 않았다는 사실에 생각의 물레방아가 멈추지 않는다.

이와 달리 황진이는 마음껏 자기의 개성과 정열을 불태우며, 한세상을 풍미風味하며 살았다고 보면 될 것이다. 자기의 신분과 처지 탓이라고 할지언정 그는 굴레를 벗어던지고 때로는 한풀이로 때로는 현실 대결로 인간의 본질에 충실했다. 여성 해방, 인간 해방을 구가한 여인이라고 할 수 있다.

여기서 두 여성의 삶을 단정한다면 신사임당은 영원한 어머니 상으로 추앙되고, 황진이는 사랑을 갈구하며 체득한 여인으로 그려진다. 둘 모두가 남성 위주 봉건사회封建社會의 희생물이면서도 오늘날 우리에게 그 판단을 흐리게 하고 있다는 것도 사실이다.

아내의 주장은 이렇다. 두 여성은 남다른 재주를 지녔지만 사임당은 글씨, 그림, 시에 능하고 진랑(황진이)은 노래와 시조, 한시漢詩, 거문고에 능했으며, 둘 다 삼절三絶로 일컬어지지만 이 삼절에도 사임당은 양반집 규수다웠고, 황진이는 홍루의 기생다웠다는 것이기 때문에 비교할 수 없다는 것이다.

하지만 아내와의 논쟁論爭에서 물러설 수만은 없다. 만약 두 여성의 출생이나 집안의 처지가 바뀌었다고 가정해 보자는 것이다. 사임당은 황진이 같은 명기가 되었을 것이고, 황진이는 사임당 같은 현모양처賢母良妻가 되었을 것임이 분명하기 때문이다. 아내는 두 여성 외에 불쏘시개 같은 짧은 삶과 시문학을 남기고 간 비운의 허난설헌許蘭雪軒이야말로 조선시대 최고의 여성임을 대변하기 위해 논쟁을 불러들인 것이다.

사랑하는 당신

꽃을 시샘하는 풍설風雪에도 봄은 어김없이 찾아오는구려. 분명 봄은 계절의 축복이며, 꽃의 향연으로 완성되는 몽환夢幻적인 때라오. 삶에도 시련이 있듯이 혹독한 겨울을 이겨내고 찬연燦然한 꽃을 피우는 봄날의 꽃들을 통해 새삼 자연의 위대함과 생명의 경이로움을 맛보게 됨은 생활의 영양제가 아니겠소?

시골에서 농사일을 하셨던 아버지는 봄비를 귀한 손님이라고 여겼지요. 봄이 오면 각종 씨앗을 파종하는데, 대체로 추운 겨울을 지낸 땅은 거칠고 건조하기에 그때마다 맑은 하늘을 바라보며 손님이 오셔야 할 텐데, 라고 노래를 하시던 기억이 아련하구려. 지금 생각하면 봄비처럼 귀한 손님은 없었던 것 같소.

봄비는 초목에 생명의 기운을 불어 넣어 싹을 틔우고 꽃을 피우게 하여 우리들에게 청운의 꿈을 안겨주기도 하지요. 시골에서 자라지 않았던 당신은 그러한 정서를 나만큼은 느끼지 못할 거요.

하염없이 내리는 귀한 손님을 반가이 맞으며, 신사임당(1504~1551)의 삶과 사상을 논하고 싶은 생각이 들었소. 그녀의 시 한 편을 소개하리다. 문학적 감각이 탁월한 며느리에게도 읽어 보도록 하여 사임당의 효심과 몸가짐을 교사 삼도록 했으면 하오. '어머니를 그리며'라는 시요.

그리운 고향은 겹겹이 막히고

가고 싶은 마음 꿈속을 헤매는 구나

고향 땅 한송정에는 외로운 달빛

고향 땅 경포대에는 한 줄기 바람

모래 위 백구 모이고 흩어지고

파도 위 고깃배들 오고 가누나

어느 적에 강릉 가는 길 밟아

어머니 곁에 앉아 바느질 할꼬!

　신사임당은 자주 친정에 나들이를 했는데, 이를 배경으로 시를 지은 것이 남아 있다. 지금도 대관령 마루에 세워둔 석비石碑에 새겨져 있다고 하는구려. 어린아이처럼 부모 앞에서 색동옷 입고 춤추어 부모를 기쁘게 하는 것도 효도하는 일의 하나라고 생각한 것이 아니겠소? 그야말로 현숙賢淑한 품위가 깃들어 있다고 해도 손색이 없을 것 같지 않소?

　사임당은 20대의 나이에 친정부모를 모두 여읜 이후 친정과 시댁을 오가며 살림을 돌봤다고 전하고 있소. 그녀가 서른셋 되던 해, 해산을 앞두고 강릉 친정집에서 꿈을 꿨는데 용龍이 동해에서 날아와 그녀의 침실 문 앞에서 돌고 있었다고 하는구려. 그리하여 해산방을 몽룡실夢龍室이라고 하고 셋째 아들을 낳으니 이 아이가 율곡栗谷이었소. 그래서 그녀는 율곡의 어머니로 더 알려졌던 것이지요.

　사임당은 현룡(現龍, 율곡의 아명)을 어릴 적부터 유난히 사랑했다오. 그녀는 서른여덟 살 때 서울의 시댁에 가서 살림을 맡아 했는데 시어머니가 연로해 집안의 열쇠꾸러미를 그녀에게 맡기고 뒷전에 물러앉았다오. 시어머니와 남편 공경으로 10여 년을 보내면서 부덕婦德을 유감없이 발휘했다고 하오.

신사임당이 마흔여덟 살 되던 해, 남편 이원수는 수운관이라는 하찮은 직책을 띠고 세곡의 운반을 감독 지휘하기 위해 평안도로 떠날 무렵 그녀는 남편에게 하나의 다짐을 주었다는 기록이 있소. "내가 죽거든 다시 장가들지 마사이다. 우리가 7남매나 뒀으니 더 찾을 것이 없소이다. 옛 가르침을 어기지 마사이다."라고 말했다는 것이오. 당대의 다른 여성과는 다른 모습으로 마치 현대의 여성을 대하는 것 같소. 사임당의 부탁은 당시의 통념으로 보아 범상치 않은 것이라 생각되오. 당시에는 성리학 분위기 탓에 여성은 남성 권위에 늘 억압당했던 시절이 아니오.

남편이 지방에 가 있을 적에 그녀는 울면서 편지를 보냈으나 이어 그녀는 병으로 자리에 누운 지 며칠 만에 세상을 떠났다고 하오. 남편과 동행한 두 아들이 서강 포구에 이르던 날 새벽 그녀는 눈을 감았다는 구려. 그녀의 시신은 양반집 관례대로 파주 선산에 묻혔다고 전해지오.

이 글을 쓰면서 당신에게 많은 것을 느꼈소. 변함없는 검박한 생활은 물론, 어른들을 공경하고 효심이 지극하며, 남편에겐 사상을 논하는 아녀자로서 부족함이 없을뿐더러, 자식들에겐 엄하면서도 어질기만 한 현모양처로서 손색이 없으니까 말이오. 가정의 근본과 도를 지키려하며, 아이들이 바르게 성장한 것은 다 당신의 엄한 가르침 때문임을 내 어찌 모르겠소. 당신을 대하면 꼭 맹자 어머니를 보는 것 같소이다.

일기가 고르지 못한 즈음에 행여 몸이라도 상할까 봐 염려되는구려.

추사만필

산에는 가지 끝까지 물을 끌어올린 수목들이 낭창하게도 여름 볕을 받아낼 준비를 하고 있다. 여름이라는 계절을 단순히 더위를 주는 계절로만 생각해서는 안 된다. 수목樹木들이 청청하게 기개를 펼치고 있는 것은 인고의 시간을 이겨야만 이 성취감을 맛볼 수 있다는 의미다.

문득 처妻가 "추사 김정희가 유배를 왜 갔냐?"고 물어 왔다. 당신이 직접 찾아보면 될 것을 어려운 문제를 왜 던졌을까, 하는 의문이 들지만 심사深思는 이해가 된다. 그 말은 인간의 감성과 이성의 본질을 탐구하며 그로부터 이뤄진 인간세계를 분석해 미래에 더 나은 삶의 방법을 찾아보자는 충고이다. 그것은 성현聖賢들이 겪어야했던 국난의 실상과 고통의 전모 그리고 그 과정에서 드러난 인물들의 행적을 살펴봄으로써 오늘의 나를 돌아보는 거울로 삼으란 것이다. 성현의 저작을 읽으면서 인간이 어떻게 살아야 하는 것인가를 심사묵고深思黙考하여 정체성 발견과 성찰省察의 계기로 삼으라는 고견이다.

그렇다. 무미건조無味乾燥하게 살아서는 안 된다. 고전을 통해 참신한 삶을 살아갈 수 있는 지혜와 덕행을 쌓아야 한다. 그러니 자연히 다독을 하게 되고 백과사전이나 참고문헌을 끼고 살게 된다.

'줄기는 없지만 칼 같은 잎사귀와 봉이나 흰 코끼리 눈 같은 꽃으로 기품을 드러내는 난초蘭草가 도학자풍'이라면, '줄기가 튼실하고 헌걸찬 소나무는 유학자儒學者풍'이라 일컫는 추사의 세한도歲寒圖와 하늘 같이 텅 빈 것만 같은 불이선란도不二禪蘭圖 정도를 겨우 알고 있는 마당에 내가 어이 추사의 유배에 대해 말할 수 있으리라.

그러나 모르는 가운데 하나하나 찾거나 물어보며 하는 게 공부가 아니겠느냐? 몇 년 전 일기장에 대충 갈겨썼던 것을 발췌拔萃한 후 많은 인문학에 관한 책을 참고서로 삼았다.

지금으로부터 170여 년 전, 1840년 9월 어느 날 추사 김정희가 제주도로 떠나게 되었다. 선비 한 사람이 귀양歸養가는데 한 나라의 수도首都를 천도遷都하는 것 같았다. 귀양길에 오른 사람은 한 사람이지만 그를 투기하는 사람, 그의 집안과 벗, 애제愛弟자, 그의 학문을 흠모하는 사람들 모두의 눈과 귀는 그와 함께 제주濟州로 떠난 것이다.

그는 귀양길에 완도 해남 대흥사에 들러 친구인 초의를 만난다. 귀양살이 처지이면서도 추사는 그 기개가 살아 대흥사의 현판 글씨들을 비판하며 초의에게 하는 말이 "조선의 글씨를 다 망쳐놓은 것이 원교 이광사인데, 어떻게 안다는 사람이 그가 쓴 대웅보전 현판을 버젓이 글어놓을 수 있는가?"라며 있는 대로 호통을 치며 신경질을 부렸다. 초의는 그 극성에 원교의 현판을 떼어내고 추사의 글씨를 걸었다.

해남 이진에서 거룻배에 몸을 싣고 거센 풍랑을 헤치고 저녁 무렵 제주에서 10리 길 떨어진 화북 포구에 도착했는데 제주 사람들은 육지에서 하루 만에 제주에 온 것을 보고 날아서 건너온 것이라고 했다.

그때 추사는 나이 쉰 넷, 압송 중인 의금부도사 금오랑도 뱃멀미를 했지만 추사는 잘도 참아냈었는데 한양 조정에서 여섯 차례에 걸친 고문과 무려 36대의 곤장을 맞은 사람치곤 대단했다. 촌아이들이 몰려들어 "귀양다리!"라고 소리치니 추사는 '내 얼굴이 괴상한 데가 많아서 그렇구나' 하고 넘겼다고 한다. 제주 사람들은 유배 온 사람을

"귀양다리"라고 낮춰 불렀던 것이다.

대정현은 제주성에서 10리 떨어진 곳이다. 그곳에 유배된 추사를 초의선사(1786~1866)가 지극정성으로 챙겼다. 어쩌다 차가 늦으면 추사는 초의에게 보내는 편지에 '새 차는 어찌하여 돌샘 솔바람 사이에서 혼자만 마시며 도무지 먼 사람 생각은 아니하는가? 서른 대의 봉捧을 아프게 맞아야 하겠구려.' 하는 내용을 적어 채근했던 것에서 순진무구한 그의 진면목을 엿볼 수 있다. 초의는 제주에 있는 추사를 다섯 번이나 찾아가 같이 차도 마시고 참선參禪도 했다. 그들은 마치 연인들처럼 서로 사모하고 경모하며 경애하는 사이였던 것이다.

추사는 입이 짧고 부잣집에서 자라 늘 고급 음식만 즐겼다고 한다. 툭 하면 아내에게 수수엿, 잣, 호두, 곶감뿐만 아니라 김치, 된장, 겨자는 물론이고 양식에 인절미나 고급 생선인 민어와 어란魚卵 까지 보내라고 할 정도였다고 하니 상당히 미식가였다고 볼 수 있다. 그러나 해배解配되었을 때 아내는 이미 이 세상 사람이 아니었다.

추사는 1848년 음력 12월 19일에 63세의 노령으로 귀양지에서 풀려났다. 해배소식을 듣고 너무 기쁜 나머지 7일 이내에 묵혀둔 잡다한 일을 다 처리해버렸다. 서울로 올라오는 길에 다시 대흥사에 들른 추사는 초의를 만나 회포를 풀던 자리에서 "옛날 내가 귀양길에 떼어내라고 했던 원교의 대웅보전 현판이 지금 어디 있나? 있거든 내 글씨를 떼고 그것을 다시 달아주게, 그때는 잘못 보았던 것 같다."라고 했다. 추사의 반전은 그렇게 이뤄졌던 것이다. 법도를 넘어선 개성의 가치가 무엇인가를 그는 외로운 귀양살이 동안 체득한 것이다. 추사 김정희, 그는 분명 영광스런 자리가 아니라 아픔뿐인 제주로 갔기에 오늘날 칭송 받는 선비가 될 수 있었던 것이다.

이리하여 대흥사 대웅보전에는 다시 원교 이광사의 현판이 걸리게 되었고 그 왼쪽에 있는 승방에는 추사가 귀양 가며 썼다는 '무량수 각' 현판이 하나 걸려 있다고 하니 그것은 조선의 두 위인이 남긴 최고의 명작名作이다.

고통스러운 추사의 유배생활을 자질구레하게 할 필요는 없을 것이다. 다만 한 나라의 칭송받는 선비가 유배되어야만 했던 사실을 정확히 기술하지 못함을 안타깝다.

필자의 짧은 식견으로는 학문적 갈등 때문임을 짐작해본다. 당시 추사가 주장한 금석학과 고증학은 무너져가는 조선왕조의 이데올로기인 뿌리부터 검증하는 일이었는데, 추사는 병자호란丙子胡亂 이후 청나라의 강희·건륭 때 일어난 신문학을 더 이상 오랑캐 학문이라고 외면해서는 안 된다는 그의 스승 박제가의 훈도訓導를 받고 24세 때 아버지를 따라 북경에 가서 그 학문과 예술의 번성함을 보고는 더욱 확신을 얻어 여기에 매진하게 되었다.

글씨에서도 당시 조선에서는 원교 이광사의 '동국진체'라는 개성적이고 향색鄕色이 짙은 것이 크게 유행했다. 그러나 추사는 이를 고전인 한나라 때 유행한 비문 글씨체의 법도에 근거한 것으로 바꿔야 한다고 고집을 꺾지 않았다. 이러한 학문적 갈등이 호사사가들에게 확대·재생산되어 정치적 희생양이 되지 않았냐는 것이다.

추사의 인생역정을 살펴보면, 30대와 40대를 신문학적 신예술에 심취하며 기고만장하듯 보내고, 50대 중반 즈음에는 정치적으로 출세하여 병조참판이 되어 청나라에 동짓날 가는 외교사절단의 동지부사

冬至副使로 30년 만에 다시 꿈에도 잊지 못한 북경으로 떠나게 된다. 그러나 잠깐 사이에 일어난 정변으로 급기야 사형선고를 받게 되었고 벗인 영의정 조인영의 도움으로 죽음을 면하고 절해고도 제주도로 귀양길에 오르게 된 것이다.

추사는 친구로 지냈던 초의에게 차를 구하는 편지를 자주 보내기도 했는데 그중 한 통에 다음과 같은 이야기가 전해진다. 이는 추사가 어떤 성격의 소유자인지 알 수 있는 대목이다.

아마도 산중엔 그리 바쁜 일은 없는 줄로 생각되는데 그렇다면 나같은 세속사람과는 어울리고 싶지 않아서 나의 간절한 처지도 외면하는 것입니까? 나는 스님을 보고 싶지도 않고 또한 스님의 편지도 필요 없고, 다만 두 해의 쌓인 빚을 한꺼번에 챙겨 보내되 다시는 지체하거나 빚나감이 없도록 하는 게 좋을 거요.

어린애와 같은 미워할 수 없는 투정까지 부리면서도 이처럼 막연한 우정을 나누고 있는 것 자체가 미담이고, 선망의 대상이며, 이러한 우정이 추사의 지극 정성스런 예술과 만났으니 그 결과가 어떠했겠는가? 그것이 바로 추사의 예술 중에서 백미로 꼽히는 희대의 명작인 '명선茗禪'이라 할 것이다.

아내 덕분에 추사 김정희의 삶에 대해 좀 더 구체적으로 알게 된 것을 감사하게 생각한다.

고부상생시대姑夫相生時代

봄의 야곡夜曲이 아름답기만 하다. 꽃향기 가득한 뜰에는 보름달과 매화梅花가 서로 사랑하고 있는 듯하다. '매월상조每月相照', 달은 매화에게 월광月光을 보내고, 매화는 달에게 향기香氣를 보내는 밤이 고즈넉하기만 하여 잠을 청할 수가 없다.

세월이 유수流水 같다는 말이 실감나게 한다. 아내가 시집와 귀염을 받은 적이 엊그제 같은데 이제는 할머니가 되었으니 무슨 말을 할 수 있으랴! 축하한다는 말도 어울리지 않을 것 같다.

갓 시집온 며느리에게 된장 담그는 법을 가르치신 시어머님은 여든의 나이임에도 그 꼿꼿함은 타의 추종을 불허한다. 손자며느리까지 보셨지만 여전히 살림에 애착을 갖고 계신 어머님을 볼 때면 당신은 아직 여린 며느리에 지나지 않음인데, 아들을 결혼시키고 며느리까지 얻었으니 어쩔 수 없이 시어머니라는 또 다른 이름을 갖게 된 것이다.

아내는 시부모님의 며느리로서, 나의 아내로서, 시어머니로서, 또한 아이들의 어머니로서 많은 고초를 참고 살아왔는지를 잘 알기에 더욱 가정에 충실하려 했지만 그게 잘되질 않았다. 아내와 함께한 추억을 얘기하자면 끝이 없겠지만, 잊을 수 없는 추억 하나가 뇌리에 맴돌고 있다.

처음 아내를 만났을 때, 나는 어떤 회사에 다니고 있었다. 그런데 부모님께서는 공무원 자식을 둔 부모가 부럽다는 노래를 하셨다. 그것은 내가 공무원이 되라는 무언의 압력이었다. 그래서 부모님의 희망이니 공무원 시험이나 보자고 했던 것이 덜렁 붙어버린 것이다. 아내는 그 순간부터 고단한 생활을 하게 되었던 것이다.

공직 생활을 하면서 놀란 것은 첫 봉급날이었다. 누런 봉투에 담긴 얄팍한 액수는 한숨을 먼저 쉬게 했다. 회사 다닐 때의 봉급 절반에도 미치지 못해, 아무리 쪼개도 생활을 영위하기에는 어림도 없는 금액이었다. 그리하여 아내는 허리띠를 졸라매고 살았다. 어려운 순간이 많았지만 공무원이란 신분 때문에 어디를 가나 그나마 대접을 받을 수 있었다.

부끄러운 일화가 있다. 맨 처음 세무 담당 보직을 받았다. 당시 국도 확포장 공사를 어느 대기업에서 시행하고 있었다. 세원 기초 조사를 위해 현장 사무실을 방문한 적이 있는데 무엇인가 호주머니에 인정사정없이 밀어 넣었다. 그게 다름 아닌 촌지寸紙라는 것이다. 봉투 속의 액수額數가 봉급보다 많았으니 대박大舶이란 생각이 들었다. 하지만 당시의 기분은 두려움과 설렘이 교차했다. 지금까지 잊히지 않은 이유가 무엇일까?

어느 날 아내가 소중히 여기는 서랍을 열었다가 놀란 적이 있다. 아내는 누런 월급봉투를 한 장도 버리지 않고 고스란히 모아 두었다. 월급봉투 묶음을 보면서 남편이란 사람이 어렵게 돈을 벌고 있음을 인정해 주는 것 같았다. 단순한 종이봉투가 아니라, 부부간의 사랑과 땀과 애착이 담겨 있는 보물로 비쳐지기도 했다.

그렇게 아내는 숱한 세월을 오직 남편이란 사람과 자식을 위해, 한편으론 시부모님을 위해 헌신하고 살아왔기에, 인생 제2막에 접어든 지금 나는 아내의 손 꼭 잡고 품에서 벗어나지 않으려 노력한다. 무심코 아내의 고마움을 헤아리다보니 눈물이 날 것 같다.

이제 세월이 흘러 아내는 시어머니라는 지위에 서게 되었다. 과연 아내는 며느리에게 어떻게 대할까 생각해 본다. 아내 입으로 혹독한 시집살이를 살았다고 말한 적이 없기에 다정다감한 아내가 며느리에게 어떤 방법으로 관심을 보이고 가르칠 것인지 벌써 짐작이 간다. 시대의 변화에 편승하여 조화롭게 잘 꾸려 갈 것이라 믿는다.

며느리 역시 언젠가 직장에 다니면서 가정을 유지해야 될 것이다. 하지만 예의범절이 바르고 지혜로운 며느리인 만큼 아내가 바라는 바를 잘 따를 것이다. 가끔은 아내의 기대에 못 미치는 경우가 생길 수도 있을 것이다. 그렇다고 해도 결코 미워해서는 안 된다. 며느리가 힘들어할 땐 장점을 칭찬해주고 도와준다고 생각하면 오히려 마음이 편해질 것이다.

어떤 가정에선 며느리가 상전上典이라며 오히려 시어머니가 며느리 눈치를 보며 사는 세상이라고 한탄하는 경우도 있는데, 나는 지극히 잘못됐다고 생각한다. 가족을 떠나 사랑하나만 믿고 평생을 함께 하기로 하여 남편을 따라 온 고마운 사람인데, 아울러 낯선 사람을 시부모로 형제로 자매로 인정하며 살아야 하는 고충을 더 잘 이해하리라 믿는다. 그러니 그 갸륵함에 어찌 소홀히 할 수 있겠느냐는 것이다.

지금의 시대는 며느리와 시어머니가 공생共生하고 상부상조相扶相助하는 시대라고 전하고 싶다. 어느 한쪽이 틀어지면 서로가 힘들어지는 그런 관계인만큼 가슴으로 만든 가족의 일원으로 대우한다면 늘 웃음꽃이 만발하는 행복한 가정을 이어가리라 본다. 나 역시 며느리를 내 가슴으로 낳은 딸로 인정하고 자상한 시아버지로 남을 것임을 아내에게 고백한다.

아내의 할머니 상

자연의 섭리에 순응하는 삶이야말로 가장 아름답고 향기 나는 삶이라 하겠다. 꽃샘추위에도 벚꽃이 만발한 것을 보아 자연의 순환은 거역할 수 없다는 가르침이 되고 있다.

아내의 수고를 왜 이제 알게 되었을까? 지난해는 남편의 사업 실패를 수습하는 중에도 이사를 하였고, 어려운 형편에도 큰 녀석을 결혼시키랴, 이제는 손자 녀석까지 돌봐야 하는 아내가 걱정이 된다. 그나마 산후 조리를 친정에서 하겠다니 서운한 마음도 있지만 다행스럽다는 생각이 든다. 하지만 사돈댁은 금쪽같은 딸 빼앗기고 산후 조리까지 감당해야 하니 장사로 치면 완전 적자인 셈이다.

시어머니에서 할머니로 한 단계 오르게 된 아내는 손자의 탄생을 매우 기뻐했다. 한편으론 노시부모님의 며느리로서, 또한 아내와 어머니로서, 할머니로서 아내만큼 축복받은 사람도 없을 것 같기도 하다. 살면서 챙겨야 할 사람이 많다는 것도 복이 아니겠는가.

누구에게나 할머니에 대한 정다운 기억이 있다. 언제나 다독거려 주시고 방패막이가 되어주시며, 맛있는 건 모조리 챙겨주시며, 재미나는 이야기를 밤새 들려주시던 추억들이 하늘의 별처럼 아득하다. 가장 또렷하게 기억되는 것은 토끼가 쫓아간 빈 주머니 이야기인 것 같다. 설화마다 토끼를 왜 부정적으로 그렸는지가 궁금하다.

아내에게 바라는 할머니상은 무엇일까? 손자 녀석이 점점 자라면 무릎 위에 앉혀 놓고 책을 읽어주는 할머니, 자연의 노래를 들려주는 할머니, 궁금증을 자아내게 하는 할머니가 되었으면 한다. 할머니의 독서 습관을 아이가 닮아갈 것이며, 자연의 소리를 들으면서 자연스레 궁금증을 키우게 될 것이다. 아이가 하는 일이 옳고 그른지를 의심할 수 있는 아이가 되도록 양육하라는 것이다.

며느리가 직장에 나가면 손자 양육 문제가 대두될 것이다. 친가와 외가 모두가 손자를 양육하려고 해서 문제가 되는 것을 허다하게 볼 수 있다. 이때는 아들 내외의 뜻을 반드시 존중해야 한다. 시부모의 입장에서 며느리가 친정에 아이를 맡기면 섭섭해 하는 경우가 많은데 속상해하면 서로가 불편할 수도 있으니 일절 내색해서는 안 된다. 오히려 잘됐다는 편안한 마음을 가져야 한다.

시어머니와 며느리뿐만 아니라 친정어머니와 딸 사이에도 양육 갈등은 생기게 마련이다. 아이의 바람을 되도록 다 들어주려는 할머니의 양육 방식을 못마땅해 하는 똑 부러진 젊은 엄마들이 많다는 것을 알아야 한다. 말하기 껄끄럽다고 해서 갈등을 해결하지 않으면 불만이 쌓여 더 큰 문제를 낳을 소지가 있다. 상대의 양육 방식을 인정해 주는 것이 필요하지만 마음에 들지 않는다고 흉을 보기보다 구체적인 대화로서 풀어갈 것이라는 생각이다.

아이를 두고 힘겨루기를 하는 것은 무조건 삼가야 한다. 그 같은 병통炳痛이 불화의 원인이 되어서는 안 된다. 아울러 아이에게도 좋지 못한 영향을 미치게 될 것이다. 물론 친할머니 손에 자라는 것이 아이의 자아 형성과 정서상 좋다는 말이 있다. 그러나 경제적 또는 체력적으로 부담인 데다 오히려 사이가 나빠질까 우려되기도 한다. 그렇다고 두루뭉술하게 말해서는 안 된다. 하여 나는 당신이 시어머니와 할머니로서의 역할과 처신을 잘하리라 믿는다.

투탕카멘에 대한 소고

피부에 와 닿는 바람의 느낌이 조금씩 달라져가는 이즈음 어느새 경칩驚蟄이다. 어느 곳을 밟아도 대지가 꿈틀거리는 듯하다.

투탕카멘의 전시회를 다녀온 처妻가 소감을 전해왔다. 그런데 내 관점과는 거리가 좀 있는 것 같다. 얼마 전에 투탕카멘으로 인한 웃지 못 할 에피소드가 있었다. '퀴즈 대한민국'이란 프로그램을 보다가 인물 편에 투탕카멘에 대한 문제가 나왔는데, 분명 책을 보아 잘 알고 있다고 생각했음에도 기억이 떠오르지 않아 오답을 말해버렸다. 그러자 옆에 있는 사람이 "침묵은 무식을 드러내지 않는다."며 나를 무안하게 했다. 창피함보다 정독을 하지 못한 내가 더 부끄러웠던 것이다. 하여 이젠 책을 보아도 심독해야겠다는 생각을 갖게 된 계기가 되었다.

1922년 11월, 이집트 제18대 왕조의 왕 투탕카멘이 3,200여 년에 걸친 긴 잠에서 깨어나 세상에 그 모습을 처음 드러냈다. 20세기 발굴 역사상 최대의 성과로 꼽히는 투탕카멘 묘 발견의 주인공은 영국의 고고학자 하워드 카터라 하더이다. 무덤과 시신의 보존 상태는 놀랄 만큼 완벽했다. 오랜 세월이 흘렀음에도 도굴당하지 않았기에, 인간의 손길이 닿지 않았기에 그 원형대로 잘 보존된 것이다.

관을 열자 황금 마스크를 쓴 파라오의 미라가 누워 있고 그 이마 위에는 한 묶음의 화환이 놓여 있었다. 아직도 향기가 남아 있는 향료와 의류, 무기 등 진귀한 유물들이 무더기로 쏟아졌다. 투탕카멘은 아홉 살에 즉위해 열여덟 살의 젊은 나이로 요절했는데, 짧은 재위

기간 동안 이렇다 할 치적을 남기지 못한 이 불우한 소년 왕이 이집트 파라오의 대명사가 된 것은 이처럼 눈부신 고고학적考古學的 성과를 남겼기 때문이다. 한동안 호사가好事家들의 입을 즐겁게 해 준 저주설의 공로 또한 적지 않았다고 할 것이다.

투탕카멘의 머리가 세상의 빛을 본 지 채 1년도 되기 전에 발굴에 참가했던 이들 중 13명이나 되는 사람들이 석연치 않은 이유로 사망했음을 당시 메스컴은 경쟁하듯 떠들어대곤 했다. 발굴의 재정적 후원자로 함께했던 조지 카사본 경은 고열에 시달리다 이듬해 4월에 사망했고, 사진작가도 잇따라 숨을 거두었다는 것이다.

이밖에도 무덤에 발을 들여놓은 이들이 잇따라 사고나 질병, 자살 등으로 뒤를 따르자 이 사실은 하나의 사건처럼 변형되어 모들들 투탕카멘의 저주가 시작되었다고 언론에까지 보도되어 한동안 화제가 되었던 적이 있었다. 발굴되기 전, 관위에 고대 이집트어로 파라오의 평안을 방해하는 자는 모두 죽음을 맞이할 것이라고 쓰인 석판이 있었다는 사실은 이야기를 더욱 그럴듯하게 만든다.

처는 이러한 사실을 액면 그대로 믿는다는 것이다. 더구나 기독교를 신봉하는 처가 그러한 사실을 믿는다고 하니 이해가 안 되었다. 세간을 떠들썩하게 한 투탕카멘의 미스터리는 흥미로운 이야깃거리 그 이상도 이하도 아니라고 생각하기 때문이다. 10년간 스무 명이 넘는 희생자 수는 투탕카멘의 저주를 인정하기에 충분할 만큼 많아 보이기도 하다. 하지만 발굴에 참여한 사람이 1,500여 명이나 된다는 사실을 생각하면 호사가들의 이야기에 지나지 않는다는 것을 사고해 보지는 않는지…… 발굴 직후의 연쇄적인 죽음은 무덤 속의 세균에 감염되었기 때문이라는 주장도 있는데 세인의 입에서 쉽게 내려놓을 수 없는 흥밋거리임은 사실인 것 같다.

미라의 두개골頭蓋骨 뒤쪽의 함몰陷沒 흔적이 발견되었는데 이를 두고 궁중 내 권력 투쟁 과정에서 생긴 증거라 믿으면서 타살된 가능성이 크다는 학설이 발표되었다. 소년 파라오는 암살설의 소용돌이 속의 주인공으로 다시 한 번 세간의 관심으로 떠오르고 있다.

어찌 되었든 처와 나는 이런 사실에 너무 몰입해 확실하게 밝혀진 학설이 아닌 바에야 하나의 고대古代 전설傳說이라고 생각하는 정도로 그쳤으면 한다. 물론 이런 전설이 더 흥미롭게 우리를 유혹하곤 하지만 말이다.

백주지조柏舟之操의 길

– 아내라는 이름을 떠올리며

새벽녘부터 내리는 비가 참 포근하게도 느껴지는 것 같소. 이젠 완연한 봄이라는 걸 알리려는 듯 거침없이 내리고 있다오. 이런 날이면 누구나 상념에 젖어 이런저런 기억을 떠올리곤 하겠지? 아내를 만나 결혼을 한 후 지금 이 순간까지의 일을 더듬어 보다가 당신이 내게 어떤 의미인지 깊이 생각하게 되었다오.

현 사회의 가장 심각한 문제는 가족 간의 이별이 아니겠소. 피를 나눈 친부모와 형제들도 형편이 여의치 않을 땐 어느 날 갑자기 연락이 두절되곤 하더이다. 그것보다 더 가슴 아픈 것은 죽고 못 살 것처럼 하던 부부가 스스럼없이 돌아서는 걸 보고 참으로 안타깝다는 생각이오.

사람들은 마누라가 자신을 헌신짝 버리듯 했다고 하지만, 당사자인 부인은 그 나름대로 피치 못할 사정이 있었을 것이라고 생각하오. 물론 개개인의 사정이 다 다르겠지만, 가정이 깨진다는 것은 인생의 전부를 잃고 성난 파도를 타고 표류하는 배舟와 무엇이 다를 바 있겠소.

그러나 작은 불화에도 돌아서는 여자가 있는가 하면, 무려 17년의 세월을 남편의 건강한 귀향을 기도하며 기다리는 아내가 있다는 사실에 감동을 받았다오. 얼마 전 신문에서 그 기사를 접하고 놀라움을 감추지 못했다오. 대학 1년 때 만나 사랑을 나누다가 결혼 직후 남편이 무기수의 수형 생활을 감당해야 할 처지가 되었음에도 혼들

림 없이 돌아오는 날까지 기다리겠노라고 다짐을 주는 장면에선 눈 시울마저 뜨거워지더이다.

그 사연을 접하면서 당신을 떠올리게 되었소. 내게 있어 당신은 과연 어떤 사람일까, 하는 생각을 해 보았소. 부모님을 공경하고 집안의 대소사를 다 끌어가야 하는 어려움도 마다하지 않는 당신. 처음 만났을 때 당신을 지켜주는 수호천사로서의 역할을 다할 것이라고 다짐했던 내가 부끄러웠소. 어찌 고개를 들 수가 있단 말이오. 그저 눈물만 흐를 뿐이오.

가정을 지켜주는 아내가 있다는 것은 미래를 두려워하지 않고 다시 일어설 수 있는 원동력이 아닐까 하오. 그러나 반갑게 맞아줄 아내가 없다고 했을 땐 하루하루 살아가는 것이 가시밭길이고 미래가 암담한 것으로 다가설 것이 분명한 이치가 아니겠소. 이 모든 것이 아내라는 사람의 비중이 그만큼 엄청나다는 의미가 아니겠소?

그런 의미를 헤아려 보다 옛 고사 하나가 떠오르더이다. 바로 '백주 지조'라는 것인데, 남편을 일찍 여읜 아내가 강의 한가운데 있는 잣나무 배를 보고 지조를 지키자는 뜻으로 지었다는 것이오.

위나라 제후의 공자 공백이 일찍 세상을 떠나자 공백의 아내 공강은 개가를 하라는 부모의 권유를 끝까지 뿌리쳤다고 하오. 그런데도 자꾸만 재가할 것을 권하자 그녀는 부모에게 '백주'라는 시를 지어 자신의 굳은 절개를 나타냈다고 하는구려. 한갓 기녀일지라도 늘그막에 남편을 좇으면 한세상의 분 냄새가 거리낌이 없을 것이오. 정부라도 머리털이 센 다음에 정조를 잃으면 깨끗한 고절은 아랑곳없다고 했음을 상기시키는 의미가 담겨 있는 것 같소.

물위에 떠 있는 잣나무 배를 보면서 생전에 자신을 사랑해준 남편을 그리워하며 부모의 재가 권유를 물리친다는 내용으로 감동적으로 다가온다오. 하여 그 시가를 한번 읊어보리다.

잣나무 배
두둥실 잣나무 배
물 가운데 떠있네
두 줄기 더벅머리
진정 내 임이시라
죽어도 떠오르리
어머님은 하늘이신데
어찌 내 마음 모르시나
두둥실 잣나무 배 물 기슭에 떠있네
두 줄기 더벅머리 진정 내 임이시라
죽어도 따르리라
어머니는 하늘이신데
내 마음 모르시나

부부의 인연은 어디까지일까 한번 헤아려 보게 하는구려. 이같이 서로가 사랑으로, 믿음으로 영원을 약속할 수 있다면 얼마나 아름다울까? 하지만 한때는 영원을 약속했던 사람들이 한순간에 남남이 되어 두 번 다시는 만날 수 없는 길을 가는 것을 볼 땐 안타까움에 긴 한숨을 쉬게 되는구려.

당신은 나를 위해 엄청난 희생을 한 셈이오. 언제 어떻게 그 보답을 다 할 수 있을까? 자식이 바르게 성장하여 꿈을 품고 열심히 살아감에 힘을 내길 바라오. 힘든 세월이겠지만 조금만 더 기다려 보구려. 나라는 인간이 당신을 위해 남은 삶을 아름답게 꾸며 갈 수도 있지 않겠소? 이제 나 자신이 한눈팔지 않고 당신을 위해 나만의 백주지조의 길을 한번 걸어가 보리다. 당신은 내게 참 고마운 사람이오.

알묘조장握苗助長

봄 내내 향기를 품어내던 꽃들은 자취를 감추고 장마가 절정을 이루는 가운데 소서小暑를 맞이했다. 채소와 과일들이 풍성해졌으며, 옛날 쌀독 긁던 시절에는 보리와 밀을 먹고 배를 채울 수 있는 계절이다.

각각 다른 부모, 다른 환경에서 살아서 각자 다른 경험을 가진 사람들끼리 만나면 대화는 흔히 우김질이 된다. '목사가 낫다, 스님이 낫다', '천국이 있다, 없다', '소방차는 속도위반을 해도 된다, 안 된다' 등 기상천외奇想天外의 것에 이르기까지 소재의 다채로움과 목소리의 과열함은 불을 뿜어내는 듯하다. 이러한 부질없는 일 또한 병통이 아니겠느냐 하는 생각에 잠겨있을 때였다. 아내가 다가와 천 원짜리 지폐를 내밀며 지폐 속의 인물이 누구인지를 물었다.

지폐 속의 인물은 현세를 살아가는 우리를 바라보고 있는 조선시대 국보급 유교사상가인 퇴계 선생이었다. 일반적으로 한 국가의 지폐에 초상肖像이 사용되는 경우, 그 인물은 그 나라 역사에서 모범적인 삶을 살았거나 막대한 영향을 미친 경우가 대부분일 것이다. 초상은 특정인을 묘사하는 회화의 한 분야이겠지만 돈 때문에 일어나는 사회악을 생각하면 지폐 속의 초상은 재고해볼 여지가 있다고 하겠다. 이렇듯 우리는 일상 속에서 수시로 퇴계 선생을 만난다.

아내가 지폐를 내미는 순간, 퇴계가 병통에 대한 경계를 『맹자』에 나오는 유명한 고사古事인 '알묘조장握苗助長', 즉 '억지로 싹을 뽑아 올려서 싹이 자라는 것을 돕는다.'고 표현한 것이 생각났다. 알묘조장은 우리에게 너무 익숙한 '호연지기浩然之氣'를 기르는 일과도 관련이 있다.

반드시 호연지기를 기르는 직업에 종사하고 효과를 미리 기대하지 마라. 마음에 잊지도 말고 억지로 조장하지도 말 것이며, 송나라 사람과 같이 하지 않아야 한다.

송나라 사람 중에 벼가 빨리 자라지 않음을 안타깝게 여겨 그것을 뽑아 올려놓은 자가 있었다. 그는 벼가 어떻게 되었는지 아무 생각 없이 집으로 돌아와 집안사람들에게 자랑스럽게 말했다. "오늘 나는 매우 피곤하다. 내가 벼가 빨리 자랄 수 있도록 도와주고 왔다." 이 말을 들은 아들이 밭으로 달려갔다. 세상에 벼 싹은 이미 말라죽어버렸다. 송나라의 어리석은 사람처럼 벼가 빨리 자라도록 억지로 조장하지 않는 자가 적지 않다. 대개가 조장하고 있다. 비유하면 버려두는 자는 김을 매지 않는 자요, 억지로 조장하는 자는 싹을 뽑아놓은 자이니 이런 행위는 유익함이 없을 뿐만 아니라 도리어 해치는 것이다.

-『맹자』「공손추상」

그렇다면 우리는 '알묘조장'이라는 고사를 통해 무엇을 깨달을 수 있는지를 생각해 보아야 한다. 벼뿐만 아니라 식물은 적절한 환경(햇볕, 비, 바람, 기온, 손길)조건에 따라 일정한 기간이 지나야 자랄 수 있다. 봄에 곡식의 씨앗을 파종하여 싹이 트고 김을 매며 강한 햇볕과 적절한 비와 바람, 적절한 손길이 닿아야만 추수를 하게 된다. 그것은 자연의 질서이며 천리天理이다. 싹이 자라서 알곡으로 익을 때까지 점진적인 과정의 시간이 요구된다는 것이다. 그런데 그 싹이 자라지 않는다고 인위적으로 뽑아 올리다니, 인간이란 얼마나 지혜롭지 못한지, 어쩌면 어리석음의 고물상古物商이라고 할 수 있을지도 모르겠다.

현대 사람들은 바쁘다는 핑계로 알묘조장의 삶과 너무 친숙해졌다. 일확천금, 한탕주의 환상은 모래성의 누각樓閣으로 빨리 벗어나는 길만이 지혜로운 삶을 사는 것이다. 퇴계는 "일을 할 때도 마음에 내킬 때 기쁘게 하라."고 가르친다. 유교에서는 이러한 방법의 핵심을 '함양涵養', '체찰體察'이라고 한다. 쉽게 말하자면 함양은 '마음으로 기르는 일'이고 체찰은 '몸으로 살피는 일'이다. 몸과 마음은 인간의 내외內外를 아우르는 말이다. 내 마음의 흡족함에 따라, 몸의 성질에 따라, 행하는 일이 함양이자 체찰이란 것이다. 이런 중층中層적 성찰省察을 통해 인간은 자신을 가꾸고 완성해 나가는 것이 아닐까? 이럴 때 마음의 병, 스트레스는 내 몸 어디에도 발붙일 수 없게 되는 것이다. 갓 태어난 아기가 빨리 자라지 않는다고 사지를 당겨 늘리면 어떻게 되겠는가? 모든 답은 알묘조장에 있다는 것이다.

앞만 보고 달리는 삶의 속도가 두려워서인지 느림의 미학을 예찬하는 책이 심심찮게 베스트셀러 목록에 들어 있는 것을 볼 수 있다. '미로득한방시한未老得閑方是閑'이라는 말이 있다. 젊었을 때 얻는 한가로움이 제대로 된 한가로움이란 뜻이다. 사실 다 늙어 한가로운 것은 할 일이 없다는 것과 같다. 하고 싶은 것이 많으나 여유를 가지는 것이 진정한 한가로움이란 것이다.

시나브로 다짐하고 있지만 책을 게을리 해서는 안 되겠다. 좋은 책은 인생의 지혜를 담고 있는 보고寶庫이자 병통을 경계할 수 있는 길

잠이다. 삶의 세계는 거의가 사고思考의 시간들이다. 책은 영혼을 먹여 살리는 보약補藥이며 친구라는 사실을 알 때 벼 싹을 억지로 뽑아 올리는 어리석은 짓은 하지 않을 것이다.

병통을 경계하기 위한 졸시를 읊어본다.

　　궁색스럽지 않은 달빛 환한 밤
　　홀로 일어나 책을 읽는다.
　　내가 가야 할 길은 오직 이 길뿐
　　읽고 또 읽으며 길이 보일 것이다.
　　어둠을 몰아내는 것은 빛뿐이니
　　내 몸과 혼이 분토되어도
　　그 길만은 포기하지 않으리

옛 여류시인의 사랑

　조선시대의 신사임당, 대장금, 허난설헌, 논개, 매창, 김만덕, 김부용, 성춘향, 명성황후 등은 한 시대를 풍미한 여성들이다. 이들은 모두 미모가 출중하여 후대 사람들로부터 단단히 회자膾炙되는 이상적인 여성상과 일치한다. 또한 외모뿐만 아니라 총명하고 지적인 수준이 높거나 예술적인 감각이 탁월한 여성들이기도 하다.

　옛 여류시인들의 모습을 직접 대하지는 못했지만 여인들의 삶과 시詩의 정감을 따라 묘사된 미인도를 보면 얼마나 고아하고 수려했는지 알 수 있다. 아름다움의 상징인 꽃인들 어찌 그녀들과 비교될 수 있을까 싶을 만큼 순수하고 순결하며 순정함을 보여주고 있다.

　반듯한 가르마에다 비녀를 꽂은 머리모양과 고운 연지를 바른 도톰한 입술, 비단처럼 고운 머릿결, 단아한 한복을 차려 입은 여인들의 모습은 이제 그림에서나 볼 수 있다. 만약 그림이 없다면 옛 여인들의 아름다운 모습은 영영 찾아볼 방법이 없을 것이다. 그러나 혜안慧眼이 있는 사람은 그들이 남긴 그림이나 시를 보고 그들의 모습을 떠올릴 수 있을지도 모르겠다.

　한복을 곱게 차려 입은 어여쁜 여인의 수줍음이며 고운 양 볼에 홍조를 띄우고 다소곳한 자태로 낭군을 맞이했던 모습을 상상해본다. 아름다운 용모에다 재기才器까지 갖춘 기녀의 미소에 옛 정부의 마음은 얼마나 두근거렸을까?

　기녀로서 한 시대를 풍미한 김부용金芙蓉은 성천에 있는 무산 12봉이 초나라 무산에 있는 12봉과 같이 아름답다고 하여 초나라 이름을 따서 자신의 호인 운초를 지었다고 한다. 운초는 가난한 유학자 집안 선비의 무남독녀로 경북 성천에서 태어나 아버지에게 네 살 때 글을 깨우치고 열 살이 되기 전에 당시唐詩와 사서삼경四書三經을 읽었다. 열 살에 아버지를 그 다음 해에 어머니를 잃었는데 부모를 일찍 여읜 환경 탓에 수양딸이 되어 열두 살 때 기적奇籍에 이름을 올리고 기녀가 되었다. 용모와 재능을 타고났고 16세에 백일장에서 장원壯元을 했다. 가무음곡歌舞音曲, 시문詩文 등에 뛰어나 성천지방에 알려졌고 한양에까지 이름을 널리 알렸다. 송도松都기녀 황진이黃眞伊, 부안기녀 매창과 함께 삼대시기로 일컬어진다.

운초의 인생에서 획기적인 일이 일어난 것은 그녀의 나이 19세 때였다. 성천에 신임사또가 부임해 왔는데 그가 바로 연천淵泉 김이양의 제자인 윤관준이었던 것이다. 운초는 성천으로 부임한 윤관준을 쫓아 평양에 도착해 당시 77세였던 평양감사 연천 김이양(1755~1845)을 만나게 된다. 연천은 운초를 기녀보다는 손녀를 대하듯이 또 풍류風流를 즐기는 시인으로 자상하게 맞이해주었다. 그런 성품에 반한 운초는 나중에 그의 소실이 되었다.

운초는 일찍 부모를 잃고 기생이 되어 숱한 날들을, 성천에 새로 부임하는 사또들의 연회장과 이런저런 모임에 불려갔다. 수려한 용모에다가 가무와 시로 장단을 맞추고 있는 운초에게 반한 벼슬아치들의 숱한 구애도 있었겠지만 그 누구도 운초의 마음을 움직이지는 못했다. 연천과의 만남이 있기 전에 운초는 줄곧 연천의 명성을 자세히 들은 바 있었다. 풍채가 뛰어나고 지체가 높은 분인 줄 잘 알고 있었던 것이다. 첫 대면에서 학의 빛깔을 보는 듯 백발의 멋스러운 분이 운초의 시 재주를 기억해주고 맞받아주니 감개무량했을 것이며, 마치 대인군자大人君子를 보는 것 같은 느낌이 들었던 것이다.

연천은 노령의 나이에 평양감사로 내려왔는데, 이미 정2품 이상의 관직을 두루 거친 후다. 운초와 연천의 나이 차이가 무려 59세가 되지만 운초는 '뜻과 마음이 통한다면 나이가 무슨 상관이 되겠느냐?'고 했는데, 이처럼 나이를 불문하고 존경하며 아름다운 사랑을 했다. 연천은 명망 있는 안동 김씨 문중 태생으로 예조판서, 이조판서, 호조판서 등을 지냈으며 그의 맏손자가 되는 현근賢根은 순조 임금의 딸인 명온 공주에게 장가를 들었으니 곧 임금의 부마가 된다.

80세가 넘어 벼슬을 사양하고 물러난 연천에게 순조는 '봉조하'란 벼슬을 내렸다. 그것은 물러난 뒤에도 국가의 행사에 원로로서 참여하고 평생 녹봉을 받는 벼슬이다.

연천은 운초를 한양으로 데리고 온 후 별장 같은 '녹천정'에 머물게 했다. 이곳에서 그는 풍류객이 되어 운초를 비롯해 시 벗들과 시를 읊고 유유자적悠悠自適하며 말년을 보내게 된다. 그 후 연천은 91세의 나이에 타계했는데, 이때 운초의 나이는 33세였다. 연천은 임종 때 운초의 손을 잡고 편안히 눈을 감았다고 한다. 하늘같은 어른을 잃은 슬픔에 앞일이 막막하여 '연천어른을 곡함'이라는 시를 짓고 삼가 그를 추앙하며 애틋한 속내를 드러내기도 했다.

운초는 연천 사후에 홀로 녹천정을 지키며 같은 처지에 놓인 시우들과 함께 시를 주고받으며 지냈다. 그렇게 외로움을 달래는 듯했으나 연천에 대한 그리움에 지쳐서인지 병을 얻어 삶을 오래 이어가지 못했다. 언제 세상을 떠났는지 정확한 기록은 없지만 50세 전으로 전해진다. 운초는 죽기 전에 유언으로 '내가 죽거든 대감님의 묘소 인근 산기슭에 묻어 달라'고 했다고 하며 연천의 무덤 근처인 충청도 천안 광덕산 언덕에 묻혔다. 같은 산자락에 묻혀 곁에 있게 되었으니 염원 이 이뤄진 셈이다.

세월이 흐른 지금, 연천 김이양 봉조하 대감을 찾은 사람은 그리 많 지 않아도 기생 운초 김부용을 기억하여 작은 무덤을 찾아가 기리는 가 하면 그의 시를 사랑하는 사람이 점점 늘어난다. 그녀의 시 '가는 봄을 서운해 하며'이다.

짝 잃은 꾀꼬리 울음을 멈추니 가랑비 비껴 내리고
해가 저물어 창을 닫으니 짙푸른 비단은 포근하네.
그러나 봄 붙잡을 방도가 도무지 없는데
옥병에 매화꽃이나 꽂아야지

　사랑은 국경에만 없는 것이 아니다. 빈부도, 벼슬도, 나이도 극복되
는 것이다. 운초와 연천은 나이 차이가 무려 59세나 되지만 운초는
몸과 마음이 통한다면 무슨 상관이 있냐고 반문한다. 연천이 그녀를
기녀로서가 아니라 시를 나누고 풍류를 즐기는 상대로 대한 것이 운
초의 마음을 사로잡았던 것이다. 사랑은 그만큼 소통과 배려, 공감과
신뢰가 중요한 것임을 말해준다. 연천이 세상을 떠나자 운초는 짝 잃
은 외기러기 신세가 되어 점점 몸이 쇠약해졌다. 임을 떠나보내고 정
신을 차렸으나 가랑비는 운초의 마음도 모르고 서글프게 내리고 짙
푸른 하늘이 포근하긴 하지만 떠난 임은 잡을 수 없었던 것이다. 마
음밭에 매화꽃을 꽂아놓고 절개를 지키겠다는 다짐은 현대를 살아가
는 우리에게 사랑이 무엇인가를 말해준다.

금석지언金石之言

이른 아침 철부지 새 떼들의 지저귐으로 눈을 떴다. 아내의 수면을 방해하지 않으려고 조용히 몸을 일으켜 벽에 기대어 앉으면 온갖 시상詩想이 떠오른다. 겪은 일, 앞으로 해야 할 일, 읽을 책과 써야 할 글, 고쳐야 할 습관이며, 갓 시집온 며느리에게 전해줘야 할 가족사家族史 등이 생각의 서가書家에 가지런히 정돈되는 시간, 다산 정약용(丁若鏞: 1762~183)의 '사의재四宜齋'의 뜻을 음미해 보았다.

다산 정약용은 18세기 실학사상을 집대성한 조선 최고의 실학자이자 개혁가이다. 실학자로서 그의 사상을 한마디로 요약하면 개혁과 개방을 통해 부국강병富國强兵을 주장한 인물이라 평가할 수 있다.

정약용은 천주교 문제와 정조의 죽음으로 유배를 떠나게 되었는데 강진은 그가 18년간의 기나긴 유배생활을 했던 곳이다. 그 당시 강진은 한양에서 370킬로미터가 넘는 길을 따라 꼬박 12일이 걸려야 도착할 수 있었다.

'사의재'는 다산이 처음 귀양 와서 머물던 동문 밖 우물 겸 주막집을 말한다. 사학邪學죄인이라는 말에 모두들 두려워 아무도 다산을 받아주려 하지 않았는데 아무런 영문도 모르는 주막집 노파가 그를 받아주었던 것이다. 동문 밖 한 우물 곁에 있던 주막이었으므로 다산은 이곳을 동천여사로 불렀다.

사의재에서 쓴 다산의 글은 그의 성정性情을 뚜렷하게 드러낸다. 사의재는 4가지를 마땅히 다스려야 하는 방이라는 뜻이다. 여기서 4가지는 담백한 생각, 장중莊重한 외모, 과묵寡黙한 마음, 무거운 몸가짐인데 이에 대해 그는 이렇게 술회하고 있다.

사의재는 내가 강진에서 귀양살이하며 살던 집으로 사의재란 '4가지를 마땅히 의롭게 해야 한다.'는 뜻이다. '생각은 담백해야 한다. 담백하지 않음이 있거든 빨리 단속해야 한다. 외모는 장중해야 한다. 장중하지 않으면 빨리 단속해야 한다. 말은 과묵해야 한다. 무겁지 않음이 있거든 빨리 멈춰야 한다. 동작은 무거워야 한다. 무겁지 않으면 재빨리 더디게 해야 한다.' 이에 그 방을 '사의재'라고 이름 붙인 것이다.

'마땅하다(宜)'는 것은 '의롭다(多義)'와 일맥상통하며 의로움으로 통제한다는 의미이다. 나이가 들어감을 생각하면 뜻과 학업이 무너진 것을 슬퍼하게 마련이어서 스스로 반성하기를 바란 것이다. 짧은 경구警句이지만 엄청난 무게감과 깊이를 느낄 수 있다. 이 4가지만 지키고 살아도 먼 훗날 오늘을 생각해도 결코 후회할 일이 없을 것이다. 그렇다면 이 4가지 마땅한 방이라는 뜻을 음미하며 어떻게 살아야하는지를 심전心田에 정돈해보았다.

담백淡白하지 못한 사람은 무엇이든 복잡하게 생각한다. 그것은 스스로에 대한 믿음과 자신감이 부족하다보니, 군살을 붙이고 상대를 의식하고 경계하며 강박관념에 사로잡혀 번잡함을 떨치지 못한다.

장중하지 못한 사람은 표정이 어둡고 가벼우며 긴장된 모습을 한다. 그러나 장중한 외모를 가진 사람은 말을 아끼고 작은 일에 휘둘

리지 않으며 있어야 할 자리를 구분하며 중심을 잃지 않는다. 또한 언제나 가치 중심의 자존감이 있고 거친 행동을 자제하며 표정이 밝으면서도 중후함을 잃지 않는다.

과묵하지 못한 사람은 언행이 가볍고 천박스러우며 상대의 꼬투리를 잡아 잘 따지거나 흠집 내기를 즐긴다. 또 시기 질투를 통제하지 못하고 사유의 깊이가 없으며 편 가르기를 일삼는다. 그러나 과묵한 사람은 시류에 편승하지 않고 언행言行을 천금千金같이 여긴다.

무거운 몸가짐을 갖지 못한 사람은 마음도 경박하여 사유의 깊이가 없고 작은 일에 흥분하며 언행이 거칠고 나서기를 좋아한다. 또한 있어야 할 자리를 구분하지 못하고 조직의 질서를 어지럽혀 분란을 일으키며 자기의 이익만 좇는다. 반면에 과묵한 사람은 말과 행동과 생각이 장중하고 의리를 중시한다.

다산의 사의재의 뜻을 헤아려 보면 어떻게 살아야 하는지를 알 수 있다. 현대를 살아가는 우리의 정신을 썩지 않게 하는 불멸(不滅)의 진리이며 철학이 아닌가 싶다.

제6장

수필적 인생

세월의 풍차를 타고

"여행 중에는 말벗이 있어야 하고, 세상살이에는 인정이 있어야 한다."는 말이 있다. 운수가 좋은 날엔 옆 좌석에 헤어지기 아쉬운 말벗을 만날 수 있다. 여느 대중교통을 이용했을 적에도 그렇지만 고불고불한 시골길 완행버스를 탔을 때는 더욱 그렇다. 대화의 주제는 뭐든 좋다. 세상 이야기나 구수한 농담이 오가면 인정도 오가서 차車 안은 활력이 넘친다. 파도처럼 넘실대는 초록의 보리밭과 저녁 짓는 연기가 자욱한 시골 마을을 구경하다 보면 어느새 속살이 포슬포슬해지고 시간 가는 줄 모른다.

상대는 남녀노소 가릴 것이 없다. 입담 좋은 할아버지나 할머니가 좋다. 구수하고 은은한 이야기 속에서 인생 풍상(風霜)이 담겨져 배울 것이 많을뿐더러, 가다가 한바탕 너털웃음을 짓는 얼굴에는 사람 냄새가 가득하기 때문이다. 이왕이면 농을 척척 받아 넘길 줄 아는 넉살 좋은 사람이 좋다. 그러나 가급적이면 남자보다는 여자가 좋다. 좌석이 몇 군데 비어 있을 경우 '이왕이면 다홍치마'라고 예쁜 여자 옆에 앉는 게 본색이다. 사내놈은 모두 도적놈이라고 내가 뭐 손이라도 만져보려는 야심이 있어서가 아니라 땀 냄새 나는 사내들보다 화장 냄새가 좋아도 좋고, 대화하는 데 조근해서 좋다. 대체로 여자는 무디고 거만한 사람이 흔치 않다. 무딘 여자보다는 말끝마다 톡톡 쏘는 사람이 좋다.

가장 피해야 할 사람은 자연의 운치도 감상할 줄 모르고 거만한 사람이다. 그런 사람이 옆자리에 앉아 있으면 그날 여행은 망친다. 그러기에 여행을 하려면 일수—手가 좋아야 한다. 여자라도 대화하기에 중년은 넘어야 이야기가 술술 풀린다. 너무 젊은 여자는 나같이 쉰 살이 넘은 사람은 아예 상대를 해 주지 않을뿐더러 늙은 주제에 성희롱이니 뭐니 하면 웃음거리가 될 수 있음을 조심해야 한다.

여자가 중년이 되면 체내의 호르몬 분비가 많아서 성격이 둥글둥글해진다. 그래서 여자가 중년이 되면 못 할 말이 없게 되고 낯선 남자에게도 예사로 붙임성 있게 주고받을 수 있어 좋다. 남자의 경우는 소주 몇 잔정도 대작할 수 있으면 좋다. 술이 몇 순배 돌면 금방 친구가 된다. 호기로운 웃음에 시간 가는 줄 모르고 이야기를 주거니 받거니 하는 차중 정담情談은 최고이다. 그래서 나는 '술酒이 종합예술'란 표현을 한다.

남자나 여자나 무뚝뚝하면 재미가 없다. 이쪽에서 말을 건네면 대답 한마디로 끝내버리는 위인은 정나미 떨어진다. 이야기 중엔 간혹 유머와 위트가 있어야 재미있고 정을 느낄 수 있다.

몇 해 전, 석류 알 터지는 소리가 유난히 탐스러운 어느 날이었다. 문화유산답사를 위해 전남 강진 가는 버스를 탄 적이 있다. 옆 좌석에는 품위 있고 단아한 할머니 한 분이 앉았다. 나는 말을 건네기를 주저하다가 농을 넌지시 던져보기로 했다.

"할머니, 올해 춘추가 어찌 되십니까?"라고 물었더니 할머니는 "일흔이 넘었어요."라며 살포시 웃었다. 자신감을 얻은 나는 제법 큰 소리로 손뼉을 치면서 옳지 되었다 싶어 할머니께 한마디 던졌다. "할머니 저희 집에 비슷한 할아버지가 계시는데 중매를 서겠어요." 이에 할머니는 싫지 않은 양 허허 웃으며 이렇게 답했다. "할망구가 간밤에

꿈이 좋다 했더니 오늘 혼인길 열렸구나." 하시며 연하의 남자가 좋으니까 젊은 아빠가 장가들라고 했다. 아이고! 내가 밑졌다는 생각을 하며 "네, 할머니 그러지요." 했다. 그랬더니 할머니는 내 말이 채 끝나기 전에 내 손을 덥석 잡았다. 내가 조금 당황해하자 할머니는 한술 더 떠 "할망구에게 돈 보고 장가들어서는 안 된다."며 손에 힘을 주었다. 나는 이에 질세라 "누님 같은 마누라 찾고 있었다."라고 하자 차중은 여행객들의 웃음으로 차 안이 들썩했다.

이래서 악의 없는 농담으로 일상에 지친 여행객들의 청량제가 되었다. 할머니와 나는 잠깐 동안 부부의 연을 맺고 시간 가는 줄 모르고 대화가 오갔다. 대화는 할수록 재미있고 재치 있는 할머니였다. 할머니는 먼저 내리면서 '인생은 여행'이라고 건넨 인사 한 마디가 노을처럼 아름다운 여운으로 남는다.

그렇다. 사람은 흙에서 태어나 흙으로 돌아가야만 하는 세월의 풍차를 타고 있는 것이다. 그 길 외는 선택의 여지가 없다. 꽃이 피고 지고 간 인생의 뒤안길에서 무엇인가를 찾아보려고 하지만 이미 지난 것들은 말 한마디 없다. 미지의 세계를 향한 세월의 풍차 속에서 영혼이 곱게 물든 할머니와 같은 사람을 만나고 싶다. 멋진 추억을 남긴 여행이었다.

여름 어느 날의 추억

어제는 뇌성벽력雷聲霹靂과 함께 물 폭탄을 퍼붓고 지났건만 한여름의 열기가 더욱 기승을 부리는군요. 이런 여름은 언제나 찬란한 낭만이 넘치는 계절로 남고, 한편으로는 무더위 속에서도 시원함을 밀고 오는 파도처럼 한여름의 추억으로 넘실거리오.

당신은 별처럼 먼 일을 기억하는가요? 동해안 해수욕장에서 무지갯빛 사랑을 불살랐던 둘만의 소중한 기억을! 철없는 아이처럼 마냥 바다를 좋아하던 당신, 넘실대던 푸른 바다 속에 몸을 맡기던 마음은 순수함 그 자체였으며, 지금 생각하면 사랑은 철들지 말아야 하는 것 같다오.

여름날의 바닷가 아침은 생명의 신비로움으로 몸서리쳤고. 해 질 녘 바닷가는 종말을 고하듯 장엄한 모습이었으며, 깊어가는 밤중에 모닥불의 불꽃은 밤하늘의 별이 되었으며, 그것은 누군가의 기타 코드의 노래가 되어 그날의 모든 풍경을 더욱 운치 있게 만들어 주었지요. 밤이 깊을수록 연인들의 속삭임이 아찔한 밤이었소.

이른 아침 찬란한 일출의 풍경을 바라보며 우리는 사랑이 영원하길 맹세했고, 죽음이 갈라놓을 때까지 함께하자고 약속했던 기억들이 아지랑이처럼 스멀스멀 피어오르오. 당신의 존재는 내게 영원할 것 같았고, 별처럼 영롱하고 아침 이슬처럼 해맑은 눈으로 주시하던 당신의 눈망울은 갓 출시된 피아노의 건반에서 흘러나오는 소리보다 더 잔잔하고 맑았다오. 나는 요즘도 당신의 살인적 미소를 떠올리면 사지가 떨리는 것 같소.

낙산 의상대에서 바라본 월출月出의 광경은 한편의 풍경화를 감상하는 듯했지요. 나는 가슴이 부풀어 올랐고, 당신은 한 편의 감동적인 영화 속 장면에 취한 듯 처음으로 내 어깨에 머리를 눕혔을 때 심장박동 소리를 들킬까 조마조마했다오.

동해안을 끼고 달리던 차창 밖으로 펼쳐진 먼 수평선의 고즈넉함에 넋을 잃었고, 하늘과 바다 사이를 가로지른 쌍무지개는 우리를 몰아沒我의 경지로 몰기도 했지요. 그 풍광이 아직도 가슴속에 고스란히 남아 늘 눈앞에 떠오른다오.

수평선 너머로 작은 고깃배가 시야에서 멀어져 가는 것을 보고는 현기증이 날 것 같았지요. 하여 왕초보였던 당신에게 핸들을 맡겼지요. 그래도 당신은 침착하게 운전을 잘해 주었던 것 같소.

당시의 추억을 떠올리며 지은 시를 어느 문학지에 응모하여 동상을 받았소. 그 졸시를 읊어보겠소.

벼랑은 파도를 놓치고
소금기 어린 바람만 맞는다.
유구한 세월만큼이나 깊은 고독
성난 파도는 잡힐 듯 다가와
매번 혀를 내밀고
철썩철썩 따귀나 때리고
돌아서는 몰인정한 사랑
딸불출 벼랑은 희망을 놓쳐도
부질없는 옹고집 꺾지 않고
천년만년의 세월에 몸을 맡기리라

바다! 거기엔 한없는 신비와 동경과 경이로움이 있었고, 순수와 아름다운 낭만이 있었으며, 곱게 피어나는 장밋빛 꿈과 희망이 있었지요. 수영도 못하던 내 손을 잡고 물속으로 뛰어들고 싶다던 당신! 언제나 바다 같은 마음으로 살자던 당신의 말이 사탕처럼 녹아난다오.

당신은 기억하는지요? 밤새 비가 내린 뒤 햇살이 눈부셨던 설악의 아침을! 그때 본 광경은 자연만이 보여줄 수 있는 진정한 파노라마와 같았지요. 어디 그뿐인가? 영봉靈峰에 걸쳐 있던 구름의 유영遊泳은 대양을 가르는 고래 떼 춤 같았으며, 해 질 무렵 노을에 물든 산들은 몽유도원도의 한 부분인 것처럼 우리를 몽환夢幻의 세계 속으로 가둬 버렸지요.

돌아오는 길에 들렀던 소양강을 둘러싼 위대한 모습에 우리는 또 한 번 감탄을 했지요. 이곳에서 번민 따위는 그냥 다 날려 버렸고, 아득한 옛날로부터 내려오는 듯 한 숭고한 정적만이 감돌고 있었지요. 형형색색形形色色의 옷을 입은 산세와 여인의 속살이 스치는 듯한 바람 소리, 그리고 싱그러운 바람을 타고 스며드는 향기는 우리를 포로로 만들고도 남음이 있었소.

이젠 기억 속에 숨 쉬고 있는 그날들이지만, 하늘의 별이라도 따 주고 싶은 마음은 변함이 없다오. 그해 여름 밤 영원을 약속했던 그곳에 다시 한 번 가고 싶다오. 당신이란 존재를 사무치도록 사랑하고 존경한다오. 당신이 한때나마 내 여인이었음이 참으로 행복하다오.

가슴 아린 통증

어느 위대한 종교지도자, 철학가나 문학가로서 만남과 헤어짐을 논하지 않는 사람이 없다. 우리는 세상을 살면서 수많은 사람과 만남과 헤어짐을 경험한다. 서로의 세계를 공유하고 인생을 나눌 법한 사람과의 헤어짐은 참으로 안타까울 때가 있다. 어느 여인과의 만남을 수필의 소재로 삼아 글을 써 본다.

그녀의 고운 품성, 테와 색깔에 가슴이 떨려 몸이 사그라지는 듯했는가 하면 존경하지 않으면 양심의 가책을 받을 정도였다. 누가 내게 하늘이 와르르 무너지는 슬픔이 있냐고 묻는다면 서슴없이 그녀와의 헤어짐을 말했을 것이다. 어떤 이가 '만남은 헤어지기 위한 것'이라고 했지만 나는 똥 싸다가 죽을 놈이라며 허허 웃고 말았다.

그녀는 키가 162센티미터에 선이 곧고 원칙이 있는 여인이었다. 예의가 바르고 색깔이 고왔으나 신념이 다소 부족하고 상처를 잘 받는 편이었다. 한때는 그녀가 없으면 죽을 정도는 아니지만 그녀가 이 세상에 있음을 감사하다 여겼다. 그녀는 책 읽기를 좋아한다. 소담스런 정원에 앉아 책장을 넘기는 그녀의 모습은 아름답기 그지없었다.

하지만 이제는 점점 멀어지는 것 같다. 학문에 전념하기 위해 당분간 소식을 끊자는 것이다. 정녕 서로가 원하는 사랑이라면 이러한 평계가 이유가 될 수가 없다. 그녀의 말처럼 그 시간에 학문에 전념하여 소기의 성과를 거두기만 한다면 올바른 판단에 칭찬이라도 해주고 싶다. 하지만 그녀의 마음을 이해한다. 이미 떠난 마음을 표현하기란 쉽지 않을 것이란 생각 때문이다.

여자의 마음은 알 수 없는 법, 옛말에 '물 속 깊이는 알아도 사람 속 깊이는 모른다.'고 한 말을 '여자의 속 깊이는 도저히 알 수 없다.'는 말로 대신하면 안 될까? 여자의 마음이 수시로 다양하게 표현되는 이유는 무엇일까? 하기야 '자기 몸으로 낳은 자식의 마음도 모른다.'고 했는데 어찌 여자의 마음을 알겠는가. 사람은 만나는 순간부터 서로가 다른 방향의 길을 이미 가고 있다는 말을 실감한다.

내가 그토록 부르고 싶었던 이름은 사망신고가 되었다. 지금 볼 수 있는 것은 영원을 약속했던 상상 속의 추억뿐이다. 어느새 마음속에 자리 잡았던 그녀의 자리가 점점 비어가는 것을 느꼈다. 진정 그녀를 사랑했을지언정 그것은 처음 만났을 때의 일이며 아마 그때는 나의 눈이 굴절되었을지도 모를 일이다. 지금 내가 볼 수 있는 것은 고상한 치장, 자기기만, 때를 구별하지 못하는 비겁함만 가득한 것 같다.

자연은 굳이 말을 하지 않는다, 눈으로 보고 몸으로 느끼는 것만으로 자연의 감각을 알 수 있다. 동물은 배변이나 뼈와 가죽을 또는 발자국을 남긴다. 그러나 만물의 영장인 사람은 자신의 위치를 말하지 않으면 어디에서 어떻게 살아가는지를 알 수가 없다. 서로의 안위를 위해서라면 흔적이라도 남겨야 하는 게 사회공동체의 삶이자 무언의 약속이다. 내가 그에게 딱 한 가지만 부탁할 게 있다면 때를 구별하라는 것이다.

하지만 그녀를 이해한다. 내게서 떠난 마음을 표현하기가 쉽지 않았을 것이다. 그녀를 원망하기보다는 예쁜 여자라고 속삭여주고 싶다. 그녀는 책 속에 길이 있다는 것을 가르쳐 주었고 한 아이의 엄마로서 최선을 다하고 있기 때문이다. '결혼은 부인과의 관계가 아니라 부모와 자식 간의 관계'라고 한 어느 무명 철학가의 말에 답이 있는 것 같다. 이를 두고 남녀의 관계는 등만 돌리면 끝난다는 것이 아닐까?

때로는 그녀가 보고 싶어 창가에 기대어 하늘을 바라본다. 까치가 노래하는 날엔 그녀에게서 소식이라도 올까 싶어 가슴이 설레는 것은 웬일까? 낙엽이 구르는 소리에도 그녀가 오는 소리인지 귀를 기울인다. 그렇다. 아직도 그리워하고 있다는 것이다. 그렇다면 그녀의 가는 길을 축복하리라!

이젠 햇살이 알알이 터지는 듯하고 마음도 푸르며 바람도 푸르러 간다. 철학가가 아니더라도 무엇인가를 두고 사색해야 할 계절이다. 낙엽처럼 자연처럼 또 오가는 세월처럼 거기에 동화되어가리! 만남과 헤어짐은 많은 사연을 남기고 문학의 출발점이 되고 인생이 무엇인가 하는 여운을 남긴다. 나는 그녀를 향해 달려가지만 바람처럼 멀어지기만 한다. 그녀의 가슴에 상처만 남기고 이 가을을 보내야 하는가? 원초적인 외로움을 달래주지 못한 슬픔이 가슴 아린 통증으로 남는다.

손에 손잡고

팔영산 등반을 위해 이른 아침 낙동강 대교를 지나자 물결은 방금 잠에서 깬 듯 잔잔히 흘렀다. 함께 산행할 그녀는 주황색 체크무늬의 셔츠와 몸에 딱 달라붙은 진 바지에 빨간 등산화를 신었다. 미나리처럼 풋풋한 향기가 콧잔등을 어루만졌다. 매무새가 예쁘고 꽃처럼 아름다운 당신이라 치켜세우자 그녀는 피아노 건반처럼 하얀 덧니를 드러내고 환한 미소를 지었다.

광장에서는 등산객을 태우고 갈 버스가 줄지어 서 있었다. 팔영산 八影山 안내 표지가 붙은 버스에 올랐다. 각양각색의 사람들로 차 안은 활력이 넘쳤다. 처음 보는 사람들이었지만 마치 예전부터 알고 지내는 양 반갑게 맞이했다. 사람은 이렇게 자연스레 만나 동반자가 되거나 친구가 되기도 한다. 하여 가능하면 기억 속에 남는 사람으로 기억되기를 바라는 것이 아닐까.

차창을 스치는 봄의 행렬이 우리의 마음까지 푸르게 했다. 영호남을 갈라놓은 섬진강이 아련히 펼쳐졌다. 섬진강은 삶의 터전이요, 자손 대대로 물려 줄 문화유산이다. 그런데 강을 사이에 두고 지역감정을 조장하는 정치인들이야말로 하루빨리 청산되어야 할 유물이 아닌가 싶다.

가슴이 설렜다. 그녀가 좋고 산도 좋지만 인물 자랑 말라는 순천 사람, 돈 자랑 말라는 여수 사람, 주먹 자랑 말라는 벌교 사람들을 만날 수 있어 더 좋다. 팔영산을 택한 이유는 순천을 중심으로 한 조직을 만들고 싶은 생각에서였다.

고흥으로 접어들자 갯벌 냄새가 후각을 자극했다. 그것은 원시적 갯벌에서 생명이 잉태하는 몸부림으로 풍겨져 나오는 자연 그대로의 냄새였던 것이다. 짙푸른 바다, 노래하는 섬, 갈매기 나는 풍경이 마치 자연 다큐멘터리의 한 장면 같았다.

산행에 앞서 한 가지 걱정이 앞섰다. 가냘픈 몸으로 어떻게 산에 오를까 해서였다. 배낭쯤이야 내가 메고 가면 되겠지만 산행 중에 주저 앉으면 어떻게 한단 말인가. 업고 갈 수도, 두고 갈 수도 없으니 말이다. 그렇다고 도적 같은 다른 남자 등에 업혀 내심 좋아할지도 의문이다. 그를 위해서라면 몇 백 미터의 낭떠러지로 몸을 던지는 것조차 마다하지 않겠지만……

하여간 이런저런 상념에 사로잡혀 산행 초에는 머릿속이 어지러웠다. 나는 이내 용기를 냈다. 그래, 남자가 여자 하나 책임지지 못하고서야 어디 사랑한다고 할 수 있겠나 싶었다. 죽어도 다른 남자 품에 안기는 꼴은 보지 않으리라 다짐했다. 아무튼 힘든 산행이 예상되는 것만큼 오늘은 막걸리 두 순배만 할 각오였다.

그녀는 주위의 시선도 아랑곳 않고 그저 사랑스런 눈으로 바라보며 팔영산에 대해 이것저것 물었다. 나는 산의 봉峰이 여덟 개이며 산이 가파른 만큼 정상에 오르면 바다가 코앞에 누워 있는 것처럼 보일 것이라고 했다. 그러나 그녀의 표정을 보아 자신이 바라던 대답이 아니었던 모양이다. 그래서 다시 여덟 팔八에, 신령 영靈 자를 쓸 것이니, 여덟의 신이 있는 산이라고 했다.

그러나 그녀는 내 말이 틀렸다는 듯 나직이 말했다. 그녀가 아는 바로는 그림자 영影 자를 쓴다고 하지 않는가. 나는 왠지 부끄러운 생각이 들었다. 여덟 개의 봉우리로 된 산의 그림자가 바다에 드리운다는 뜻이란다. 밤이 깊으면 하늘을 수놓은 별들이 물속 궁전에 잠겨 휘황輝煌하게 빛나는 등불 같으며, 별들과 해수의 은밀한 난교가 벌어지는가 하면, 마녀처럼 음탕한 바다 자궁에는 숱한 신비가 있음직하다.

상념에 빠져 있는 어느 찰나剎那, 그녀가 멈칫하며 나의 등 뒤에 몸을 밀착시켰다. 이런! 눈앞에는 뱀이 개구리를 잡아먹으려 잔뜩 노리고 있어 곧 싸움이 벌어질 위기감이 돌았다. 내가 본능적으로 돌멩이를 주워 뱀을 때려잡으려 하자 그녀는 돌멩이를 잡은 내 팔을 잡았다. 그러고서는 뱀을 죽이고 개구리를 구해 주어야 하는지, 아니면 잡아먹도록 그냥 내버려둬야 하는지를 잘 생각해 보란다.

이는 그녀와 내가 자연 생태계를 보는 시각이 다르다는 것이다. 둘 중 한 사람은 사고思考를 치유해야 할 기로에 놓인 것이다. 나는 약자의 편을 들어 주어야 한다는 것이고, 그녀는 뱀이 개구리를 잡아먹는 것은 먹이사슬의 순리이자 섭리이기에 뱀도 먹고 살아야 된다는 것이다. 나는 그녀의 말에 어느 순간, 영감이 떠올랐다.

뱀을 돌로 쳐 죽이고, 개구리를 구제하는 것은 인간의 오만에서 비롯된 것임을 인지한 것이다. 인간은 인간 본위로 생각하는 동물이란 것이다. 자연세계에서는 사람의 탈을 벗고 동물적 감각을 가져야 한다는 것이다. 인간의 개입은 천리를 간섭하는 것임을 깨닫는 소중한 기회였다. 그때 손에 쥐고 있던 돌이 슬며시 빠져나갔다. 그러곤 우리는 눈을 맞추며 웃었다. 그것은 서로가 교감交感하고 있다는 증

거였다.

앞서거니 뒤서거니 하며 정상으로 향했다. 괜한 걱정을 한 내가 민망했다. 그녀는 예상보다 가볍게 올랐고, 나는 숨을 헐떡거리며 손에 끌리다시피 하여 정상에 섰다. 바다 위에는 여덟 개의 봉우리가 드리워져 있었다. 은빛의 한없이 큰 입과 끝없이 넓은 자궁을 가진 바다는 말없이 품어 주었다. 먼 데서 달려온 파도가 갯바위 위에서 재주를 넘으며 물보라를 일으키는 풍경에 몰입되려는 순간, 팔봉을 밟았다.

중간쯤 오르다 포기하고 싶은 유혹, 발을 잘못 딛기라도 하면 수백 미터의 바다로 떨어져야하는 위험천만한 절벽을 돌고 돌아 비로소 정상에 서는 순간 뛰어들고 싶은 유혹에 빠졌다. 그것은 정상을 밟은 기분보다 자연의 신비와 풍광에 혼을 빼앗겼기 때문이었다. 정상을 뒤로 하고 발길을 옮기려 하자 산호인의 함성이 메아리가 되어 파도가 크게 출렁거렸다.

산을 내려오는 길에 어쩌면 영호남 화합을 위해 좋은 인연이 있을 것이라는 믿음을 가지고 첫발을 내디뎠다. 여기저기서 들려오는 산새 소리가 우리의 마음을 한층 한가롭고 유쾌하게 했다. 산사의 고요함을 깨는 한 무리의 등산객이 옹기종기 둘러앉아 술잔을 나누고 있었다. 보아하니 내가 만나고 싶어 한 사람들인 양 특유의 억센 말투였다.

내심 쾌재를 부르며 그들 무리와 근접하여 자리를 폈다. 어떻게 접근할까 고민한 끝에 우리를 가로막고 있는 벽을 허물어야 된다는 생각이 들었다. 강을 건너기 위해선 다리를 놓아야 하는 법. 준비해 간

동동주가 그 역할을 해 줄 것이라는 생각이 들었다. 숨을 고르는 척하며 그들 곁에 슬그머니 다가갔다.

그러자 눈치 구단의 그녀가 잽싸게 동동주를 꺼냈다. 우리는 관심을 끌기 위해 일부러 잔을 부딪치며 소리를 냈다. 그들은 우리를 은근슬쩍 쳐다보며 관심을 가지며 우리에게 술이라도 한 잔 권하길 기다리는 눈치였다. 그럼, 그렇지! 눈매가 범상치 않은 혈기 왕성한 청년이 술잔을 내밀지 않는가. 나는 단숨에 마시고 한 잔 더 달라고 간청하다시피 했다. 달랑 술 한 잔 마시고 뜻을 같이할 결사대를 조직할 수 없는 노릇 아닌가. 술이 예술이라는 말이 있듯이 술이 몇 순배씩 돌자 비로소 마음의 문을 열게 되었다.

그들은 보성군 벌교 사람들이었다. 나는 공무원 신분이었지만 구태여 말할 이유가 없었다. 순수한 의도와는 달리 엉뚱한 오해를 받게 되면 본연의 목적을 망칠 수도 있기 .때문이었다. 정치적인 이야기도 가끔 있었지만, 선의의 피해자는 선량한 양 도민이라는 데 인식을 같이했다. 내가 한발 먼저 지역 화합의 기초가 되는 조직을 구성하자고 제의했다. 그러자 다 의기투합하는 눈치였다. 당시로서는 혁명적 발상이라 아니할 수 없다.

그 자리에는 전남대 출신으로 광주민주화운동을 주도한 '송창욱', '송영국'이라는 사람과 유신 정치를 경험한 동갑내기인 캡틴(captain) 박상기 회장과 자리를 같이했기 때문에 가능했던 것이다. 그들은 박상기를 중심으로 의견을 집약한 후 나의 제의를 흔쾌히 수락했다. 나는 마치 꿈을 꾸고 있는 기분이었다. 먼저 2주일 후 창녕에서 1박 2일 예정으로 추진위 구성을 위한 등반대회를 갖기로 했다.

그들과 아쉬운 이별을 하고 돌아와 세부 추진 계획을 수립했다. 나는 각층의 사람을 만나 모임의 취지를 설명하고 참여를 권유했다. 어떤 이는 좋은 취지라며 격려했지만, 대다수의 사람들은 빨갱이들과 그럴 수 없다며 나를 이상한 사람으로 취급했다. 그러나 진통의 과정을 통해 옥동자玉童子를 낳는 법, 일주일 만에 40여 명의 동지를 모아 추진위를 구성했다.

12월 대선을 앞두고 정치적 갈등이 얼마나 심했는지 영호남의 모임을 추진하려 하자 주변 사람들 다 나를 빨갱이 취급했다. 하지만 나는 보수保守의 가치도 모르는 사람들의 말에 신경 쓰지 않았다. 지금은 정치적 동지인 아버지도 당시에는 적극 만류했다. 공직에 있는 자식이 혹여 불이익을 당할까 봐 우려를 하셨던 것이다.

나는 총괄 책임자로 예산과 조직을 담당했고, 나머지 업무는 각자 역할을 분담했다. 먼저 선배인 동아일보 한 모 기자를 찾아 모임의 취지를 설명한 후 취재를 부탁했다. 선배는 취재는 물론 평 회원으로서 물심양면으로 돕겠다고 했다. 함께 묵을 숙소는 부곡온천 모 호텔을 잡았다.

행사 당일이었다. 그들은 추억을 품고 달리는 열차를 타고 왔단다. 우리는 숙소 주변에 도열하여 열렬히 환영해 맞았다. 그런데 희한한 일이 벌어졌다. 다 약속이라도 한 듯 눈물을 훔치고 있었다. 이유인즉 '위대한 당신의 방문을 축하 한다.'는 현수막을 보았던 것이다. 경상도 사람들이 전라도 사람들을 이렇게 뜨겁게 환영해 맞이할 줄은 몰랐다는 것이다. 양 지역의 정치인들이 지역적 정서를 자극하여 서로가 적대시하도록 조장助長했던 것으로부터 비롯된 양상이기도 한 것이다. 우리는 가급적 정치적인 이야기는 지양했으며, 상호의 의사를 존중하는 선에서 목적과 회칙 등을 정하고 모임을 지속하기로 했다.

등반대회를 마친 다음 날이었다. "영호남 사람들이 함께 등반대회를 가짐으로 지역감정을 허물 기초와 화합의 장을 마련했다."는 동아일보 기사를 본 수장이 나를 불렀다. 대뜸 대선을 앞두고 오해받을 행동을 한다면서 호통을 쳤다. 이에 나는 칭찬과 격려를 해 주기 위해 찾은 것으로 생각했다며, 모임의 취지를 설명하자 미안했던지 때를 잘 구별하라는 뜻이란다. 그는 몇 년 후 정치적 중립을 지키지 못해 옷을 벗었다니 아이러니하다.

지역 정치는 하루빨리 청산돼야 한다. 동서 간의 화합도 안 되면서 남북통일을 논할 수 있을지 의문스럽다. 정치, 경제, 문화, 지리적 갈등을 해소하려면 정치인들이 먼저 기득권을 내려놓아야 한다. 당의 이익 옹호를 떠나 석패惜敗율을 도입하는 방법도 있다. 주위의 우려에도 지금까지 모임을 지속하고 있으며, 행사로는 지역 농산물 교환 판매, 소년·소녀 가장 세대와 불우 노인 등을 돕고 있다.

등반길에서 맨 처음 내게 술을 권한 사람, 형이라 부르던 사람, 장애인으로 태어나 서럽다는 사람, 광주민주화운동에 참여했다는 이유로 기소중지 중이었던 사람, 영혼이 순수했던 작은 교회 목사님 등의 얼굴들이 눈앞에 선하다. 유독 지워지지 않는 그리움이 있다. 먼저 하늘나라로 간 고 송창욱 선생의 명복을 빈다.

당신을 향한 사색

나는 지금 지리산 자락의 어느 한적한 집에서 글을 쓰고 있소. 홀로 있을 때가 가장 외롭다고 생각했는데 이상하게도 진정한 자유는 홀로 있을 때의 기쁨이 아닌가 싶소. "눈앞을 가리는 꽃나무를 잘라 없애자 저녁노을 아름다운 먼 데 산이 병풍처럼 펼쳐지네." 한승원의 말처럼 말이오. 나를 미망과 탐욕 속에서 빠지게 하는 일들을 과감하게 쳐 없애고 높은 지상의 삶을 관조하면서 당신의 곱디고운 영혼을 바라보는 시간들이 무지개 같이 아름답다오. 나는 이렇게 산수의 추억을 통해 아름다운 꿈을 품는다오.

그러나 세월은 가는 것, 흐르는 여름 속에서도 가을은 바람처럼 다가오는군요. '가을은 여름이 타고 남은 것'이라는 말처럼 그렇게 다가오고 당신에게로 나는 다가가지만 당신은 자꾸만 멀어져가는 것 같소. 이제 흐르는 여름의 구각을 벗고 새로운 가을과의 대화를 나눌 마음의 준비를 해야 되겠소. 당신도 가을이 오는 문턱에 앉아 흐르는 여름의 이야기는 망각 속으로 떨쳐버리고 마냥 높아가는 가을 하늘의 노을처럼 꿈으로 엮어질 사색의 문을 활짝 열어야겠소.

사색과 독서, 독서는 다만 지식의 재료일 뿐 그 자신의 것을 만드는 것은 사색의 힘이라고 말하고 싶다오. 그만큼 그 사이에는 영원한 함수관계가 존재하고 있다는 말이 아니겠소?

지난여름엔 『새롭게 일어나라』는 법상스님의 책을 읽었는데 그 책은 산사에서 보내는 깨우침의 편지였소. "오늘부터 누가 묻거든 자신 있게 말하세요. '요즘 장사는 잘 되냐?' 하고 묻거든 '그럼, 잘되고 말고.' 하면서 그 부유하고 행복한 마음을 나누어 주시고, '요즘 행복하세요?' 하고 물으면 '네, 아주 행복합니다.' 하고 행복한 웃음을 나누어 주시고, '몸은 건강하시죠?' 그러면 '네, 튼튼합니다.' 하는 게 건강한 마음을 나누어 주는 것이다." 그렇게 내 스스로 행복하고 부유하며 건강한 몸과 마음으로 또 입으로 자꾸 연습해 놓아야 그 한 생각으로 인해 현실도 그렇게 반하게 된다는 말일 것 같소. 본래 이러한 마음을 가진 나에게 이 책은 불난 집에 기름을 부은 듯 더욱 행복하고 건강하며 긍정적인 삶을 유지하게 했다오. 당신 또한 이러한 마음을 가졌으면 하오.

그 언젠가 가을이 여물어 갈 때 당신은 내게 이런 말을 했소. '책 속에 길이 있으며, 말은 그 사람의 인격'이라고 했던가. 그 말이 내 가슴에 환영처럼 새겨진 것 같소. 당신의 보석 같은 말을 떠올리며 책 속에서 인생의 길을 터득하고 가능한 품격 있는 말, 격려의 말, 승리의 말, 축복의 말을 하기 위해 노력하고 있다오. 말을 많이 하여 바보가 되느니 차라리 입을 다물 때가 많소. 때로는 내가 의도한 허점, 실수, 무지가 웃음거리가 되기도 하지만 나로 인해 상대는 즐거우니 모자람 속의 행복이 넘치는 것 같소.

사색은 어떤 것에 대하여 깊이 생각하고 이치를 찾아가는 것이오. 사색은 인간의 세계를 이끌어 올리는 힘이 대단하다는 생각을 하오. 사색을 많이 할수록 평소에 모르고 있었던 진리를 발견하고 좀 더 고고한 삶을 누릴 수 있는 여유가 되기 때문이겠지요.

이젠 가을이 오는 문턱에서 찬란한 황금빛의 전원과 붉게 타는 산천을 그려보아야겠소. 낙엽은 우리를 슬프게 할 것이지만 새로운 봄을 준비하는 몸부림이 아니겠소. 봄이 되어도 묵은 잎이 그대로 있으면 그 나무는 소생할 수 없는 게 자연의 이치이지요. 우리도 이처럼 계절에 순응하면서 살아야 하는 가르침이라는 말이오.

'인생이란 어떻게 사는가를 배우기 위해서는 전 생애를 요한다.'는 말이 있소. 그렇다면 우리는 흐르는 세월 속에서 인생의 의미를 깊이 음미하고 반추해보아야 될 것이오. 인생은 '행복한 자에게는 너무나 짧고, 불행한 자에게는 너무나 길다.' 하지 않았던가요. 선택은 모두가 자신에게 달려 있다는 것이오. 과거 속에 빠져 어느 한 어둠 속에 '나'를 묻어두는 것도 나이고, 거기에서 '나'를 꺼내 빛 속으로 나아가게 하는 것도 나라는 사실을 깨달아야 한다는 것이오.

이젠 점점 붉게 타오르는 산야를 바라보며 당신을 향한 멋진 그림을 그려야겠소. 당신이 그리워지는 이 가을에 사색의 그림을 말이오.

장애障碍의 문턱

88올림픽을 앞두고 국민적 열기는 하늘을 찌를 듯했다. 한두 사람만 모여도 올림픽 얘기로 꽃을 피우곤 했다. 후진국이었던 이 나라를 세계만방에 알릴 수 있는 절호의 기회였던 것이다. 국민들의 성원과 선수들의 노력으로 기대 이상의 성적을 거두어 중진국으로 도약할 수 있는 쾌거를 이뤘다. 올림픽이 끝난 후 연이어 장애인 올림픽이 있었다.

나는 당시 모 지방단체의 사회복지 담당 주무였다. 자치단체 산하에 시각장애인 지부가 있었다. 관청의 보조금을 교부받아 운영함으로써 갑과 을의 관계라고 할 수 있다. 장애인올림픽에 시각장애인 참관을 위한 세부 계획을 수립하여 수장首長의 결재를 받았다.

시각장애인이 올림픽 참관이라니! 내심 비아냥거리는 사람도 많이 있었다. 장애인, 비장애인 운운하면서 정작 마음속에는 벽이 있었던 게 분명하다. 하지만 이러한 편견을 가져서는 안 된다. 비록 앞을 보지 못할망정 탁월한 감각 능력은 비장애인보다 앞선다는 것을 많이 느낄 수 있었다. 공직자로서 올림픽이라는 큰 무대에 시각장애인을 참여토록 하여 긍지와 자부심을 가졌다. 이를 이해하지 못하는 사람들은 "왜 하필 보고 느낄 수도 없는 시각장애인을 데려가느냐. 예산이 아깝다."라고 비웃기도 했다. 하지만 시각장애인은 심안(心眼)과 체감體感이 있다. 그것은 마음의 눈으로 보고, 무엇이든 몸으로 느낄 수 있다는 것이다.

한여름의 더위가 물러간 어느 날이었다. 간밤에 비가 성가시게 해서 잠을 설쳤는데 아침엔 하늘은 푸르기만 했다. 참여할 인원은 장애인 16명, 보호자 16명이었다. 그러나 인원을 점검하자 안마시술소를 운영하는 총무 부부가 나오질 않았다. 그는 조금이나마 앞을 볼 수 있는 사람이었다. 언젠가 "당신은 앞을 볼 수 있는데 웬 시각장애인 총무 일을 보느냐?"고 물었다. 그의 "앞을 볼 시간이 얼마 남지 않았다."는 말에 허허 웃고 말았다.

앞을 보지 못하는 그들이지만 그날만은 다 양복을 깨끗이 차려입고 검정 안경을 쓰고 있었다. 그중 가장 멋있는 사람은 시각장애인 지부장이었다. 그는 하얀 신발과 흰 바지에, 검정 재킷을 입고 베레모까지 쓰고서는 마치 선수단장 같았다.

일행 중에는 안마시술소를 운영하는 후천성 시각장애인도 있었다. 그의 아내 이야기를 들으며 눈물을 흘리지 않을 수 없었다. 남편 되는 사람은 연애 중에 터널 공사장에서 일을 하던 중 폭발 사고로 시력을 잃었다고 한다. 사고 후 친정 식구들이 다 결혼을 반대했지만 인간의 탈을 쓰고 반대할 수 없었단다. 선천성 시각장애인은 처음부터 보지 못해 사물을 인지하고 상상으로 만족할 수 있지만, 후천성 장애인은 현실을 받아들이지 못하고 고통 속에서 자아까지 상실하여 죽을 방법에만 몰두한단다. 만약 아내의 지극 정성한 사랑과 관심이 없었다면 주검을 선택했거나 폐인이 되었을 것이라는 말에 눈시울이 뜨거워졌던 것이다. 기구한 운명을 살면서도 웃음을 간직한 그를 나는 천사라 불렀고 특별 생업융자금을 지원토록 해 자립 기반 조성에도 심혈을 기울였다.

그때였다. 총무 부부가 웃음을 머금고 자박자박 걸어오고 있었다.

왜 늦었느냐고 물었더니 마누라가 처음 서울 가는데 옷 한 벌 사 주러 갔다가 늦었다고 하지 않는가. 그의 순박한 말에 아이를 보는 듯했다. 우리는 수장과 가족들의 전송을 받으며 버스에 올랐다. 시각장애인은 그나마 안마시술소나 철학관을 운영하기 때문에 경제적 여유는 괜찮은 편이다.

잠깐 졸고 있을 때였다. 그들의 모습을 목격하지 않고는 이해할 수 없는 장관이 벌어졌다. 그들은 차장을 스치는 한 폭의 그림 같은 풍경에 탄성을 자아냈다. 굽이굽이 조상 대대로 흘러가는 '금강'의 푸른 젖줄, 그 위를 짙푸른 하늘과 산수, 물새 나는 풍경에 매료되었던 것이다. 마치 어느 기인의 작품을 보는 듯했다. 눈이 있어도 보지도 느끼지도 못한 자신이 부끄러웠다. 나는 지부장에게 "저 멋진 풍광을 어떻게 보고 느끼느냐?"고 물었다. 그는 "마음의 눈으로 보고 몸으로 느낀다."고 했다. 그들은 비시각장애인들이 갖지 못한 초자연超自然적인 능력과 영감이 있다는 것이다.

갑자기 맨 뒷좌석의 와자지껄하는 소리에 시선을 돌렸다. 이어 옆에 앉아 있던 지부장도 은근슬쩍 자리를 옮겼다. 나는 궁금한 마음에 그들이 둘러앉은 곳으로 갔다. 그들은 손때가 묻은 젓가락 모양의 막대와 지폐를 잡고 있었다. 그중 한 사람이 막대를 양 손바닥 사이에 넣고 비벼댔다. 그러고는 각자 몇 개씩 골라 뽑고서는 자신의 숫자를 말하고 돈을 주고받았다. 바로 그게 투전이었던 것이다. 자신이 뽑은 막대기의 패인 홈을 더하여 높은 사람이 먹는 게임이란 것이다.

나도 무료한 시간을 달랠 겸 한번 해 보고 싶은 생각이 들었다. 그들은 볼 수 없기 대충 뽑을 것이며, 나는 눈으로 보고 뽑기 때문에 무조건 이길 것이라는 확신이 들었다. 지부장에게 한번 해 보고 싶다는 의사를 표하자, 그는 너털웃음을 지으며 한사코 말렸다. 그럴수록 더 하고 싶은 법. 사정사정해 게임을 하게 되었다. 그때 지부장이 덧붙였다. "잃은 돈은 돌려주지 않는단다."고 몇 번이나 다짐했다.

그들의 등 뒤에 서 있는 가족들의 표정이 수시로 환호와 한숨이 교차했다. 나는 순식간에 그들의(장애인) 여비旅費와 사비私費까지 몽땅 잃어버리고 지갑 속에는 카드 한 장 달랑 남아 있었다. 눈으로 빤히 보고도 그들의 손끝 감각을 넘지 못했다는 것이다. '눈 뜬 봉사란' 말을 이럴 때 하는 것 같았다. 서울에 도착하여 카드를 팍팍 긁었지만 턱없이 부족했다. 만만한 게 아내라고, 송금을 부탁하자 "여비만 해도 충분한데 무슨 돈이 필요하냐?" 고 빈정댔다.

한편으론 잃어버린 돈을 돌려주겠지 하는 기대감이 있었다. 숙소에 도착하여 방 배정을 한 후 식사를 마쳤다. 또다시 다 한자리에 모이더니 투전을 하느라 정신이 없었다. 지부장이 다가서더니 "돈을 빌려 줄 테니까 해 보라."며 꾀었다. 이에 나는 "여비까지 다 따먹었음 됐지, 또 하자고 해요?"라며 퉁명스럽게 말했다.

나는 기분을 달랠 겸 동창을 불러내 술을 거나하게 마신 후 숙소로 돌아갔다. 그들은 술판을 벌여놓고서는 인솔 책임자가 "맹인을 남겨놓고 술 마시러 가느냐?"며 따졌다. 이에 화가 난 나는 "술을 마시든 말든 웬 간섭이냐?"고 되받았다. 하지만 그들의 말이 틀린 것이 아니다. 다만 돈을 잃은 것에 대한 화풀이로 말이 퉁명스러웠을 뿐이었다.

다음 날, 서울의 하늘은 유난히 맑고 높았다. 전날의 기분을 뒤로하고 한마당 축제가 벌어지는 무대로 향했다. 많은 시민과 장애인

가족들이 하나가 된 경기장은 탄성과 감동이 물결쳤다. 그들은 가끔 나에게 기념 촬영을 부탁했다. 좀 의아한 생각이 들었다. 촬영을 부탁하는 곳마다 풍경에 감흥感興된 사람들이 카메라 셔터를 연신 눌러댔다. 그렇다. 그들은 모든 것을 보고 느낄 수 있었던 것이다. 비록 돈은 잃어버렸지만 그들로부터 많은 것을 느끼고 배우는 계기가 되었다.

아쉬움을 뒤로하고 돌아오는 버스에 몸을 실었다. 귀향한 후 헤어지려고 하자, 임원진 몇 명이 술이나 한잔 하잔다. 나는 피곤하다는 핑계로 귀가했다.

다음 날이었다. 출장복명서를 작성하기 위해 가방을 열었다. 그런데 낯선 봉투가 두 개나 있었다. 하나의 봉투 속에는 투전으로 잃어버린 돈이었다. 또 하나의 봉투 속을 보고는 눈물을 아니 흘릴 수 없었다. 내용인즉, 앞도 보지 못하고 멸시받는 자신들을 영광스러운 올림픽에 참관시켜줘 고맙다는 내용과 함께 십시일반十匙一飯 갹출醵出한 얼마간의 돈이었다. 술 마시러 간 사이 넣어 두었던 것이다. 이유 없이 매정하고 퉁명스럽게 했던 일들이 한동안 나를 곤혹스럽게 했다.

나는 며칠 후 그들을 한자리에 모이게 한 후 함께 식사를 하면서 근간根幹의 잘못을 사과했다. 그들로부터 받은 돈은 야유 때 사용하자면서 돌려주었다. 그들의 사기 진작을 위해 시각장애인 단체 보조금을 대폭 늘리는가 하면, 생업융자금을 지원해 자활 자립의 기반을 조성하는 데 남다른 애정을 쏟았다.

현대 국가에서 장애인 복지의 목표는 모든 장애인이 편견과 차별이 없는 완전 참여를 이루는 사회적 통합에 있다. 무엇보다 직업은 사회적 근거를 제공할 뿐 아니라 자기 존중과 자기 개념의 핵심이 되는 가장 중요한 생활 요소이다. 그러나 장애인은 비장애인에 비해 불리한 처지에 놓여 있다는 것은 부인할 수 없을 것이다. 누구보다 성실히 일을 할 수 있지만 취업이 쉽지 않은 장애인들에게 사회적 편견과 무관심은 다른 장애로 이어질 뿐이다. 잠깐의 관심보다는 장애인들에게 실질적 도움이 되는 일자리를 창출하는 것이 무엇보다 중요하지 않을까 생각해 본다.

만날 인연이라면

눈이 시릴 만큼 푸른 햇살이 새해 뜰을 비추는 아침, 창가에 서 있다가 상념에 빠져들었다. 만물이 다 인연으로 이어져 있다는 것에 화두話頭를 모은 것이다. 남자와 여자가 만나 가정을 이루고 자식을 낳고, 그 자식은 형제와 친구를 만나고, 사회라는 울타리 속에서 유독 지워지지 않는 인연이 있어 문득 감상에 빠져든다.

40여 년 전의 일이다. 재수생이었던 나는 보성군 벌교 출신의 3수생과 성냥갑처럼 단조로운 신도림동의 어느 청기와 집에서 하숙을 하며 그를 형으로 불렀다. 학원과 먼 거리에 있는 하숙집을 찾게 된 것은 경제적인 이유 때문·이었다. 학원이 밀집한 종로의 하숙비는 4,000~5,000원이었지만 신도림동은 2,500원 정도면 하숙이 가능했다.

당시 이에리사 선수가 유고슬라비아 사라예보에서 열렸던 세계탁구대회를 제패함으로써 국민적 탁구 붐이 일었다. 일요일엔 탁구를 하느라 천금天金 같은 시간을 낭비하기 일쑤였다.

막 관악산 기슭으로 이전한 서울대학교를 드나들며 꿈을 키웠던 기억이 아련하다. 달빛 환한 캠퍼스와 공원 등에는 젊은이들의 활기가 넘쳐나고 통기타 소리에 몸을 흔들지 않고는 지나칠 수 없는 낭만적인 시절이었다. 유신 정치에 항거抗拒하는 시민들에 대한 탄압도 적지 않았다.

가끔씩 신도림 천 둑길을 걷기도 했다. 주식회사 '백양'을 둘러싼 탱자나무가 향기를 풍기며 줄지어 있던 기억이 아련하다. 신도림천의 목교木橋를 건너면 구로공단이었고 반대 방향의 논둑을 지나면 신길동이었다. 당시만 해도 담장을 드리운 석류와 들녘의 허수아비를 흔히 볼 수 있는 아득한 시골 풍경이었다. 몇 년 전 그때의 모습을 떠올리며 그곳을 찾아 나섰지만 빌딩 숲으로 가득해 도대체 분간이 되질 않았다.

어느 날, 밤이 늦어도 함께 하숙을 하던 형이 돌아오지 않아 마중을 나갔다. 아무리 주먹 자랑 말라는 벌교 사람이지만 떼거리로 몰려다니는 똘마니들을 어찌 당하랴. 하여 걱정하지 않을 수 없었다. 신도림 천을 조촘조촘 걸어가자 하늘엔 수많은 별들이 반짝이고, 여인의 입술처럼 고운 달님은 미소를 머금고 비쳐 주었다. 골목길 어귀에서 형의 그림자를 기다리던 중, 한 소년이 길바닥에 앉아 있는 걸 보게 되었다. 그냥 지나치려다 그의 젖은 눈망울을 보고 차마 발걸음을 뗄 수 없었다. 나는 아이와 눈높이를 맞추고 앉았다.

"얘야! 늦은 시간에 왜 여기 앉아 있니? 어디 아프니?"라고 말을 걸었지만 소년은 머뭇거리기만 할 뿐 눈길조차 주지 않았다. 잠깐이나마 아이의 손을 잡고 안정을 취한 상태에서 몇 살이냐고 다시 물었다. 이에 소년은 나를 빤히 바라보며 열 살이라고 했다. 이어 아버지를 기다리고 있다는 말을 덧붙였다. 소년의 얼굴엔 아픈 기색이 역력했고, 열이 나는 듯 고통스러워했다. 차마 지나칠 수 없었다.

나는 형을 기다리는 것보다 우선 소년을 도와주는 게 우선이란 생각에 그를 약국에 데려가 약을 사 먹인 후 잠시 두고 보기로 했다. 조금 뒤 불덩이 같았던 소년의 머리는 열이 내리기 시작했다. 조심스레 소년의 머리를 쓰다듬으며 "이제 안 아프지?"라고 물었다. 소년은 머리를 끄덕이며 엷은 미소를 지었다. 나는 안도의 숨을 몰아쉬며 소년에게 조심스레 "아이야! 우리 오다가다 만나게 되면 인사나 나누며 지내자."고 했다. 나에게 믿음이 생긴 소년은 "네. 꼭 그럴게요."라며 자리에서 일어섰다. 소년과 나는 아쉬움을 남긴 채 작별의 인사를 나눈 후 하숙을 함께 하던 형과 함께 6개월 동안 소년과 가끔 만나 어묵과 국화빵을 사 먹으면서 정을 나누기도 했다.

소년과 친밀한 관계를 나누던 어느 날부터 소년이 나타나지 않았다. 나와 형은 염려가 되어 시간이 날 때마다 소년을 찾아 나서기도 했지만 만날 수가 없었다. 비가 내리던 어느 날, 국화빵을 먹으며 정을 나눈 적이 있는데 그것이 마지막이 됨 셈이었다. 나와 형은 소년과의 만남을 가슴속에 담아두고 갑작스레 헤어진 것을 늘 아쉬워했다. 형과 나는 각자 다른 학교에 진학하게 되었고 형이 먼저 징집이 되는 바람에 연락이 두절되었다.

그러구러 세월이 흘러 지내던 중 우연히 서울의 어느 사우나에 가게 되었다. 의식하지 못하는 사이 어떤 중년의 남자가 계속해서 나를 쳐다보는 느낌이 들었다. 내가 그 사람이 찾는 누군가 닮아서 그럴까? 하고 예사로 넘겼다. 그런데 그곳에 갈 때마다 만나곤 했다. 우연치고 너무 이상한 일이라 여겼다. 하루는 그가 나를 뚫어지게 바라보다가 불쑥 "저 기억 안 나세요? 우린 구면이 아닌가요?" 하며 다가서는 것이다.

나는 순간 당황했다. 생면부지生面不知의 사람을 아는 척할 수도 없고 난처하기만 했다. 몇 마디 건넨 그는 "제가 초등학교 3학년 때 신도림 천 둑길에 앉아 아버지를 기다리고 있던 중 몸에 열이 나 아파하고 있을 때 약을 사 주시고 머리를 쓰다듬어 주시곤 했는데 기억하시겠습니까?" 하고서는 당시 내가 즐겨 입었던 옷이며 투박한 경상도 사투리에 피부가 하   다는 등 낱낱이 기억하고 있었다. 그는 내게 그래도 모르겠느냐고 되물었다. 그 순간 변해버린 그의 모습에서 옛 기억이 떠올랐다.

그렇다. 어찌 기억하지 못하겠는가? 얼마나 찾아 헤맸는데 모를 수가 있으랴. 유신 정치 세력이 민주화 세력을 탄압하던 시절, 국민계몽운동이라 할 수 있는 새마을운동이 전국적으로 전개될 무렵 신도림천 둑길에서 만난 열 살의 소년이었다. 나는 꿈을 꾸고 있는 것 같았지만 현실을 부인할 수 없었다.

소년은 아버지가 교통사고를 당해 입원하는 바람에 연락이 끊어지게 되었단다. 우리는 약속이라도 한 듯 끌어안았다. 오랜 세월 소식도 모른 채 지내다 다시 만난 기쁨에 한동안 마음을 진정시키지 못했다. 그는 은혜를 베푼 사람은 잊고 지낼 수 있을지 모르지만 자신은 당시의 고마움을 한시도 잊을 수 없었다며 눈시울을 붉혔다. 순간 필자도 눈시울이 뜨거워짐을 느꼈다.

하숙을 함께 했던 형과는 몇 년 전 어느 투자 설명회에서 우연히 만나 지금까지 교분交分을 쌓고 있으며, 둑길에서 만난 열 살의 소년과는 중년中年의 세대에 다시 만난 셈이다. 형과의 하숙집 인연, 소년과의 둑길 인연은 민들레처럼 질긴 생명력을 지닌 인연이라 하겠다. 청운靑雲의 꿈을 안고 살아가던 시절에 만난 인연이 중늙은이가 다 된 인생의 뒤안길에서 다시 만나 국화빵을 사 먹던 옛 추억을 헤아리며 술잔을 나눌 수 있음이 너무 행복하다. 만날 인연이라면 언젠가 만나게 되는 게 우리네 인생의 운명론運命論적인 한 과정임을 새삼 느낀다. 그래서 '원수는 외나무다리에서 만난다.'고 했을까?

집착의 꽃가지

　간밤에 비가 요란을 떨었다. 세상은 전쟁이라도 난 듯 밤새 뇌성벽력雷聲霹靂이 울어대고 땅과 건물이 흔들려 깜짝 놀라 일어났다. 한데 아침에는 거짓말처럼 창공蒼空은 거울 같다. 띄엄띄엄 구름이 나풀거리는가 하면 수분을 먹은 산과 들은 푸름으로 아우성이다. 햇빛을 이길 수 있는 것은 구름이라는 사실에 자연의 조화로움이 참으로 오묘하다는 것이다. 그것은 인간은 자연에 지배당할 수밖에 없다는 천리天理라는 것이 아닐까.

　간밤 뇌성벽력과 황소바람 소리를 들은 뒤부터 엎치락뒤치락하다 숙면熟眠을 취하지 못했다. 계속된 장맛비에 비 몸살 때문인 것 같다. 예전에는 아버지가 말씀하셨던 비 몸살이 무슨 뜻인지 이해하시 못했다. 비 몸살이란 비로 인해 기압이 낮아지면서 몸이 만근이라도 된 듯 무겁고 뻐근하여 깊은 잠을 잘 수 없다는 뜻이다. 아버지는 가끔 달 몸살도 노래하곤 하셨지만 아직 체험하지 못해 어떤 것인지 알 수가 없다.

　잠들지 못하면 온갖 잡생각이 밀려든다. 내가 하고 일들이 공의로운지, 부모님은 건강하신지, 자식들이 하는 일들은 잘되고 있는지, 여러 가지 잡념에 사로잡힌다. 밤새 집을 올리고 허물기를 수십 번씩하게 된다. 자연히 사고思考가 심중深重해지니 잠은 달아나고 정신은 더욱 또렷해진다. 그래서 나는 에라, 책이나 보자 싶어 책을 들었으나 도통 머리에 들어오지 않는다. 그러니 잠들지 못하고 뒤척거리는 밤은 한없이 길게만 느껴진다.

누구에게나 불면不眠의 밤은 고문拷問당하는 시간처럼 아프고 지겹고 사람을 그야말로 피곤하게 한다. 안 해도 될 걱정과 번뇌煩惱로 얼룩진 밤을 이길 수 있는 방법은 과연 없는 것일까?

그것은 고요한 명상瞑想속에 빠져 있다 스르르 잠드는 것뿐임을 어느 순간 지각知覺하게 되었다. 모든 잡생각을 내려놓고 마음을 텅 비워 버리고 나니 깊은 잠에 빠질 수 있었다. 숙면의 방해하는 것은 집착의 꽃가지가 마음을 산만하게 한 것이다.

아침 분위기

쨍하고 금이 갈 듯한 투명한 겨울 하늘은 정녕 눈이 시릴 정도로 아름답다. 거기에 흰 구름마저 뒤집어 쓴 산등성이의 소나무 두어 그루가 정감을 불러일으킨다. 그 위로 고성孤城을 멀리한 공중에선 원무圓舞를 추는 한 마리 솔개의 절대 고독은 그 자체가 숨죽여 바라볼 수밖에 없는 기막힌 절창絶唱이며, 한 폭의 그림으로 연출된다. 그림 속의 솔개는 영락없이 하늘과 땅 사이를 연결해 주는 영매靈媒일 수밖에 없을 것 같다.

그때 나는 문득 보이지 않는 땅 밑의 나무뿌리를 떠올려본다. 그 얽힌 뿌리들 밑으로 도도한 수맥의 깊은 물소리와 들을 수 없는 하늘의 음악 소리를 비교해 보는 것이다. 저 깊은 내면 어둠의 무덤을 헤치고 나와 정처 없이 구천九天을 떠도는 어느 억울한 영혼의 원성인 듯하다. 그것은 자연의 일부가 되어 텅 빈 마음이 돼야 들리는 소리이다. 그렇다고 내게 무슨 접신接神이 될 만한 신통력이 있는 것도 아닌데, 그 소리는 한없는 정적靜寂이 감도는 땅속 깊은 곳에서의 소리이다.

심산유곡深山幽谷에서의 설경雪景은 묘한 감동의 울림을 절로 불러 일으키는 것이다. 깊은 한겨울의 절대적 기쁨은 투명한 적막의 심연深淵에서 울리는 숲의 소리를 들을 때 맛보는 무한한 감동이다. 어디선가 거대한 얼음덩이가 깨지는 소리가 들리는 것 같으며, 벽계碧溪의 궁곡窮谷을 가로지르는 여러 가닥의 동선銅線이 매운 찬바람에 튕겨져 나가는 것 같기도 하고, 어쩌면 어미를 잃고 헤매는 아기 염소 울

음 같기도 한 소리들과 내면의 들릴 듯 말 듯한 소리들이 어우러진
다. 여기에서의 들린다는 것은 단순히 소리를 듣는 것이 아닌 어떤
합체가 이루어진 텔레파시의 의미까지도 함축하고 있는 것이다.

거기에 덧붙여 눈의 무게를 이기지 못하고 아름드리 소나무가 부지
직 부러져 내린다거나, 창백한 얼굴로 눈 위를 밝히는 달밤의 무한한
고독감은 상반된 정감이다. 이뿐인가? 갓난아이처럼 마냥 울어대는
발정 난 고양이 소리가 한차례 지나고 난 뒤끝이면 두껍게 쌓인 눈
과 흙의 살결을 뚫고 들려오는 산울림 소리는 아주 정밀하고도 원초
적으로 더욱 가까이 다가오게 마련이다. 그럴 때의 소리는 부질없는
우리네 삶과 죽음을 한참이나 건너뛴 오묘하고도 위대한 저 우주의
속삭임이 아닐 수 없다.

그때였다. 분위기에 걸맞은 노르웨이 국미주의 음악가 에드바르 그
리그의 페르귄트 모음곡 중 조곡(아침 분위기)가 지친 심신을 다림질해
준다. 매일 아침 마음속 깊이 파고드는 음악을 들으려면 자연히 음악
에 관심을 가져야 한다. 작가의 성장 배경과 감성도 모르고 귀만 즐
겁게 하는 것은 작가에 대한 예의도 아닐뿐더러 헝클어진 마음을 정
돈할 수 없다.

이 곡은 문호 헨리 입센이 자신의 희곡(페르귄트, 1867)으로 사용하기
위해 그리그에게 의뢰해 만든 작품이다. 페르귄트 조곡은 극음악이지
만 드라마틱하다기보다는 서정적인 분위기가 물씬 풍긴다. 아침이 밝
아 보이는 곡자의 탁월한 감수성으로 아름다운 한 폭의 풍경화를 그
려 놓은 듯하다.

아침 분위기는 제1모음곡 중 첫 곡으로 새벽빛이 서서히 떠오르는

모로코의 해안 풍경을 서정적으로 묘사한 곡으로 솔베이지의 노래와 함께 페르귄트에서 가장 많이 연주된다. 플루트로 시작되는 목가적인 연주는 듣는 이들을 아름다운 마음의 풍경으로 데려가며 말할 수 없는 평화를 가져다주는 음악으로 숲 속의 분위기와 사뭇 어울린다. 작곡가는 모로코 해안의 조요한 아침 풍경을 그렸다지만 나는 산수가 우거진 화왕산火旺山 자락의 호수에서 스멀스멀 피어오르는 물안개를 바라보고 있으면 내가 바로 아침 분위기가 된다.

지금 내가 바라보고 있는 눈 속의 모든 풍광들이 마치 페르귄트의 조곡 속에서 펼쳐지는 고요한 아침을 알리는 선율들의 움직임이 아닐까 헤아려 본다. 아울러 바람에 눈 다발이 날리는 모습은 영화 '닥터 지바고' 속에서의 테마곡이 깔리는 가운데 새로운 날을 시작하는 아침에 잠시 빠져든 상념에서 아름다운 음악 두 곡을 연이어 들을 수 있으니 이것도 행운이 아닌가?

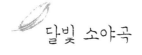

달빛 소야곡

햇살이 달랑 몇 개 남은 땡감 위로 부서지는 오후이다. 저 까치밥마저 사라지고 나면 이내 매서운 바람이 빈 가지를 마구 흔들겠다는 생각에 왠지 허전한 마음이 든다. 농부의 빈 가슴을 채워주는 가을도 잠깐, 어느새 계절은 또 다른 분위기를 자아낸다.

어젯밤에는 밤을 하얗게 지새웠다. 귀뚜라미 때문은 아닌 것 같다. 괜스레 귀뚜라미에게 투정을 하고 싶을 만큼 밤새 그 울음소리가 애달팠다. 가을이 깊어가는 것과 함께 그 울음소리도 잘도 여물어 가는 느낌이었다. 신경이 곤두서 있었기 때문이었을까? 스쳐가는 바람 소리마저 마치 을숙도의 갈대가 바람에 우는 것처럼 들렸다.

누운 채로 창틈에 끼어 빠져나오려 안간힘을 쓰는, 배가 살포시 나온 달을 쳐다보면서 잠시 상념에 빠져 들었다. 달빛은 연극 무대 위를 비추는 조명처럼 방 구석구석을 돌아가며 비추는 것 같았다. 누워서 달빛을 보게 되는구나, 하고 뇌까려 보기도 했다. 귀뚜라미 소리, 바람 소리, 밤하늘을 수놓은 별빛, 달무리 등이 뭔가 연출해 낼 것 같은 분위기를 하고 있었다. 깊어가는 가을밤에 청승맞은 꼬락서니라니…….

불과 며칠 전만 하더라도 창을 조금 열어 두었을 땐 벌레 같은 것들도 가끔 날아 들어오곤 했는데, 이젠 그런 벌레마저 찬 기운에 몸을 숨긴 것 같다. 어디서 쪼그리고 몰래 먹이를 찾고 있겠지? 저나 나나 정이 고파 서러워하는 것이 매일반일 것이다.

가을이 들면서 친구가 조금 생겼다. 어쩌다 한 번 정도 들려오는 것이지만 뻐꾹새가 그 하나다. 아주 가늘고 아득한 그 소리를 듣노라면 고향을 그리워하며 정처 없이 떠도는 나그네처럼 고향으로 돌아가고 싶은 충동이 일곤 한다. 어린 시절 동요에서 듣던 노랫말처럼 그냥 가슴이 뭉클해지면서 한숨이 배어 나오는 것이다.

또 다른 친구는 앙증맞은 몸집을 가진 벌레들이다. 방울벌레, 귀뚜라미 등이다. 그중에서도 귀뚜라미와는 절친이 된 것 같다. 행여 사람의 손아귀에 잡혀 생을 마감하게 될까 봐 무서워 부리나케 피해 다니는 꼴을 보면 안쓰럽기도 하고 귀엽기도 하다. 이들은 보통 벽 틈이나 나무로 된 거실 바닥이나 구멍에서 살아가는데 귀찮은 존재이면서도 더불어 살아가는 벗 같은 의식을 느끼게 한다.

어떨 땐 그런 벌레들 때문에 사소한 것일지 모르지만 다툴 때도 있다. 생명의 존귀함을 논할 정도는 아닐지라도 어쨌든 살아 있는 것인데 아무런 이유 없이 그 벌레들을 무참히 눌러 죽이는 경우를 보면 화가 나는 것이다. 창밖의 풀숲으로 던져 주면 새로운 보금자리를 찾아 살아갈 텐데 어찌 그리 매정한 것인지 모르겠다. 가끔 벌이 날아들 때는 이놈이 길을 잘못 들었거니 하고 있으면 왜 빨리 잡지 않느냐는 듯한 매서운 시선을 대하면서 그들의 삶이 얼마나 황폐한가를 짐작하게 된다.

제 딴엔 악착같이 한번 살아보겠다고 부지런히 노래하며 잘 살았는데 어느 순간 영문도 모른 채 생을 마감하게 되니 얼마나 불행한 것인가? 그렇다고 벌레를 죽인 사람과 시비를 따질 수도 없다. 당사자는 벌레를 싫어하고 피부염이라도 일으킬까 두려워 죽였다고 하면 하면 그냥 그러려니 하고 넘어가는 수밖에 없다.

몇 시간을 누운 채 상념에 잠겼던 것인가. 이젠 달빛도 처음의 자리에서 벗어나 얼마 후면 방을 떠날 것 같다. 그렇게 시간을 보내던 중 어디선가 귀뚜라미 소리가 들려온다. 집중하지 않으면 들을 수 없을 만큼 멀리서 우는 소리 같았다. 고요한 달빛 아래 노래라니, 제 짝을 향해 세레나데라도 부르는 것인가? 그래, 속 시원하게 한번 불러보렴. 들을 수 있는 대상이라면 누구라도 듣게.

지금 시간에 불을 켤 수만 있다면 창으로 가 먼 허공을 보며 시詩라도 한 수 읊어보고 싶다. '시'에 대해 뭘 알겠는가만, 마음으로 우러나오는 것을 서정적抒情的으로 꾸며볼 수 있는 정성만 있으면 그까짓 한 수 정도는 읊어 볼 수 있지 않을까 싶기도 하다. 새색시 젖가슴처럼 탐스러운 달, 차가우면서도 살갑게 느껴지는 바람, 이 밤의 향연에 함께하고자 덤벼든 귀뚜라미에 관한 시를 쓰고 싶다는 것이다. 그렇다면 지금 분위기와 맞는 '귀뚜라미 우는 밤'을 주제로 하면 되지 않겠는가. 귀뚜라미가 인간들에게 보내는 하소연을 담은 시를 말이다. '귀뚜라미 소리 들으며 시를 쓰고 추억을 만들더니, 이제는 배가 부르니 소리마저 외면'하느냐고 말이다.

돌아누워 잠을 청하자니 어느새 여명이 터온다. 날밤을 새운 것인가? 잠을 설쳐 피곤함보다는 오히려 뭔가 충만이 된 느낌이 든다. 결코 손해 본 밤이 아닌 것이다. 귀뚜라미 소리로부터 시작된 밤에서 새소리로 맞는 아침까지 하룻밤의 여정이 소중하게 갈무리될 것도 같다.

바보처럼 넋두리만 늘어놓고 사는 나를 위해 귀뚜라미는 세레나데로 응답했고, 심신이 침식당해 이젠 희망 같은 것은 없을 것이라며 실의에 빠져 헤매는 나를 위해 달빛은 영혼마저 환하게 밝혀준 밤이었다. 이런 밤이면 얼마든지 환영할 수 있을 것 같다. 달빛 소야곡을 또 들을 수 있으니까 말이다.

인생이란

　산천이 울긋불긋 노을져 가는 어느 날, 마당에 섰다. 하나 달랑 남은 감나무에서 까치가 반가이 맞았다. 하여 오늘도 좋은 일이 있을 것이라는 믿음과 설레는 마음으로 집을 나섰다. 냇물은 조약돌 위를 돌돌돌 굴러 흐르는 듯했다. 어느 소녀는 낙엽을 하나하나 떠내려 보내며 추억을 만들고 있었다. 계곡을 연결하는 작은 구름다리가 어깨동무처럼 정다웠다. 낙엽은 간간이 불어대는 살랑바람에도 우수수 떨어져 우묵진 곳에 수북이 모여 있었다. 그런데 낙엽을 밟고 지나가기에는 왠지 죄스러웠다. 하지만 낙엽을 밟지 않고 산행을 하기란 쉽지 않았다. 가능한 낙엽이 아프지 않도록 사뿐사뿐 걸었다. 불현듯 들려오는 낙엽의 소리에 대해 생각하게 되었다.

　낙엽들의 소리에는 무엇인가 모를 묘한 여운이 있다. 어쩌다 밟히는 낙엽들에게서 은연한 소리가 들려온다. 그 소리는 낙엽이 아파하는 소리일까, 아니면 흙으로 돌아가야 하는 한스러움일까. 알 듯 말 듯 한 소리에 귀를 바싹 기울인다. 우리네 인간도 낙엽처럼 흙으로 귀의歸意할 수밖에 없다는 가르침일 듯하면서도 어쩌면 나를 꾸짖는 소리 같기도 하다. 비록 소리는 회색의 공간처럼 희미하지만 무엇인가 뜻이 있다는 것이다. 귀담아 듣지 않으면 무심코 흘러버릴 소리이기도 하다. 정녕 소중한 그 어떤 뜻이 아늑하게 서려 있는 건 분명하다. 하여 나는 길섶에 주저앉아 소리에 신경을 곤두 세웠다.

　형형색색의 낙엽들에게서 바스스 하는 소리가 가냘프게 들려온다. 짐작하건대 그 소리는 은연한 생명의 울부짖음일 것이다. '낙엽은 이끼와 돌과 오솔길을 밟고 있다'는 낙엽의 시를 떠올리며 정상에 섰다.

하늘은 더없이 푸르고 높으며 가슴을 벅차게 했다. 바람처럼 억새처럼 나는 어느덧 한 점의 풍경이 된 듯했다. 나는 더 이상 하얀 억새의 물결을 바라볼 수가 없었다. 멀미가 날 것 같기도 하고, 자꾸만 저격 받은 느낌처럼 어지럽기만 했다. 하여 나는 발길을 돌렸다. 어느 스님의 또랑또랑한 독경讀經을 들으며 산을 내려왔다. 솔바람을 쐬며 흙을 밟자 차츰 정신이 들었다.

태고太古의 이끼가 낀 구름다리를 건너는 어느 순간이었다. 내 아무리 우둔한 가슴과 귀를 가졌을지라도 낙엽이 전하는 소리의 뜻을 깨우칠 수 있었다. 그렇다. 낙엽은 소외된 삶을 이야기하는 것이다. 낙엽은 운명인 것이다. 사람들은 낙엽과 공동체임을 깨달아야 한다는 가르침인 것이다. 울부짖는 낙엽의 여운에 인간의 감상이 곁들여 있다. 인간은 생명의 요람인 흙에서 태어났다. 언젠가 흙으로 되돌아가야 할 숙명적인 길을 피할 수 없다. 나는 낙엽을 통해 인생이 무엇인가를 깨우치게 되었다.

지금 이 시간에도 낙엽이 흙으로 돌아가는 소리가 들려온다. 그래서 구르몽은 '낙엽은 상냥히 외치고 있다'고 했을 것이다. 이러한 낙엽의 소리를 생각할 땐 낙엽을 밟기가 꺼림칙하다. 그러나 낙엽이 조금 아파하더라도 낙엽 진 길을 걷고 싶다. 낙엽들이 전하는 의미를 되새기면서 말이다.

어느새 집 뜰에도 낙엽이 수두룩하다. 어쩌다 우리 집까지 왔나 싶어 마음이 아프다. 낙엽이란 소재로 글이나 한 편 써야겠다. 인생은 낙엽처럼 왔다 가는 것이다.

수석과의 일상

수석을 좋아하는 나는 거실을 고가구와 고미술, 수석으로 꾸몄다. 뜰 구석에는 입석立石과 좌석坐席이 늘어서 있으며, 대문 좌우에는 사자와 물개 형상의 큰 돌들이 집을 지킨다. 정원 동산에는 해골 모양의 사팔뜨기가 눈을 부릅뜨고 있지만 가끔 수석과 분재를 도둑맞을 때도 있었다.

방에는 전국 산지의 경석과 옥돌 등이 진열되어 있다. 일상에 지치게 되면 수반 위에 놓인 경석을 바라보며 산행을 상상하기도 하고, 글을 쓰다가 머리가 멍할 땐 돌을 들여다보는 게 자연스러운 습관이 되었다. 때로는 돌이 전하는 소리를 들으며 수필을 쓰기도 하며, 사고가 모호해질 땐 돌이 주는 지혜로 이를 타개한다.

가끔 일이 잘 안 풀린다는 자각증상으로 가슴이 답답할 때면 개개 돌의 안내를 받아 상상 속에서 여행을 즐긴다. 이러니 돌은 내게 위안과 지혜를 주는 지기知己요. 연인에 진배없는 존재이다. 돌을 접하고부터 여행을 한다거나 등반을 할 땐 어김없이 평범한 돌일망정 하나씩 가지고 왔던 보람이 무시로 나타난다.

언젠가 시골 마을을 지나다 담장에 박힌 돌이 못내 아쉬워 몇 푼의 돈과 술을 대접한 후 담을 헐기도 한 적이 있다. 그때의 기분은 차마 글로 표현하기가 쉽지 않다. 돌은 저마다 고향의 이야기를 생생하게 들려줌으로써 나의 기억력을 되살려 주고, 산지産地의 풍경에 빠지게도 한다. 하여 나는 돌 덕분에 집에 앉아서 전국 산천을 유람하게 된다.

남한강南漢江에서 탐석한 돌은 몇천만 년을 세월과 물에 닳아져 그 크기와 생김새가 개犬와 비슷하여 물개라는 이름을 지었거니와 이 녀석은 청도 유천 강에서 탐석한 두꺼비와 눈빛을 나누기도 한다. 꽤나 정이 들었던 모양이다.

지리산 하류에서 탐석한 돌은 앞머리가 없어 대머리 총각이라 이름 지었다. 지리산의 험준함에 비해 자못 소탈하며 식구들과도 사이좋게 정을 나누기도 한다. 작은 녀석은 대머리 총각과 마주하고 얘기를 주고받지만 도통 무슨 뜻인지 알 수 없다.

그 밖에도 산호초, 조개, 진주 등을 바라보며 바다 여행을 떠올리면서 점점이 떠 있는 작은 섬들과 밀어를 나눈다. 그러나 내가 아니었다면 영원히 한곳에 머물러 있어야 할 돌이 이렇게 나와 마주하거나 눈높이를 나란히 하고 있는 것으로 나는 해후邂逅와 인언의 뜻을 새기기도 한다.

지역 조건은 말할 나위도 없고 생성 조건이나 환경, 석질, 형태, 색감 등이 각기 다른 자들이 이렇게 한자리에 모여 제 나름의 특색을 자랑하는가 하면, 산지의 배경과 제 고장의 이야기를 무언으로 털어놓는 모양을 보면 나는 단순히 감상자의 입장을 떠나 여행을 하고 있다는 상상을 하게 된다.

이들이 모여 나와 한집에서 지내는 것을 보다가 다문화가족을 생각하게 되었다. 요사이 외국인 여성들이 우리나라 총각들에게 시집을 많이 온다. 언어와 문화의 장벽障壁을 넘어 온 것인 만큼 행복한 가정을 이루었으면 한다. 전국 각지에서 모인 돌처럼 정부에서도 자국민들과 화학적 융합이 가능한 정책을 추진하고 이들이 완전 정착할 때까지 지속적인 관심을 가져야 할 것이다.

인구가 1억 명이 되고 경제활동인구가 6천만이 돼야 만이 선진국으로 도약할 수 있다는 어느 경제학자의 말에 동감한다. 그렇다면 출산 장려 정책을 추진하는 시점에서 아주 다행스러운 일이다. 머지않아 우리나라 자체가 혼성 민족이 될 것인바 다문화가정의 아이들이 자라남에 있어 차별은 없어야 할 것이다. 이 아이들이 장차 이 나라를 이끌어 갈 새싹이기 때문이다. 거부할 수 없는 일이라면 돌이 한자리에서 제 역할을 하듯 다문화가족들도 역동적인 삶을 이어가길 기대한다.

요사이 수석 전문가도 많고, 수석 동호회도 많이 생겼다. 그만큼 수석 애호가가 많아졌다는 것이다. 하지만 수입한 돌을 국내산이라고 속여 파는 일이 발생하여 원래의 취지를 안타깝게 하기도 한다. 더러 열리는 전시회에 참여하여 그 신비스럽고 지극히 아름다운 자연에 도취된 적이 한두 번이 아니다.

우리 집 거실에도 함께 숨 쉬며 생활하고 있는 돌들이 보잘것없는 것일 수도 있겠으며, 또 남이 보면 기이하게 보이지 않을 수도 있겠지만 자연석들로 인해 쫓기는 생활에서 마음의 여유를 얻을 수 있는 보석과도 다름없다. 또한 현실적인 고뇌에서 잠깐이나마 해방감을 맛볼 수 있게 하는 이들은 참으로 고마운 존재이다.

인생이란 무엇인가? 만남과 헤어짐의 연결고리 속에서 이어지는 우리네 삶이다. 갑자기 인생이 무엇인가를 논하자니 먼저 세월의 빠름을 실감케 한다. 무심결에 세월을 먹고 사는 것이 인생인가, 하는 소용돌이 속에 빠져들고 만다. 근래에 들어 살아온 날들에 대해 많은 것을 생각하게 되는데, 쓸데없는 짓이 아닌가 하는 회의감懷疑感도 갖게 된다.

불현듯 이런저런 생각을 하다 보니 인생의 절반을 넘어 삶을 살아왔음을 비로소 인지하게 되었다. 남은 삶에 전력투구全力投球하지 못하고 비틀거리고 있다는 사실도 깨닫게 된다. '버킷 리스트'를 작성할 만큼은 아니지만 나름대로 남은 삶만큼은 제대로 한번 살아볼 각오를 다져야 할 시점은 아닌지 가만히 추슬러 본다.

'인생 후반부에 이르러 늙게 되면 자신의 곁에 벗이 셋 있는데, 늙은 마누라와 늙은 개, 손에 쥘 만큼의 현금'이라고 했던 벤자민 프랭클린의 말이 떠오른다. 이러한 말을 하고 있다는 것은 필자도 이미 늙어 간다는 것을 인식하고 있다는 것이다.

만나서 사랑하다 헤어지고, 또 상처를 남기고 부질없이 늙어가는 우리네 인생. 인생이란 낙엽이 흙으로 돌아가는 것과 무엇이 다르겠냐는 것이다. 문학적으로 비유하자면 붓 가는 대로 쓰면 된다는 수필적 인생이라 하겠다. 그렇다. 우리네 인생 또한 멋대로 살다가 가는 한편의 드라마와 같으니 적절한 비유인 것 같다.

캄캄한 밤하늘의 별빛처럼 인생은 빛을 드러내기도 하며, 어두울

수록 빛을 더하는 별들이 사는 하늘에 삼라만상森羅萬象의 비밀이 담겨져 있겠지만 그것을 보고 행운을 점치는 인간들에겐 행운을 얻게될 것이다. 그러고 보면 어느 것 하나 허투루 된 것이 없다. 모든 것이 제자리가 있으며 역할이 있는 것이다. 그런데도 자신의 역할을 못하고 무엇을 해야 할 지도 모른 채 우왕좌왕하다가 생을 끝내고 마는 인생은 비극적이란 생각이 든다.

그렇다. 우리가 살아가는 곳곳에 아픔만 있는 게 아니다. 꿈과 희망이 있으며 기쁨이 새들의 노래처럼 들린다. 하늘과 바다, 산과 강, 눈을 크게 뜨고 살펴보노라면 거기엔 깊은 의미가 담겨져 있다. 그것 또한 우리네 인생인 것임을……

어떤 시각으로 바라보느냐에 따라 달라지겠지만 꿈을 받아들이려는 사람의 가슴과 비관에 빠져 허우적거리는 사람의 가슴은 같을 수가 없다. 한번 가면 돌아오지 못하는 고독 그대로의 형태로 보는 인생관은 염세적厭世的으로 비쳐질 수도 있겠지만 단풍잎이 낙엽이 되어 흙으로 돌아가 다음 생을 기약하는 자연의 순리 그대로의 모습을 받아들이는 인생관은 낙천적樂天的으로 비쳐질 것이다.

해가 서산으로 뉘엿뉘엿 서산을 넘어가고, 해 진 후의 여운을 바라보노라니 노을이 한 편의 풍경화처럼 펼쳐진다. 누구나 다 볼 수 있는 노을이지만 한눈을 팔고 있는 사람은 언제 노을이 졌는지 가늠할 수 없다. 그것은 꿈도 희망도 없이 허송세월을 보내고 있다는 것이다. 노을은 자세를 정연하게 하고 기다림으로 일관한 사람에게만 보이는 것이니 말이다. 천진난만한 아이의 눈엔 세상이 온통 놀이공원처럼 보일 것이며, 하루하루가 힘겨운 사람에겐 세상이 고통의 늪으로 느껴질 것이다. 시각 차이에서 오는 인생관도 한 번쯤은 고찰考察해 보아야 할 것이다.

인간은 태어나면서부터 세월의 풍차를 타고 시나브로 늙어가는 것이다. 오늘이 지나면 벌써 오늘이 있었던 것처럼 모두가 과거로 사라지게 된다. 이러한 시간의 소중함을 깨닫지 못하고 살아갈 수는 없지 않겠는가.

이제 인생 예순을 바라보는 시점에 어찌 세세한 것까지 다 논할 수는 없겠지만 죽음을 앞둔 어느 날 오늘을 생각해도 후회 없는 삶을 살아야 한다. 최후의 순간에 나는 과연 어떤 말을 남길 수 있을까? 버나드 쇼의 묘비명이 떠오른다. "우물쭈물하다가 내 이럴 줄 알았지." 비교적 충실하게 살았던 그조차도 죽는 순간에 많은 것을 놓치고 산 자신을 안타까워하며 내 뱉은 말이다.

어느 시인은 "작은 것으로 만족할 수 있으면 부자요, 많은 것을 가지고 있음에도 만족하지 못하면 가난뱅이와 다름없다."고 말했다. 맞다. 내 몸 하나 덮어줄 하늘이 있고, 군불을 지필 수 있는 산천이 있으며, 내 몸 하나 녹일 구들방 아랫목이 있으며, 굶어 죽지 않을 만큼의 밥술이 있는데 무엇을 걱정한단 말인가. 이제는 부질없는 욕심을 버리고 내면에 충실한 삶을 살아야겠다.

꽃물을 들인 소녀

어느덧 소생蘇生의 기쁨이 넘치는 3월이 지나고, 옥색玉色 비단을 깔아 놓은 듯한 어느 날이었다. 솔향기 가득한 정원을 손질하고 있을 때였다. 양지 바른 곳에서는 민들레가 옹기종기 둘러앉아 정다움을 뽐내며 이야기를 주고받았다. 나는 속닥속닥하는 소리가 하도 재미나는 것 같아 살며시 다가갔다. 그런데 이놈들이 나를 의식하고 입을 다문 채 딴 짓을 하고 있지 않은가? 왕따 당했다는 생각에 쾌씸했지만, 흰 깃털의 씨를 날려 집을 온통 노란 궁전을 만들어 버릴까 봐 자리를 비켜줄 수밖에 없었다.

먼 산자락의 허리를 감도는 운무를 바라보며 한 편의 시를 구상하고 있었다. 그때였다. 진달래 나뭇가지가 출렁거리더니 이어 '쿵' 하는 소리가 들려와 살며시 담을 넘보았다. 눈망울이 옥玉처럼 맑은 예닐곱 살의 소녀가 꽃잎을 따다가 엉덩방아를 찧었던 것이다. 소녀는 옷을 훌훌 털고 일어나더니 나를 빤히 쳐다보았다. 하여 내가 먼저 말을 건넸다.

"애야, 왜 그러고 있니?"라고 하자 소녀는 작은 얼굴이 빨간 사과가 되었다.

"아저씨 미안해요. 꽃잎을 따다가 넘어졌어요."

"그랬구나. 많이 아프지 않니?"

소녀는 "네, 괜찮아요."라고 하면서도 눈물을 보였다.

"넌 이름이 뭐니?"

"혜원이고요, 나이는 일곱 살이고요, 외갓집에 왔어요."

아침 햇살처럼 맑고 고운 아이였다. 묻지도 않은 나이와 외갓집에 왔다는 그 소녀에게 마음을 빼앗겼던 것일까? 꽃을 한 아름 따 주고 싶었다.

"그래, 혜원이는 정말 예쁘고 착하네. 하지만 나무를 마구 잡아당기면 나무가 찢어져 아파한단다. 아저씨가 따 줄게." 그러자 녀석은 머리를 끄덕이며 나를 따라왔다. 이왕이면 꽃을 오래 볼 수 있도록 꽃망울을 막 부풀린 가지를 잘라 아침 이슬처럼 순수하고 자연의 소리처럼 해맑게 자랐으면 하는 마음으로 건넸다.

소녀는 고맙다며 연신 머리를 조아리는 참 예쁜 아이였다. 소녀는 꽃잎을 한 잎 한 잎 따 책갈피에 가지런히 넣고 있었다. 세상에, 그 어린 녀석이 꽃물을 수놓다니 마치 아기 천사를 만난 기분이었다. 나는 혜원이가 별처럼 예쁜 추억을 만들어 가는 시간을 간섭하는 것 같아 오히려 미안한 생각이 들었다. 꽃을 좋아하는 아이, 자연의 소리를 듣고 느낄 줄 아는 아이의 마음은 얼마나 고울까 하는 생각에 잠겼다.

소녀는 이웃집 할아버지의 외손녀였다. 며칠 후 넓적한 마당 돌 위에 예쁜 카드가 있었다. 나는 연인이 보낸 연서처럼 떨리는 마음으로 펼쳤다. "아저씨, 혜원이예요. 꽃가지를 아프게 하여 저도 마음이 아파요. 엄마가 말했어요. 꽃이 예쁘다고 함부로 꺾으면 안 된다고 했어요. 여름에 와서는 아저씨 집 정원에서 마음껏 뛰놀고 싶어요." 혜원이가 집으로 돌아가면서 남긴 메모였다.

얼음장을 뚫고 막 내민 새싹처럼 여리고 고운 소녀 생각에 눈물이 쏟아졌다. 아이는 작은 일에도 감동하고 기쁨을 선사하는데, 나의 내면의 뜰은 왜 잡초만 무성할까 하는 생각에 자성의 계기가 되었다. 소녀 덕분에 좋은 이웃을 얻게 되었다. 마음속 깊은 곳에 자리 잡은 그 소녀가 그립다. 그래서 여름이 기다려지는 것일까?

내 고향 화왕산

가을이 영글어 가는 들녘은 온통 황금색이다. 담장을 드리운 석류가 잘게 부서지는 햇살에 터질듯하다. 말라 비틀어진 덩굴에 달린 빨강조롱박은 가을의 정취를 한껏 고조시킨다. 오늘도 좋은 일이 있을 것이라는 기대로 가슴이 설레는 아침! 까치밥이라며 하나 달랑 남겨둔 감나무 가지사이로 억새평원과 진달래, 철쭉군락지로 알려진 내 고향 화왕산(756미터)이 그림처럼 펼쳐진다.

화왕산 정기 가득한 관룡사(보물 제 146호) 뒤편으로 둘러진 병풍바위와 몇 만 년 대공大空에 서있는 고성孤城은 내가 알 수 없는 신비와 깊은 철학을 지닌듯하다. 하지만 '한 가지 소원은 꼭 이루어 준다.'는 관룡사 입구의 안내 표지가 토속속신앙의 성전이란 생각을 들게 하여 기분을 처지게 한다.

침묵으로 일관하는 것 같지만 고성은 연인의 입김처럼 달콤하게 속삭이는 듯 하고, 어쩌면 세상을 향해 꾸짖을 듯하면서도 침묵에 빠져있는 영원불변한 존재이다. 나는 가슴이 아릴 때마다 그의 품에 안기기도 하며, 그를 마음 속 깊은 곳으로 불러들여 위안 삼는다. 글을 써다가도 시상詩想이 모호해지면 고성을 바라보면서 심전心田을 정리하고 답을 찾는다. 엊그제만 해도 푸르기만 했는데, 어느덧 산이 붉게 타오르자 고성의 기풍은 더더욱 도도하다.

간밤에 바람소리가 귀찮게 굴더니 뜰 구석에 낙엽을 모아 놓았다. 나는 말없이 낙엽을 바라본다. 형형색색의 낙엽이 파르르 뜬다. 제 어버이 나무에서 떨어져 바람이 모는 대로 굴러다니다가 이곳 뜰까지 와 낙엽이란 시詩와 수필隨筆의 소재가 되기도 한다. 낙엽은 잠을 자다가도 바람이 불면 어디로 굴러다니다가 흙으로 돌아가야만 한다. 마치 우리네 인생을 보는 것 같다.

기암절벽의 병풍바위 계곡을 돌아 흐르는 습지에선 물까치가 마음의 여백을 키우더니, 이젠 뻐꾹새가 저물어 가는 가을을 노래한다. 내면의 뜰이 청청하지 못하면 돈을 주고도 들어보지 못할 천금千金같은 소리이다. 때로는 그리움의 시와 노래가 되어 들려오기도 하며, 아침엔 새날의 신호 같아서 좋고, 저녁나절엔 어둠속에 흘러나오는 가락歌樂이 애절하고 서정적抒情的이다.

화왕산은 기백이 있으면서도 연하다. 파상형波狀形의 고성孤城은 청동색 하늘을 수놓는다. 몇 만 년 세월의 더께 같은 이끼가 끼고, 고독과 외로움의 상징처럼 서 있는 고성의 그림사는 뜻있는 이의 마음을 끌기에 충분하며, 고색창연古色蒼然한 정조情操는 세상과의 조화를 이룬다. 나는 그토록 빼어나고 고승高僧처럼 성스러운 고성을 외로이 바라보며 지난 삶을 반추한다. 고성은 나를 보듬고 신비의 세계로 끌기도 한다. 맑은 하늘에 떠오르는 거인의 우수憂愁, 게다가 독수리가 와서 그 고성 위에 놀다가 돌아간다. 나는 주야로 화왕산을 거니는 상상을 하며 일상에 지친 피로를 씻고 새로운 인생을 설계한다.

물안개가 피어오를 땐 고성은 섬처럼 떠있는가 하면 그러다가 안개가 걷히면 그날은 유난히 청명하다. 산을 뒤덮은 구름이 무심하지만 나의 일상을 두루 살피러 온 것 같기도 하다. 고성에는 토끼와 거북이는 경주를 하고, 여우와 다람쥐는 숨바꼭질을 하며, 물새. 산새. 공중 새가 노래한다. 고성은 거인巨人의 기상을 지니고 있다. 그는 밤마다 별들 속에 신비를 드러내지만 나는 그 깊은 뜻을 알 수 없다.

철을 따라 제 색깔을 뽐내는 산을 보고 무엇을 말할 것인가. 겨울에는 고성위에 백설이 덮이어 백발이 날리는 듯하고 봄에는 산허리에 아지랑이가 끼고, 구릉에는 진달래가 꽃망울을 터뜨린다. 여름엔 초목이 무성하여 산짐승들의 배를 채우며, 가을엔 억새평원이 멀미가 날 정도로 아늑하다.

이제는 가을이 완연하다. 붉게 타다 남은 잎새가 살랑 바람에도 흔들린다. 하여 멀지 아니하여 천지는 눈으로 가득할 것이지만 거인은 침묵으로 인내를 대신하며, 언제나 한 모양으로 지조志操와 정조情操의 자리를 지키며 세상을 향한 충고를 아끼지 않을 것이다.

몇 만 년 세월의 고독 속에서도 변함없이 우뚝 선 내 고향 화왕산이여!